KB262731

사람의 향기

정운 스님

책머리에 부치며

절집에서 생활한 지가 벌써 20년이 훨씬 넘었다. 그 시간들을 되돌아 보면서 나는 거울 앞에서 맨머리를 만져본다. 부끄럽지 않게 살았는가, 무엇을 했는가, 이런 스스로의 반문에 나름대로 열심히 살았다는 것 외에 아무것도 기억되지 않는 그런 그런 날들을 헤아리면서 절집 장판때만큼 나도 덤덤히 살아온 것 같다.

행자때 일이다. 책을 좋아하는 내게 한 친구가 문학잡지를 우편으로 보내온 적이 있었다. 외서(外書) 금지라는 걸 잘 알면서 익혀온 습 때문에 몰래 읽어 볼 셈으로 적당한 곳에 숨겨 두었는데 은사 스님께서 어찌 그 사실을 알았는지 당장 부엌아궁이 속으로 던져 버리셨다. 나는 왜 그리도 서운했는지 지금도 책을 대할 때마다 그때의 생각이 문득 문득 나곤 한다.

글을 읽고 쓰는 것은 속인이 하는 것, 수행자는 그것조차 털어 버리고 마음자리 하나 찾는 것에만 모든 것 다 바쳐야 한다는 가르침 때문에 내가 이런 문자놀이에 연연해 하는 모습을 들키지는 않을까 하면서 살아온 시간이 그립기만 하다. 나에게는 이제 외서금지 같은 명령도 없어졌고 손때 묻은 책들을 책장에서 꺼내어 볼 수 있는 여유도 생겼다.

시보담 수필이 너무 나를 쉽게 보여 주는 것 같아 자제하면서 그리 선호하지는 않았는데 간혹 나를 원하는 원고청탁을 거절 못해 쓰다가 보니 어느새 한권 분량의 내용들이 이름을 만들어 달라고 유혹을 했다. 몇몇 편을 제외하고는 거의 지면에 발표했던 내용들임을 밝혀 둔다.

살면서 잔잔히 흐르는 생활의 자질구레한 이야기들을 사실 그대로 글로 표현했다. 누가 읽어주든 나는 상관 없이 그저 내 느낌 그대로 표현했다. 이 책의 제목을 '사람의 향기'라고 붙였다. 우리는 흔히 사람들에게 느끼는 냄새를 체취라고 한다. 체취는 몸에서 나는 냄새, 살내라고 표현하고 또 그사람의 독특한 기분이나 버릇 아니면 개성을 말한다. 이런 평범한 체취 속에 살다가 어느날 문득 사람에게서만 맡을 수 있는 향기를 느낄 수 있는 가슴을 가졌다면 이 사바에 산다고는 할 수가 없을 것이다.

사랑의 향기! 향기다운 향기 속에 먹향의 심오한 이치를 내게 가리켜 주시고 제자(題字)를 써주신 심응섭 교수님께 감사드리며 책 출판을 맡아주신 불광출판 불자님들께 다시 한번 감사드린다.

을해년 淸明
만세보령 기슭에서
글뫼 정운 손모음

차례

풀과의 싸움에서 얻은 치자꽃 향기

삶을 사랑하는 사람들

사람의 향기

내가 보내는 명절은

찻잔 앞에서 풀어보는 부처님 생각

풀과의 싸움에서
얻은 치자꽃 향기

사찰 주변의 모든 식물, 나무, 풀 한포기
하나 하나가 욕계로부터 벗어난 청정하고도
숭고한 느낌을 줌으로써 무디어진 인간의
심성을 일깨우는 큰 힘을 가지고 있다.
왜냐하면 종교 그 자체, 건축미, 자연환경
모두가 공통적으로 우리 인간에게 정신적
안식처를 주기 때문이다.

내가 사는 이곳은

내가 사는 이곳은 충청남도 서해안 내포 아랫부분을 차지한 보령군이다. 오서산의 남쪽, 성주산의 서쪽으로 경치가 아름다운 지역이어서 이곳을 만세보령(萬世保寧)이라고 부르기도 한다.

처음 이곳에 내려오게 된 동기는 우연히 이곳 지방에 첫나들이를 했는데 시내버스 안에서 어떤 아주머니 한 분이 날더러 아주머니라고 부르는 통에 깜짝 놀라서였다. 종교가 불교가 아니더라도 회색 옷차림을 한 사람을 아줌마라고 부르는 이 지역에서 포교를 해야겠다는 생각에 구지레한 욕심들을 미련없이 내팽개치고 맨몸으로 뛰어들었던 지금의 살림살이.

이곳 농촌포교를 바삐 일구어 나가느라고 나 자신이 어디쯤 위치해 있는지도 모르면서 몇 해를 보내는 것 같다. 가끔은 너무 힘들고 외롭다는 생각이 들면 유배지에 와 있는 텅빈 허탈감 속으로 빠져 버릴 때도 더러는 있다.

사람마다 삶을 일구어 나감에 저마다의 목적의식과 생활 패턴이 다른 것처럼 수행생활도 마찬가지이다. 어떤 방향으로 생활을 정하느냐에 따라 각각의 수행 모습이 나타난다. 참선, 염불, 기도, 학문, 포교로 나누어 볼 수 있는데 나의 경우는 포교쪽으로 많은 비중을 두는 편이다. 비록 나 자신의 수행이 늦어질지라도 한 사람 한 사람씩 불법에 눈뜰 때 그 고마움은 그 어느 것과도 비교할 수가 없다.

이곳에 온 지도 벌써 몇 해가 되지만 난 내 주위를 잘 모른다. 내가 필요로 한 곳 외에는 따로 가본 곳이 없다. 그래도 이곳의 지리도 익힐 겸 만세보령에서 불리워지는 보령팔경을 보고 싶어 가끔 가끔 틈나는 대로 근처를 찾곤 한다. 또 먼저 가신 분들이 남기신 문헌들을 참고하며 그 흔적을 탐색하기도 했다.

보령팔경 중 첫번째는 백운사의 종소리다. 옛부터 백운사의 종소리는 노을이 깔릴 때 산 아래로 흘러 중생들의 흩어진 마음을 가다듬게 했을 뿐 아니라 새벽의 목탁소리는 중생들에게 믿음을 주었다고 하는데 이것만 가지고도 신비의 종소리라 할 수 있을 것이다. 그러한 종소리를 듣고 싶어 물어 물어 찾아 갔는데 이미 폐사에 가까운 모습을 보고 안타까운 마음이 깊기만 했다.

두번째로는 대천해수욕장이다. 다른 해수욕장과는 달리 해변의 백사장이 모래가 아니고 조개껍질가루로 이루어져 피부에 와 닿는 부드러운 촉감뿐 아니라 바다주위를 에워싼 송림과 완만한 백사장으로 일년내내 많은 인파로 붐비는 곳이다.

세번째는 외면도의 고깃배이다. 외면도는 중국과의 거리에서 절반지점에 자리해 있는 섬으로 고기잡이로 유명한 곳이다. 한밤중 파도를 타고 작은 주낙배들이 주낙을 바다에 내리고 낙엽처럼 떠 있는 모습. 그 바다에 한밤중이면 어선들이 제각기 불빛을 밝히는 절경. 겨울과 여름철에 걸쳐서 오고가는 어민들과 고기잡는 어선들의 참으로 절묘하고 아름다운 그러한 곳이다.

네번째는 왕대산의 새벽달이다. 왕대산은 신라말엽 경순왕이 즐겨찾던 곳이라 하며 산의 경치가 아름다워 이른 새벽에 뜨는 달이 더욱 낭만적이어서 그 달을 보기 위해 옛날에는 시인 묵객들이 많이 찾았다고 한다.

다섯번째는 오천항으로 돌아오는 배이다. 오천항은 백제사람들이 중국으로 드나들던 항구라 한다. 백제때는 상선도 많이 드나들었고 일제 말엽에는 돛단배의 요람지였다고도 한다. 광천장날에는 백여 척의 돛단배들이 바다를 타고 항구로 들어오는 천연적인 항구이다.

여섯번째는 성주산의 은폭동이다. 성주산은 성인이 사는 산이라 성주산이라 한다. 성주산 은폭동은 하늘에서 성인이 내려와서 쉬었다 가곤 한다는 곳이며 옛부터 마음이 차분한 선비들이 관인이 되어 사람을 다스리다가 마음이 헤이해지면 벼슬을 버리고 찾았다는 곳이다. 산에 나무와 바위가 으뜸이어서 그 속에 은폭동은 숨은 듯 자리하고 있다. 봄에는 산의 나무가 새싹을 돋우기 때문에 산 전체가 푸르고 여름에는 그 무성함이 푸르르며 가을에는 단풍이요 겨울에는 하얀 의상의 설경이 멋드러진 성주산이다.

일곱번째는 도화담 단풍이다. 가을에는 소금강이라 부르는 외산 산 속을 지나 성주산으로 깊숙히 들어서면서부터 도화담의 단풍이 짙게 불타오른다.

복숭아꽃이 많이 핀다해서 도화담이라 부르는 이곳의 단풍은 첩첩산중의 단풍이다. 한번 발길이 닿으면 그 절경에 끌리며 몇번이고 들리지 않을 수 없다는 도화담의 단풍은 이곳에서만 느낄 수 있는 그런 풍경이다.

여덟번째는 무창포의 낙조이다. 풍랑에 깎여 기암괴석을 이룬

바위와 돌의 모양 사이로 해가 지는 무창포의 노을, 바다로 해가 들어가는 모습, 해 지는 바다, 발걸음을 멈추게 한다.

난 몹시도 사람이 그리운 날은 가끔 이러한 곳을 찾는다. 말이 필요없고 인생의 깨우침을 논하지 않아도 되는 곳. 나는 시를 쓸 수 있는 마음 그것만이라도 오래 오래 간직하고 싶다.

한란이 피던 날

만세보령에 내려와 세번째 겨울을 맞이한다. 슬레이트 지붕에 브록벽으로 장엄한 30여 평의 건물, 아무리 보일러를 가동하여도 썰렁하기 그지없는 겨울나기다.

수행자 생활에 두툼한 호주머니는 생각할 수도 없지만 세원사 건립할 때 한 푼의 돈도 수중에 없었다. 학교 공부를 계속할 것인가. 아니면 일선에서 포교를 할 것인가 하는 갈림길에서 나는 포교의 길을 택한 후 그저 부처님께 매달렸다. 당신의 일을 하고 저 뜻을 세웠으니 그 뜻을 저버리지 마시고 힘과 용기를 내게 도와달라고 하면 된다는 그 깊은 의지 하나만 가지고 여기 저기 화주를 했으며 이만한 공간을 마련하여 정진할 수 있게 되었다.

다시 불사할 인연이 온다면 부처님도 나도 추위에 떨지 않는 집을 짓고 싶다. 봄, 가을은 그런대로 지낼 만하다. 여름과 겨울은 지내기가 참으로 힘이 든다. 힘이 들 때마다 이것도 수행의 한 과정이니 짜증을 부리거나 힘들어 하지 말자고 스스로 위로를 한다.

바람이 많고 비가 오는 여름날이면 슬레이트 지붕에 떨어지는 빗소리. 엉성하게 엮어 놓은 슬레이트 용마루가 예고없이 횡하니 날아가버릴 때가 종종 있어 자다말고 밖으로 나와 확인을 자주하면서 불안해 한다. 용마루가 날아간 것도 모르고 지낸 어느날 빗방울이 법당으로 떨어져서 물바다가 된 적도 있다.

겨울에는 우풍이 워낙 심하여 방안에 있어도 손발이 시릴 정도이며 목도리 모자를 쓰고 지내는 날이 많았다.

나는 그런대로 익숙해져 견딜 수 있지만 새로 세원사 식구가 된 화초들은 추위를 못 견디어 죽어버리는 경우가 있었다. 그래서 겨울이 오기 무섭게 따뜻한 곳으로 옮겨주는데 따뜻한 곳이래야 햇빛이 약간 드는 양지쪽이다. 화초들께 꽤나 신경을 쓰는 것은, 하나 하나 부처님 전에 공양한 신도님들의 성의를 생각할 때 관리 소홀로 그분들께 미안한 마음을 갖지 않기 위해서이다.

나는 많은 화초 중에 난을 좋아한다. 외모에 풍기는 기품이 일년 내내 변함없이 뛰어나며 꽃을 피울 때 집안 가득한 그 은은한 향기로움 때문이다.

공자도 제국을 편력할 때 위 나라에서 노 나라로 돌아오는 도중 산중 계곡에서 잡초에 섞여 있는 향기로운 난을 보고 난의 향기는 으뜸인데 지금은 잡초와 같이 피어 있다고 위연(喟然) 개탄하면서 가마를 멈추어 금(琴)을 울리며 시를 읊었다 한다. 그후로 집에서 마음을 닦는데 전념하여 후일에 큰 성인이 되었다고 한다.

군자나 사대부들의 애호 식물인 난은 다른 식물과는 달리 잎부분, 발브 부분, 뿌리 부분으로 나눈다. 뿌리 부분은 물을 항상 저장하고 있고 가뭄에도 이로 인하여 오랫동안 견디게 되어 있다.

처음 난을 모를 때 다른 화초와 똑같이 물을 자주 주었더니 상태가 점점 나빠져서 재생이 힘들었다. 일반 화초는 뿌리채 드러내면 불과 몇 시간 후에는 시들어 버리지만 난은 그와는 달리 뿌리에 항상 물을 저장하고 있기 때문에 일주일 동안 뿌리를 들어낸 채 있어도 시들지 않는 것이 특성이다.

발브는 영양분을 저장하는 창고이다. 그 영양을 받아 해마다 발브 밑에서 새싹을 움트게 하고 잘 자라게 하는 역할을 하기도 하고 폐촉이 되었다 하더라도 그 발브를 산이끼에 싸서 묻어 두면 다시 싹이 나온다.

잎은 늘 뿌리와 발브에 의해서 영양을 섭취하게 되는데 습기는 좋아하되 물을 싫어한다. 그렇기 때문에 분이 과습하면 뿌리의 물이 소용없게 되어 썩어 버린다. 물기가 분 안에 머물지 않도록 돌을 이용해서 심는 이유가 바로 이러한 점 때문이다.

난에는 많은 종류가 있다. 무더운 여름철에 그윽한 향내로 찌든 더위를 잊게 하는 '거란' '옥화'의 꽃향기는 신선 세계의 황홀한 풍치로 몰고가며 서늘한 바람에 꽃봉우리를 터트리는 '소심'의 그 소박한 꽃과 맑은 청향은 가을 하늘에서 하강한 선녀의 체향을 방불케 하기도 한다. 또 한 해를 결산하려 줄줄이 피어나는 고고한 한란의 우아한 꽃자락 속에서 눈과 코는 만추의 풍요를 누르고, 묵은 해가 가고 새해가 오면서 고상한 꽃을 피워 짙은 향내를 뿌리는 보세 류가 있는가 하면 봄에는 춘란 류가 꽃을 피워준다. 제 철에 꽃을 피우는 난을 갖다 놓으면 제대로 완상할 수가 있다.

얼마 전 난가게를 하시는 신도님이 한란분 하나를 주시기에 햇빛이 잘 드는 쪽에 두었으니 어느새 나도 모르는새 꽃을 피워주었다. 내가 꽃이 핀 것을 발견한 것은 첫 눈이 펑펑 내리는 날이었다. 혼자 완상하기에 아까워 가까운 이들을 불러 함께 완상하자고 했다.

나는 내가 키우는 난분에서 꽃이 피면 아이처럼 들떠있는 기분으로 보낸다. 마음 열어 모든 것이 통하는 기분이며 한참 동안 완상하는 일로 즐거운 날들을 보낼 수 있기 때문이다.

고고하고 우아한 꽃자락을 자랑하는 한란이 꽃을 피우던 날, 방을 깨끗이 청소하고 우전차(雨前茶, 곡우전에 딴 차)를 끓여 오랜만에 가까운 이들과 함께 한담을 나누기도 했다. 잠깐 잠깐 겨울의 햇살을 받고 추운 공기를 거부하며 꽃을 피워 낸 그 인내심을 바라다 보면서 겨울엔 방 안에서만이라도 목도리 모자를 벗어야겠다는 생각을 가진다.

농어촌 컴퓨터교실

현 사회를 우린 정보화시대라 한다.

최근 몇 년 동안 컴퓨터에 대한 관심도가 많이 높아졌고 PC통신이나 컴퓨터 해커같은 말들은 많은 사람들 입에서 상식화되어가고 있는 실정이다. 머지않아 무인 자동차, 멀티미디어 같은 새로운 기술들이 우리들의 자리를 메울 것이다. 이것은 21세기를 향한 산업혁명이고 기계와 인간 사이를 부드럽게 해주는 인류의 예지라고 표현하고 싶다.

정보를 제대로 다루고 활용할 줄 모르면 21세기 첨단정보사회를 살아갈 수 없을 정도로 정보는 우리 생활 깊숙히 파고 들고 있다. 그저 물밀 듯이 밀려온 서구의 문물, 과학문명에 너무 쉽게 마음을 빼앗긴다고만 생각할 수가 없다.

요즈음 사찰의 업무도 다 전산화되어가고 있는 실정이다. 승가대학 쪽은 졸업을 하기 전 전산 공부를 하게끔 많은 배려를 한다고 하지만 스님들 자신들이 기계 앞에서는 어색해하고 있다고 했다. 왜냐면 종무소에서 직접 업무를 보는 스님이 아니면 수행하는데 컴퓨터를 몰라도 별 지장이 없기 때문이다. 그래서인지 종무소에도 스님들보담 전산을 전문으로 한 직원이 대부분 이용 처리하고 있다.

나도 2년 전 컴맹에서 좀 벗어나고 싶고 호기심도 생기고 좀 편리하게 워드라도 사용을 할까하고 전혀 상식도 없이 컴퓨터를 구입을 했다. 학원 교육을 얼마간 받으면 괜찮겠지 하는 생각에 한번 도전도 해보고 싶었다. 보이지 않는 화두 공부도 하는데 이것쯤이야 하는 내 생각은 일주일간 컴퓨터 구입처에서 교육을 받았는데 이해는커녕 어렵게만 느껴져 왔다.

그 후 따로 교육을 받을 만한 곳이 없어 차일피일 미루어 오다가 제대로 기계 사용도 못해온 셈이었다. 이번 겨울에는 제대로 배우자는 계획에 학원을 물색하고 있는데 은하 엄마가 종이 한 장을 내게 내밀었다. 우체국 이층에서 컴퓨터 교육이 있는데 들어보니 많은 도움이 되더라고 스님도 학원쪽보담 훨씬 나을지도 모르니까 한번 강의를 받아보라는 원서였다. 강의료도 없고 부담 없이 한번 들어보고 그때 학원을 결정하자고 원서를 내밀었다. 나는 같은 곳에 살면서도 그런 강의가 주변에 있다는 사실조차 모르고 있는데 그러한 정보를 얻고 보니 인간은 혼자는 살 수 없고 서로 서로 상부상조하면서 사는 것이구나 하는 생각이 들었다.

원서를 내고 두 달만에 연락이 왔다. 스님이라도 강의를 받아도 좋다는 것이었다. 잘 접할 수가 없어 컴퓨터에 대한 두려움이 아직 남아 있는데 하는 생각에 망설임과 설레임이 끝없이 교차되었다. 뭘 그리 대단한 것이라고 말할지는 모르지만 아무튼 내게는 그러했다.

처음에는 체신부 장관님이 참 좋은 사업을 하시는구나 하는 생각을 했는데 그것이 아니었다. 체신부 산하에 적을 두고 있는 한국정보문화센터라는 법인체에서 정부에서 실시하는 사업 중 하나로 농·어촌인을 대상으로 무상으로 실시하는 사업이라는 것이다. 어떤 단체가 하든 그것이 중요한 것이 아니라 이런 혜택을 받을 수 있다는 사실 하나만이라도 나는 만족해 한다. 4주간의 교육은 짧기는 했지만 그 인연으로 두려움 없이 컴퓨터를 만질 수 있다는 것이 나는 참으로 큰 것을 얻은 셈이다.

MS—DOS와 하나워드, 스프레드시트도 교육을 받았다. 처음 일주일 간 받은 DOS 공부는 그 단어를 익히고 활용하기에 어려움이 따랐지만 워드에 들어가서는 차츰 차츰 눈이 뜨이기 시작했다. 4주간 교육을 다 받은 지금 완벽하게 활용은 못하지만 내가 필요로 하는 워드를 손수 할 수가 있어 얼마나 고마운지 모른다.

수강생은 오전 오후 저녁반으로 나뉘어져서 교육을 받는데 오전 오후는 대부분 주부들이고 저녁반은 다양한 사람들이 모인 셈이다. 난 시간 관계상 저녁에 강의를 들었다. 우리 반은 13명의 수강생과 김영석 강사님이 있었다. 아직 결혼을 하지 않는 총각이라 그런지 아니면 한 곳에만 집념하는 순수함 때문인지 때묻지 않고 해맑은 모습을 가지고 있으면서도 강의시간에는 무섭게 질문공세를 하고 결석 지각 하는 사람에게는 호되게 벌칙을 내리면서 전체의 흐름을 한 달 동안 잘 이끌어 갔다.

수강생 중에는 60이 가까운 아버지 같은 분이 계시는가 하면 농사를 짓고 축산업에 종사하시는 분, 사업하시는 분, 은행에 다니시는 분, 시청에 다니시는 분, 우체국에 근무하는 분, 학교 선생님 등 다양한 분들이 모여 서로 탁마하면서 공부를 했다. 그중에 종교인인 내가 끼어 있어 스님도 컴퓨터가 필요할까 하는 의

아심에 찬 눈빛들이 따가왔다. 특히 강사인 김영석 님은 자기가 스님을 가르쳤다는 사실을 내내 잊지 못할 것이라고 했다.

아직 우리 주위에는 수도자를 신비로운 사람이라고 생각을 하고 자기들이 하는 일에 끼어들면 이상한 눈으로 바라보기 때문에 불편할 때가 더러 있다. 스님들은 산 속에서 염불이나 하고 목탁이나 치면서 어쩌다 필요할 때만 찾는, 자기들의 복이나 빌어주고 세상사람과 단절하며 살아가는 사람이라는 신도들의 생각 때문에 불교는 늘 염세주의적 관념에서 벗어나지 못하고 있다.

나는 생각을 달리 한다. 적어도 세상 사람들의 정신적 지주인 종교인들은 중생들의 마음의 안식을 위해 더 많이 알아야 하고 더 많이 배워야 한다. 그러한 것들이 불교와 조화가 되었을 때 하나의 이룸을 사람들은 가져 갈 것이다. 세상에서는 모르는 것이 때론 용서를 받을 수 있는 일이지만 불교에서는 모른다는 것은 용서를 받지 못한다. 알고 행하는 일은 그 속에 안다는 것이 깔려 있기 때문에 짐작이 되고 대비가 되지만 모르고 행하는 무지 행위는 큰 손상을 가져다 줄 수 있는 위험이 내포되어 있기 때문이다. 꼭 이러한 이유 때문만은 아니다. 남에게 도움을 청하고 힘을 빌리고 싶지 않는 성격 탓인지 몰라도 이것 저것 수행에 방해가 되지 않는 한 익혀서 활용을 하려고 한다. 익혀둔 것들이 생활에 아주 작은 부분을 차지하지만 꼭 필요한 것이 내 힘으로 요긴하게 처리될 때 그때가 참 편하기 때문이다.

나는 무엇을 하나 시작하면 그것에 깊숙히 파고 들어가는 성격이다. 파고 들어가서 내 것으로 소화할 때까지 그것들과 열심히 싸우며 소화를 다 하고 나면 미련없이 툭툭 털어버리지 미련을 두지 않는다. 컴퓨터가 가지고 있는 것들을 하나 하나 얻어서 생활에 많은 보탬이 되게끔 만들어 갈 것이다.

마지막 날 한국정보문화센터에서 주는 수료증을 받았다. 우리네 절집 안에서 안거가 끝나면 안거증을 준다. 나는 이번 동안거 동안 컴퓨터 안거증을 받은 셈이다.

생활환경

봄 가뭄 때문에 애써 심어 놓은 잔디와 여린 묘목들이 수분 부족으로 잘 자라 주지 않으면 어떻게 하나 하고 비라도 좀내려 주었으면 하는 바람으로 하늘을 올려다 보는 습관이 어느새 생겨 버렸다.

그런데 오늘 그토록 기다린 비가 한줄기 내릴 것 같이 잔뜩 찌푸린 날씨이다. 시원하게 한줄기 내려 주었으면 여린 묘목들이 얼마나 흡족해 할까 하면서 열어 놓은 창문 너머로 하늘을 또 한번 무심히 올려다 본다.

봄날 내내 도량 여기 저기에 임시로 산재되었던 나무들을 이제 아주 정착할 수 있도록 자리 찾아주는 작업을 했었다. 너무 빈 공간들을 잔디로만 채워주기가 허전한 것 같아 괜찮은 정원수라도 몇 그루 사다 심어 볼까하는 심정으로 잘 아는 스님이 알고 있는 나무 농장을 찾아 갔던 적이 있다. 이곳에서 내 형편으로는 쉽게 살 수 있는 가격이 아니어서 다음에 또 오겠다는 말만 남기고 뒤돌아 나왔었다.

그 후 나는 다듬어 놓고 잘 키운 정원수에 대한 미련을 떨쳐 버리기 위해 장날마다 나무시장에 나가서 주머니 사정따라 한그루씩 한그루씩 묘목들을 사다 그 빈공간의 자리들을 메워가는 작업을 했다. 그렇게 구하여 심고 싶었던 백일홍도 장희 아빠가 구해와서 앞 뜨락에 심었고 부민이 엄마가 식구 수대로 모과 나무랑 단감 나무를 사다 주어서 뒤 뜨락에 손수 심었다.

꽃이나 열매를 보기까지는 많은 정성과 시간이 흘러가야만 완상할 수 있을 것이다. 조급한 마음을 일으키지 않고 키워가는 재미를 얻어야 할 것 같다. 매일 매일 가까이 다가가서 세심히 보살피고 가꾸어 가는 작업을 게을리 하지 말아야겠다.

어느 도량이든 집이든 꽃들이 어우러져 있는 정원을 보면 웬지 모르게 다가오는 정겨운 분위기에 너나할것 없이 생활에 작은 즐거움이 일 것이다. 돈 치장을 한 그런 사치스러운 풍경이 아닌 투박하면서도 서투른 전지 가위 흔적이 남아있는 나무.

가족 중 한 사람이 손수 가꾸는 것을 담당하면 그 집안에 보석을 키우는 것과 같다고 할 수 있다. 아파트는 정말 재미없는 공간이다. 편리성 때문에 많이들 살고 있지만 한계가 보이는 공간. 답답함은 사람을 질식케하는 다분한 요소들을 가지고 있다.

내가 아는 어떤 아이 엄마는 아이의 꿈이 훌륭한 작가가 되는 것이라 하여 아이의 정서 함량을 살지워 주고 좋은 글이 될 수 있는 환경을 만들어 주기 위해 자연이 숨쉬는 시골에다 집을 구하러 다닌다고 했다. 아이의 재질을 빨리 발견하는 엄마, 참으로 지혜스러운 엄마의 모습이었다. 아이들에게 몇 개의 학원 가방을 들려 시계방울처럼 왔다갔다 하게 하는 것보다 얼마나 보람찬 교육현장인가? 현실적으론 그 아이가 몇 개의 학원에 다니지 않아서 뒤떨어지는 것 같지만 후일에는 건강한 결과가 생겨날 것이다.

　세원사는 명산을 끼고 있는 것도 아니고 자연 경관이 수려한 것도 아닌 그저 평범한 촌락에 머물러 있는 곳이다. 사찰이란 진리를 득도하려는 사문들이 수도하는 도량으로서 단순한 생활욕구에서 우러난 집이 아니다. 불세계로 가기 위한 수도처로서의 생활공간이다. 거기에 따르는 경관적 조화는 자연에의 몰입이 아니라 자연을 포용하는 거룩한 수도인의 안목이라고 할 수 있다.

　사찰 주변의 모든 식물, 나무, 풀 한 포기, 돌멩이 하나 하나가 욕계로부터 벗어난 청정하고도 숭고한 느낌을 줌으로써 무디어진 인간의 심성을 일깨우는 큰 힘을 가지고 있다.

　왜냐하면 종교 그 자체, 건축미, 자연환경이 모두가 공통적으로 우리 인간에게 정신적 안식처를 주는 곳이기 때문이다. 나는 가끔 가까운 개심사를 찾는다. 기교와 인공미가 없는 단순하고 간결하고 아름다움을 한껏 가지고 있는 이 도량이 좋아서 찾는데 그곳에 가서 혼자서 심신을 맑힐 뿐이지 주지 스님을 찾는 번거로움을 하지 않는다.

　주지 스님이 누구인지도 나는 모른다. 그것이 내게 중요하지 않기 때문이다. 개심사를 찾기 위해 그 길목에 들어서면 푸른 저수지와 거대한 목장이 한 폭의 동양화처럼 멋지게 펼쳐져 오는 사람 가는 사람을 편안하게 해주며 마음껏 풀 냄새를 맡을 수 있다. 저수지 물가로 잔잔히 춤추는 산바람이 참 시원하고 여유스러움이 느껴지는 곳이다. 마을 어귀에 핀 벚꽃이 다 지고 나면 그때사 개심사 벚꽃은 홀홀히 피어나 다시 벚꽃을 완상할 수 있다. 고목나무에서 아름 아름 피어 바라다 보는 눈을 멎게 하는 희귀한 꽃잎들…. 산자락에 바람이 일어나면 벚꽃은 꽃비로 휘날려 황홀의 경지에 이르게 한다.

여름에는 연못에 수선화가 피고 여기에 조화를 이루려는 듯 알몸으로 서 있는 백일홍나무의 그 자태는 굉장히 고풍스러워 보일 뿐 아니라 저절로 불심에 귀의케 하는 위대한 힘을 가지고 있다. 이것이 그다지 크지도 않는 개심사 도량의 정경이다.

이 이름난 절 때문에 이 지역이 세상에 알려지게 되었다는 말을 빌리지 않아도 길목과 사찰은 너무나 어우러진 조화를 이루고 있다. 개심사를 찾는 날은 산천초목의 자연미를 마음껏 맛본다. 무어라고 형용하기 어려운 힘이 솟아 오르며 날아갈 듯한 경이로움들이 일어난다. 자연이 주는 그 거대한 힘, 인간은 순순히 따를 뿐이지 거역하거나 다스려서는 안 된다는 이치를 배우게 해 준다.

이 도량에서 산소가 부족하다고 느껴지면 나는 또 개심사를 찾을 것이다. 자연의 교향악을 듣고 올 것이다. 동행인이 없었으면 더욱 더 좋겠다.

벽에 핀 연꽃

　여름날, 운주사를 다녀오면서 어둠이 쉬 오지 않는 시간이기에 일행들과 함께 연꽃의 낙원인 전주 덕진 공원에 일부러 들렀었다. 지난해 꽃을 보기 위해 몇 번 갔었지만 무성한 잎만 보고 돌아왔던 기억이 있어 올해는 제대로 가서 만개된 꽃을 보고 와야지 하고 벼르고 있었는데 잘된 일이었다.

　저녁나절 노을에 얼비쳐 가는 연분홍빛의 극치가 그 피워낸 꽃 속마다 콩알만한 작은 부처님들이 방광을 하고 있는 것이 아닌가. 그냥 주저 앉아 밤이라도 새워 가면서 더 가까이 가고 싶었다. 혼자였다면 어쩜 수위 아저씨가 나가라고 했을 때까지 그냥 서성이고 있었을 게다.

　덕진 공원은 연꽃의 천국으로 향기가 그득하다. 우리 불교인들은 유독 왜 이 연꽃을 좋아할까. 연꽃하면 불교를 상징하는 꽃이라는 것쯤 비불자들까지도 알고 있을 만큼 우리네 절집에서는 굉장히 신성시하는 꽃이다. 이것은 저 유명한 염화시중(拈花示衆)에서 비롯된다고 볼 수가 있다. 부처님께서 어느날 영산회상 법좌에 올라 연꽃을 들고 아무말 없이 대중들에게 들어 보이셨지만 아무도 그 뜻을 아는 이가 없었다. 그중 마하가섭만이 오직 부처님의 참뜻을 헤아리고 살며시 웃었다고 한다.

또 처념상정(處染常淨)이라는 말이 있다. 더러운 곳에 처해 있어도 항상 맑은 본성을 간직하고 있다는 말이다. 물이 더럽거나 지저분하여도 그 속에서 귀한 꽃을 피워내는 그 모습이 무명에 둘러싸였어도 깨달아서 불성이 드러나는 것과 같은 것이라고 해서 연꽃을 불교의 꽃이라고 하는 것이다.

부처님이나 보살의 청정 미묘한 미소가 연꽃송이를 통해 구체적으로 비유되는 것은 연꽃이 진흙 속에서도 아름다운 꽃을 피우는 것처럼 불교인들은 갖가지 불의와 부정이 난무하는 사바세계에서 중생으로만 남아 있을 것이 아니라 부처님의 가르침을 힘써 실천해야 한다는 의미가 포함되어 있기 때문이다.

꽃과 열매가 함께 결실을 맺는 연꽃, 진흙 속에서 피어나면서도 단 한방울의 진흙탕물도 용납하지 않는 자태가 고귀하다.

중국의 유학자 주돈이라는 사람의 애련설(愛蓮說)에 보면 "내가 오직 연을 사랑함은 진흙 속에 났지만 물들지 않고 맑은 물결에 씻어도 요염하지 않으며 속이 소통하고 밖이 곧으며 덩굴지지 않고 가지가 없다. 향기가 멀수록 더욱 맑으며 우뚝 깨끗이 서 있는 폼은 멀리서 볼 것이요, 다붓하여 구경하지 않을 것이니 그러므로 연은 꽃 가운데 군자라 한다."라고 했다. 이런 고귀한 자태를 붓으로 잘 표현하는 스님을 알고 있다. 바로 성효 스님이다.

서울에서 살 때 일이다. 내 손으로 등록금을 마련해야 할 때 그때 나는 용돈을 벌기 위해 부전살이(법당에서 염불하는 일)로 얼마동안 인천 부근의 어느 절에서 머문 적이 있다. 그때 그 절에서 잔일을 하면서 살던 스님을 기억한다. 그 스님은 잔일이 끝나면 구석진 자기 방에 들어 가서 열심히 연꽃만 그렸다. 그 어린 모습이 재주꾼으로 보였다. 갓 출가한 듯 보이는 모습에서 그려지는 그림들은 성숙미는 없었지만 무한한 잠재적 힘이 보였었다. 그림을 잘 모르는 내가 이렇게 말하는 것이 그림을 하는 스님께 누가 될지는 모르지만 지금 그림과 그때의 그림을 비교하며 말하는 것이다.

그곳에서 지낼 때 스님은 나보다는 한참 아래의 나이인데도 윗사람처럼 챙기고 생활에 어색하지 않게 도움이 되어주기도 했다. 그곳에서 떠나올 때 스님의 그림과 나의 시를 한 폭의 족자를 만드는 추억을 만들었다. 그것은 늘 내 방 어느 부분을 차지하곤 했는데 몇 번의 짐 옮김으로 없어졌고 지금은 누군가의 그늘에서 나의 추억으로 머물고 있을 것이다.

그 족자가 내 곁에서 없어졌을 때 나는 완연히 스님의 얼굴을 잊어 버렸다. 몇 해 전만 하여도 그 그림으로 하여 가끔 가끔 연락을 주고 받았는데 완전히 소식이 끊어지고 만 것이다. 만나면 반갑고 헤어지면 그냥 듬듬이 지내는 것이 출가 사문의 생활이라 한다. 하지만 그래도 간혹 그림 하는 스님들을 만나면 불현듯 그 연꽃그림을 떠올리며 스님 생각이 나곤 했는데 소식을 서로 알 수 없었던 올 늦은 봄이었다.

전화가 와서 받아보니 나를 찾는 전화 속의 그 목소리가 바로 연꽃 그림을 그리는 성효 스님이라는 것을 기억해내었다. 그에게 친절한 안부보다는 그림의 성숙도를 물어보는 실수를 저지르고 말았다. 사람 자체를 만나고 싶어 한 것이 아니고 그의 그림을 만나고 싶었던 것이 아닐까 하는, 나의 진국이 아닌 인간미가 엿보인 것 같아 좀 부끄러웠다. 10년만의 해후였다. 시집 『달을 보는 섬』광고 덕분에 우린 다시 만날 수 있었다.

우리 절집 회색빛 터널 속에서 함께 묻혀가고 있다는 사실 하나만이라도 확인한 셈이고 그간의 안부를 묻지 않아도 충분히 서로를 확인한 셈이었다.

어느 해인가 시장에 나갔더니 장터에서 할머니 한 분이 연꽃을 꺾어와서 팔고 있는 것을 보고 부처님께 멋지게 꽃꽂이 솜씨를 자랑해 보려고 사다가 공양올린 적이 있었다. 이 연꽃 봉우리가 피지도 않고 하룻밤 사이 고개 숙이고 만 것을 보고 다시는 가까이 연꽃을 갖다 놓겠다는 욕심을 부리지 않았다.

그런데 덕진 공원에 갔을 때 잠시 잠깐 이런 생각을 했었다. 나의 뜨락에도 조그마한 연못이 있다면 연꽃을 심어서 아침 저녁 포행길 친구로 하고 싶다고. 그런데 그 원대로 연못에 핀 연꽃은 아니지만 나는 연꽃 정원을 갖고 있는 셈이다.

성효 스님이 많은 연꽃 그림을 그려 주어서 방 안 벽면마다 피어 오르고 있다. 여름날 그 귀한 바람 한 점 스쳐도 향기가 일지 않는 내 방 안의 연꽃이지만 마하가섭이 부처님께 보이신 그 미소와 같은 의미가 물씬 풍겨오기 때문에 나는 만족한다. 내 방 안의 연꽃은 땀흘려 자신을 갈고 닦지 않으면 그 향기는 물론 그 그림의 진가조차도 영원히 찾지 못할 것이다.

방 안에서 피어 오르는 그 꽃을 보내 준 스님께 달리 답례할 것이 없어 이렇게 시를 지어 화답을 했다.

서재엔/귀찮은 더위/한창인데/엷은/분홍빛 연꽃은/방안 그득하네/어리석은 속인과/문자 놀이로/어우러져 사는/내 방/벽면마다 마다에/만다라화/꽂아 두고 간/월출인/꽃향기는 온데 간데 없는데/그림 속/체취만 그립게 하네.

갈바람 소리 들으며

방 안 공기가 좀 탁한 듯하여 찬바람이 그다지 반갑지 않는데도 창문을 열어 놓았다. 늘 이맘때쯤이면 한차례 앓아야 하는 감기란 놈이 올해는 더 오래 머물러 있는 듯하여 하루일과에 맥 놓고 밀폐된 방 안에서 지내는 시간이 더 많다. 열어 놓은 창문 사이로 보이는 하늘은 맑은데다가 간간이 흐르는 듯 그려놓은 듯한 비늘구름이 고와 멍하니 한참이나 올려다 보았다. 살면서 가끔 올려다 볼 수 있는 하늘이 있는데도 우리들은 잘 보지 않는다.

무심히 눈 높이만큼 보이는 하늘을 보면서 나는 한 손으로 아무런 의식 없이 먹을 갈았다. 붓장난을 하고 싶어서이다. 누구에게 따로 붓글씨 지도를 받아 본 적 없이 마음내키는 대로 써내려 가는 것이다.

그러던 어느날 문득 장난으로 머물러 버리기는 시간낭비라는 생각이 들어 제대로 지도를 받아야 하겠다는 충동이 일었다. 그래서 주변에 여기 저기 찾아 보았지만 좋은 분을 만나지 못해 고심만 하고 있었다. 그러던 중 하루는 서울역 전시실에서 한글문자의 조형성과 그 미감이라는 주제로 열린 한글 서예전이 눈길을 끌어 들어 가보았다. 내가 배우고 싶었던 한글 예서가 아닌가. 그래 이것이야 하고 팜프렛을 사고보니 심응섭 교수님은 내 가까운

곳의 대학에 나가고 있는 것이 아닌가. 가까운 곳에 계신다는 것
만으로 나는 큰 수확이다 싶어 전화를 드렸다. 물론 개인지도는
시간상 불가능하겠지만 도움을 받고 싶었다.

나의 청에 흔쾌히 승낙을 해주셔서 나의 붓장난의 나쁜 습관들
이 이제 서서히 고쳐지고 있다. 화선지 위에 또 하나의 창조물을
쏟아 붇기 위해 매일 먹을 가는 일거리가 생긴 셈이다. 시간이
없다는 핑계로 시중에서 파는 먹물을 사용했는데 붓이 잘 나가지
않아서 시간이 없어도 꼭 먹을 갈아서 쓴다.

아침나절이었다. 먹을 갈고 있는데 어디선가 사람의 발자욱 소
리인 듯한 소리가 들려왔다. 내 시간을 방해할 방문객인가 싶어
몇 번이나 창밖으로 고개를 내밀었지만 사람 소리는 아니었다.
그런데도 자꾸만 무언가가 들려왔다. 한참을 그 소리에 귀기울여
보니 그건 사람 발자욱 소리가 아니고 뒷산 산나무에서 나뭇잎들
이 떨어져 바람부는 대로 굴러서 내 창쪽으로 쏟아져 내려 오는
소리였다. 그 서걱이는 소리가 내 귀에는 왜 발자욱 소리로 들렸
을까.

때마침 나의 사색의 시간을 깨뜨린 전화가 있어 받아보니 방송
국에서 일하시는 아는 분이었다. 내가 이 이야기를 했더니 스님
께서 몹시도 사람이 그리운가 봅니다라고 했다. 수행자가 사람이
그리우면 살아감에 힘든 증거가 아닐까.

글쎄 내가 그랬나 싶어 이것은 아니었는데 하면서 혼자 중얼
거렸다. 그 서걱대는 갈바람 소리에 더 이상은 방 안에 있을 수
없어 가까운 오서산으로 산행을 했다. 송순희 여사와 함께.

처녀때 산을 타보고 처음이라고 약간은 고삐 풀린 기분으로 산

을 오르는 모습을 보면서 오늘 나의 동행인으로 잘 선택했구나 싶어 그 기쁨으로 늦가을을 즐겼다. 한동안 빈산을 헤매이고 다녔지만 정상은 오르지 못하고 뒤돌아 왔다. 처음에는 일전에 신문에서 스크랩해두었던 오서산 정상의 억새꽃을 좀 보겠다는 목적이 있었지만 안내없이 정상까지 가기가 마음이 내키지 않아서 바라다보고는 되돌아 왔다. 언제 누군가가 안내를 하겠다면 기필코 따라 나서서 정상에 가득히 핀다는 억새꽃을 보리라.

내려오는 도중 산기도를 하면서 산다는 납루한 집 마루에 주렁주렁 달린 곶감이 옛날 할머님께서 조상 차례상에 올리기 위해 늘 깎아 처마 밑에서 말렸던 것과 같다는 생각이 문득 났다. 그래서 옛날 할머니가 만드신 곶감 맛이 되살아 날 것 같아 몇 개 얻어 먹었다.

가끔 불쑥 좌선의 그림자를 거두고 큰 산에 안겨 보는 것도 좋으련만 늘 생각은 자주 일으키기는 하는데 시간을 원망하는 것은 게으름 때문일 것이다. 더불어 살 때는 산을 좋아하는 도반들 덕분에 간간히 산을 오르고 했는데 이제는 그런 맛도, 정취도 없이 생활인으로 변모하는 것이 아닌가 싶어 침묵할 때가 많다. 혼자의 삶이 더 자유롭고 여유있을 것 같았는데 보이지 않는, 나 스스로가 만들어 가고 있는 그 테두리에 묶여 일상을 그 속에 쳇바퀴 도는 듯 달려가고만 있다.

큰 산을 떠나 온 뒤로는 제대로 단풍 든 산행을 즐기지 못했다. 마음의 여유도 없었지만 어디로 가나 사람과 차에 밀려 어디 제대로 느끼고 감상할 수도 없을 뿐 아니라 나까지 그 복잡한 곳에 한몫하고 싶지 않아서이다.

　얼마전 백양사, 천진암에 볼 일이 있어 휴일에 나섰다가 많은 고생을 했다. 가을이면 백양사 내장사는 불자의 참배보단 단풍놀이로 나온 사람들이 많기 때문에 웬만하면 가을이 아니거나 휴일이 아닐 때 내 도반을 만나러 가기로 했는데 이번에는 내 볼일에 동행을 하겠다는 아는 선생님의 시간에 맞추어 움직이다 보니 휴일밖에 시간이 없었다.

　짐 때문에 절까지 차를 몰고 그 많은 인파 속을 헤집고 들어가는 마음은 편치 못했다. 우리 집 우리 마음대로 드나들기는 하지만 웬지 걸어서 단풍을 즐기는 사람께 미안했었다.

　나뭇잎들이 아직 물들어 주지 않은 이른 날인데도 큰 산에 안기고 싶어 줄지어 산을 이어가는 사람들의 그 여유스럼만 창 밖으로 보았을 뿐 정말 큰 산에 갔는데도 올 일이 걱정이 되어서 크게 한번 산 품에 묻혀 보지도 못하고 급히 돌아오는 재미없는 백양사행이었다.

　단풍은 하루 중 이슬이 채 마르기 전 햇살이 막 피어 오를 때 깨끗하고 싱싱한 색깔로 참으로 고운 티를 자랑한다. 한낮에 마른 단풍을 보기보단 이른 아침 단풍을 난 권하고 싶다.

　창문 사이로 보이는 높다란 하늘이 보이고 그 밑으로 얼마의 나뭇잎들을 서서히 대지로 돌려 보내는 자연현상이 이루어지고 있다. 그 곱고 화려함에 비해 무언가를 위해 비워줄 수 있는 마지막 가을의 길목이 더 숙연해진다. 대지 위에서 한바탕의 자기 연출을 끝내고 바람부는 쪽으로 향하여 사람 발자욱 소리만큼 크게 갈바람 소리에 서걱 서걱 밀려가고 있다. 지금 내 창문 밖에서 말이다.

가을걷이

애써 심지 않았는데 어디에선가 날아와 양지바른 쪽에 자리하여 환하고 아름답게 가을을 느끼게 해 주는 코스모스. 언제 보아도 청순하고 가을 하늘만큼 맑아 보인다. 화려하지 않으면서도 어울려 피는 그 모습은 어떤 꽃에 비유할 수 있을까. 바라만 보아도 마음이 맑아지기 때문에 가을하면 길가에 흐드러지게 피는 코스모스를 으뜸으로 치는 것이 아닐까.

또 봄내 번식율이 강한 갈대뿌리를 제거한다고 고생을 했는데도 그 잔재들이 남아서 햇빛따라 은빛 무늬를 눈부시게 실어 보내는 것을 보니 그냥 그 뿌리들을 두어서 이때쯤 갈대물결을 즐길 걸 그랬다.

세원사에는 세원사가 있기 훨씬 전부터 두 그루의 감나무가 있는데 그것은 옆 사슴집 것이라고 못을 탕탕 박아 두었기 때문에 누가 감나무에 관심을 두고 손을 대기라도 하면 어디서 보았는지 고함소리가 날아 온다. 또 한 그루의 감나무는 세원사 경계쪽에 있는데 해거리를 하여서 많은 감이 열어 주지 않기 때문에 감나무를 비교하는 사람들은 옆집 감나무를 보고 투정을 한다. 그러나 세 그루의 밤나무는 해마다 풍년을 이루어 준다.

밤꽃이 필 때 약을 한번 해주면 벌레가 먹지 않는다고 하지만 나는 그 밤을 먹기 위해 일부러 약을 쳐 주지는 않는다. 왜냐하면 내가 그 밤을 줍기도 전에 뒷집 미영이가 차지하기 때문에 벌레 먹은 밤이 많은지 어떤지 모르는 편이다. 미영이는 가끔 밤나무 밑에 와서 자기 키보다 몇 배나 큰 장대를 들고 사정없이 털어내기 때문에 가끔 나의 사색 시간을 예고없이 방해한다. 미영이는 밤나무 주인이 누구인지도 알고 있고 주인은 밤나무 밑에 잘 서성이지도 않고 관심이 없다는 것을 잘 알고 있는 아이이다.

자기보다 누가 먼저 그 밤을 가져 갈까봐 학교에서 돌아온 후 자주 자주 밤나무 밑에서 서성이는 모습을 바라보면 가을은 우리들에게 마음의 풍요로움을 더 크게 가져다주는 것 같다. 그 밤은 미영이의 유일한 가을 간식이기에.

마을과 인접해 있는 세원사. 문만 열면 가득 트인 들판이 눈에 확 들어 온다. 여기서 느끼는 가을의 풍요로움과 아름다움 때문에 따로 가을을 느끼기 위해 길을 나서지 않는다. 창문을 열어 놓고 저 넓은 들판 속에서 가을의 시어를 찾기도 한다.

요즈음 들판에서 내 이웃들의 손길이 몹시도 바빠 보인다. 가을걷이 때문이다. 하루하루가 다르게 들판은 알몸을 드러내기 시작했고 기계소리, 경운기 소리가 분주하게 들린다. 옛날에 비하면 농사짓기에 참 좋은 세상이다. 기계 한 대로 넓은 들판을 채우기도 하고 드러낼 수 있으니까 직접 사람 손으로 모를 심고 벼를 베고 볏단을 옮기던 시절에 비하면 편리해졌다. 하지만 단순해진 농사일이지만 그래도 내 이웃들의 얼굴 보기는 힘들다.

농사일에도 자기 철학이 없으면 농사를 지을 수가 없다. 그 절기를 놓치면 그 해의 농사는 엉망이 되고 만다. 나는 일년 내내 이웃들의 틈 속에서 농사일들을 눈여겨 본다. 어떤 때 무엇을 뿌리고 모종하고 약을 하는지 눈으로 보기는 하지만 작은 것을 실천으로 옮겨 보면 그들만큼 나의 수확은 넉넉치 못하다. 그것은 농사일이 내게 있어서는 소일꺼리, 재미꺼리로 하기 때문에 이것이 아니면 안 된다는 철학이 없기 때문일 것이다.

마당 모퉁이에 조그마한 텃밭을 일구어 놓고 몇 그루 고추, 가지 등을 심어 두었더니 그런대로 먹을 만해서 여름날 찬거리를 사다 먹지는 않았다. 나는 심어두기만 했지 관리는 전혀 하지 않았다. 가끔 오시는 동용이 아빠가 보고 거름을 주셨고 정희 씨가 호미질을 해주었기 때문에 그나마 먹을 수 있었을 게다. 바쁜 것은 일종의 핑계이고 어떻게 관리를 해주어야 알찬 수확을 하는지 나는 내 나름대로 터득의 힘이 부족하기 때문이다.

그 가까운 예로 얼마 전에 아는 시인이 살고 있는 달롱재에 갔었는데 그 집에 심어둔 고춧대를 보고 난 더 느낄 수 있었다. 서울에서 기거하는 일이 많은 이 시인은 어쩌다 들리면 쉬었다가 가기 바빠서 고춧대는 하나도 자라지 않을 모종나무 때 그 모습인데도 몇 개의 고추를 잉태하고 있는 것이 대단해 보였다. 이럴 수 있을까. 이 난장이 고춧대에도 자기를 지키고 싶어 하는 그 본능이 있다. 죽지 않고 살아가는 모습, 어느 누구의 관심이 없어도 고추는 붉게 가을을 욕되지 않게 해주고 있었다. 나는 붉게 달린 그 모습을 그냥 두고 뒤돌아 오기가 마음에 걸려 가을 햇살이 잘 드는 쪽에다 그 붉은 고추를 따서 두었다. 어쩌다 걸음하는 주인을 일깨워 주고 싶어서이다.

이 세상에서 가장 부지런한 사람이 아니면 농사일을 할 수가 없다. 도회지 시골 출신들이 간혹 하는 말에 안 되면 직장 그만 두고 시골 가서 농사일이나 하며 살지 하고 시골을 하나의 도피처로 생각하는 말을 한다. 농부는 인생 전부를 자연에게 바치고 흙에 순응하지 않으면 살아갈 수가 없다. 물론 생각도 없는 단순한 노동이라고 할지는 모르지만 그 나름대로 자연의 섭리를 터득하는 지혜가 있기 때문에 우리의 농토는 생존할 수 있는 것이 아닐까.

시골 사람들은 자꾸만 떠나고 있다. 노인들만이 남아서 선조 때부터 지켜온 땅을 사랑하려고 애쓰고 있는 것이다. 자연을 자꾸만 거부하면서 살려는 우리들의 정신은 날로 황폐해가고 있고 정서 함양이 넉넉하지 않기 때문에 자기한테뿐 아니라 남에게도 인색해져 가고 있는 것이다. 몇 개의 학원에 짓눌려 자연을 느끼지 못하는 아이보다는 밤나무 밑에서 자기 간식을 찾기 위해 긴 장대로 밤나무를 터는 미영이가 더 넉넉한 생활을 하고 있는 것이다.

어둠이 제법 무르익어 가고 있는데도 내 이웃들은 한 해를 넉넉히 지내기 위해서 열심히 들판에서 가을걷이를 하고 있다. 나도 몇 그루 안 되는 고춧대를 정리하고 겨울에 먹을 수 있는 씨앗들을 뿌리기 위해 텃밭을 또 손질해 두어야겠다. 찬서리가 내리기 전에 말이다.

장마 그리고 이웃

하룻밤 서울 나들이를 다녀오는 동안 160밀리나 되는 강우량에 나의 뜨락은 물바다가 되고 말았다.

온 농토가 물에 잠긴 것을 바라다 보는 농부의 심정처럼 처참한 것은 아니었지만 사전에 준비가 소홀했던 결과이다. 경험 부족이란 것이 이런 데서 나타난다. 아직 자리잡지 못한 잔디와 나무들, 거침없이 내린 빗줄기에 보상이라도 하라는 듯 지쳐 있다. 잔디를 심은 뒤 짠기 없는 모래를 뿌려 주면 잔디가 잘 자랄 뿐 아니라 줄기가 활기차게 뻗는다는 말과 경험에 의해서 이번에도 잔디 모종을 하고 난 뒤 모래를 손수 몇날 몇일 뿌려 주었는데 이번 비에 간 곳이 없다.

잔디가 제대로 뻗고 그 모양과 푸르름이 보는 이로 하여금 만족하게 하려면 적어도 3년 정도는 지나야 한다. 어린 모종이 자라는데 방해될까봐 잡초를 뽑아 주는 일이 내 일과 중에 큰 일거리로 머물러 있다. 비온 뒤 이 잡초들은 내 손놀림을 더 바쁘게 한다. 뽑고 나서 뒤돌아 보면 내 등뒤에서 또 보송보송 얼굴을 내밀고 나오는 것을 보고 뽑을 수가 없어 한참이나 물끄러미 쳐다보는 것이 한두 번이 아니다.

잔디를 위해 너는 희생되어야 해! 하는 반강압적인 내 마음을 다 읽고 있는 것 같아 미안한 생각이지만 경관을 생각하면 어쩔 수 없다. 그런 이유로 나는 매일 무수히 많은 풀들을 내 손으로 뽑는다.

이번 장마에 앞 뜨락 잔디만 피해를 입은 것이 아니고 뒷편에 비싼 가격으로 만들어 놓은 수로가 흙더미에 쌓이기도 했다. 거기에는 두가지 이유가 있다. 하나는 윗밭 농사를 짓는 욕심이 많고 무지하다고 평이 나 있는 아저씨가 자기 밭의 물이 빠질 수 있도록 고랑을 뒤 뜨락 쪽으로 흘러 내리게 만들어 놓아서 폭포를 연상케 하는 물들이 흙더미를 동반한 채 내려 앉았기 때문이다. 또 하나는 뒷집 미영이네가 길이 없어 밭두렁이를 타고 다니는 것이 안 되어서 땅을 좀 내어주고 밭과 밭 사이 큰 고랑에 PVC관을 묻어서 사람 다닐 수 있게끔 만들어 주었기 때문에 위에서 흐르는 물들이 갈 곳을 잃어 아랫집 화장실 마당으로 거침없이 피해를 주고 말았던 것이다.

아랫집은 내게 불평을 호소해 왔다. 이 일에 책임을 통감해야 할 미영이네는 태연한 행동을 취하기만 했다. 물이 위에서 아래로 흐르는 것이 당연한데 왜 잔소리냐는 태도다. 장정이 몇 명이나 살면서 이 일에 삽 들고 나와서 물꼬를 틔워 줄 생각을 전혀 하지 않는다. 그저 충청도 사람들의 그 느긋하고 느린 면만 보여 줄 뿐이다. 아랫집 물 피해를 주지 않기 위해 고랑을 원 위치로 복귀를 해 버릴까. 그러면 윗집에서 길을 내어 줄 때는 언제이고 왜 이런 식이냐는 반문을 하겠지. 내가 해결하고 서두르지 않아도 되는데 내 급한 성격에 또 내가 일을 추진해야 하나 하는 짜증스러운 생각이 앞선다.

멀리 있는 친척보다 가까이 있는 이웃이 좋다는 말을 빌리지 않아도 나도 이웃 덕을 많이 보고 지내는 편이지만 이번 일로 인해 불편한 관계로 되고 싶지는 않았다. 그러기 위해서는 내가 또 좀 베풀지 하는 마음도 일지만 말귀가 어두운 이 사람들이 답답할 뿐이다.

윗집은 길을 얻어 편리해 하는 모습, 아랫집은 물바다가 되어 불편해 하는 모습. 방법 모색에 나서서 두 이웃 다 편리함을 줄 수 있도록 나는 또 수고로움을 더해야 한다.

우리는 시골 사람들을 순수하고 순박하다고 통념적으로 말한다. 물론 순수하고 소박한 인정미도 있다. 허나 자기 것에 대해서는 철저하게도 이기심이 강한 것이 바로 시골 사람들이다. 자기는 추호도 손해가 없으며 그 테두리에 누군가 침범을 할까봐 철저한 방어자세다. 거기에는 타협도 양보도 이해도 하지 않으려고 하는 것이다. 그 억지스러운 고집 때문에 상당히 상대를 피곤하게 한다. 처음엔 나 자신도 무척이나 당황을 했지만 지금은 이해하는 편에 서 있다. 어떤 일이 있을 때는 성미급한 내가 좀 손해가 있더라도 그냥 처리해 버린다. 왜냐하면 그것이 이웃으로 지내는 데는 가장 편하기 때문이다.

길목에 벽을 쌓고 화장실을 지어서 이곳을 다니는 사람들에게 불편을 주어 옆으로 다시 길을 넓히기까지 해주었는데도 당연하게 받아들인다. 화장실 옮겨 주면 그 비용을 좀 드리겠다고 제안을 했는데도 들은 척도 안하더니 그곳이 길 옆이다 보니 차가 다니면서 치기도 하고 비가 오면 물이 고이니까 이제사 도움을 달라고 한다. 문 입구에 화장실 짓는 사람의 생각도 한참이나 모자라지만 처음에 옮겨 달라고 부탁을 했을 때 흔연히 받아주었다면 얼마나 좋았을까 하고 생각해보니 괜시리 가슴에 착잡함만이 남는다.

뒷수로가 흙더미에 묻혀 있는 것을 보니 마음이 언짢았다. 빨리 원상 복구를 해야 하는데 내 힘으로 할 수도 없고 그렇다고 품삯을 들여 살 사람도 없고 어떻게 하지, 또 한번 큰 비가 오기 전 마무리 해야 하는데 하는 생각으로 그 일들에 조급증을 내고 있는데 마침 휴가차 이곳에 들린 규석이 청년과 한도령께 부탁을 해서 큰 비가 와도 별 피해가 없도록 물이 분산되어 흐르게 수리를 했다.

가끔은 내 손으로 할 수 없을 때 장정들의 손이 그리울 때가 있다. 이럴 때 일할 사람을 만나면 왜 그리도 반가운지 모르겠다. 이런 이웃 저런 이웃이 필요한 내 살림살이가 한낱 사람살이에 끝나 버린다면 삭발한 머리가 부끄러울 게다.

무소유의 참 값어치를 새삼 인식해야 할 이번 장마에 소유의 잡다한 것들에 대한 나의 감정 정립이 가볍지는 않았다.

내 방에 걸린 두 점의 그림

　가끔 생활에 변화를 주기 위해 사소한 것이지만 자주 접하는 책상을 여기 저기 옮기는 변덕을 부려본다. 아주 친숙한 도구들인데도 때론 구지레하게 보일 때가 있다. 싫증이 나고 거슬려 보이는 물건들을 대충 간추리고 그리고 스스럼 없이 누구에게나 주어 버린다. 그리고 진작 그 물건들이 다시 필요성을 느낄 때는 그걸 왜 남에게 주어 버렸지 하는 짧은 후회감을 느끼면서 필요의 강약에 따라 난 또 구입을 한다. 좁은 공간일 때는 좁다고 투정을 하면서 물건들이 쌓이고, 넓은 공간일 때는 그 공간을 채우기 위해 필요없어도 물건들을 놓는다. 가능한 적게 가지고 싶어 내가 기거하는 방만큼은 아주 작은 공간으로 만들어 사용하는데도 하나 둘씩 물건들이 는다.

　혼자 사는데도 왜 이다지 많은 물건들이 필요로 하는지 그것들이 뒷받침 되지 않을 때 생활의 불편을 호소하는 것이 사람들이라 하지만, 걸망 하나에 생활 필수품 전부가 담겨진 시절에 비하면 난 많은 것을 소유하고 있음은 자타가 공인하는 일이며 부끄러운 일이다.

　좁은 빈 공간, 그 공간에서 잔잔히 리듬을 얻고 싶다는 생각은 늘 하지만 늘 가득하게 채워져 있는 것 같아 사용하는 도구들을 여기 저기로 옮겨 보지만 순간일 뿐 필요에 따라 또 늘어 놓기가 일쑤이다. 그만큼 불편함을 못 견디는 습성에 익숙해져 있다고나 할까.

기거하는 방 안에서 언제 필요없는 물건으로 밀려나갈지도 모르지만 빈 벽 공간에 두 점의 그림을 걸어 놓았다. 앉은 자리에서 고개를 들어 그림을 완상하면서 그 속에 잠재되어 있는 정감들을 얻어 보려고 한다. 내 눈 높이에서 요즈음 함께 생활하는 두 점의 그림은 비슷한 시일에 선물로 받은 것이다.

학이 비상한 듯 날개를 펴 가는 모습이 담긴 그림은 성효 스님이 그린 그림이다. 성효 스님은 나이에 비해 너무 조숙한 삶을 살려고 몸부림치는 모습을 가지고 있는 스님인데 풍문을 듣지도 못한 지가 강산이 한번 정도는 변한 세월이었다. 영영 못 만나는 줄 알았는데 시집 『달을 보는 섬』의 인연으로 다시 만날 수 있었고 그 해후의 기쁨으로 내게 그려준 것이다.

또 한 점의 "경전 읽다/미뤄놓고/달빛따라 나가/들꽃을 꺾어 와서/부처님께 공양하네/사립문 띠풀집에/홀로 살면서/객이 오면/쑥을 다려/차로 내놓네"라는 시귀가 적혀 있고 차다리는 선승의 모습을 담은 그림은 제주도에서 사시는 일장 스님이 그려주신 것이다.

일장 스님은 내원사 금강굴을 떠나 제주도 어디에서 땅을 일구는 노동을 통해 정진한다는 풍문을 가끔 가끔 듣기는 했지만 가보지 못하고 있던 차 서울에 사는 도반이 마침 그곳에 가야할 일이 생겨서 함께 동행해 줄 것을 요청하기에 거절하지 않고 관광 아닌 하룻밤 순례길에 나섰다.

옛날 천성산 포행길에 가끔 얻어 마신 차맛도 다시 한번 음미할 기회로도 좋고 노동의 현장도 보고 싶기도 했다. 넓은 바다를 배경으로 억새밭을 일구워 목부원이라는 당호로 도량도 만들고 일터를 만들어 무언가 계속 키워내는 그곳 풍경이 내내 머리속을 떠나지 않을 정도로 아름다운 곳이었다. 시인 묵객들이 예고없이 찾아가서 하룻밤 뒹굴고 와도 작품 하나씩은 창작하여 올 만한 곳이었다. 그 모두가 스님의 노동의 댓가이다. 이렇듯 보는 이, 찾는 이로 하여금 쉬어갈 만한 전원적인 경관이라면 모두 땀흘린 기쁨의 값어치일 것이다.

일전 내가 부탁을 드렸는데 출판사 사정으로 취소된 시집 『달을 보는 섬』 표지를 그려달라는 청을 기억하셨는지 돌아오는 길에 한폭의 그림과 단기 4292년에 발행된 조지훈 선생이 쓴 『詩의 原理』라는 묵은 책을 선물로 주셨다.

불가에서는 선(禪) 외에 다른 것은 다 망념이고 망상이라고 한다. 그래서인지 가끔 천부적인 예(藝)의 끼를 가지고 있는 스님들이 작품 활동을 하면서도 떳떳해 하지 못하고 있고 중은 이런 것을 하면 안 되는데 하는 말들을 쉽게 한다.

정진이란 무엇인가. 꼭 선만을 주장하는 것은 아닐 것이다. 내 마음 자리 밝히는 것 외에 다른 것은 다 남의 것이라 한다. 어떤 일을 하든 자기 내면에 흐르는 소리들을 들을 수 있고 부처님 법대로 실천할 수 있다면 궁극적인 것을 향한 방편에 불과할 뿐일 것이다.

수행자 손짓, 몸짓 그 모두는 도(道)를 향해 가는 것이다. 무언가에 열중해 있는 모습, 그것은 자기를 사랑하는 일이며 내면을 다스리는 작업이다. 내면을 다스리는 작업 중에 자기만이 느끼고 알 수 있는 것들이 그 어떤 도구를 통해 표현 될 때 우리는 그것을 작품이라고 한다. 그 작품 속에는 그 사람의 성격과 사상 철학이 담겨져 있다. 눈에 보이는 그 형체를 통해 공감대를 이룰 수 있다는 것이 참으로 중요한 것이다.

두 점의 그림을 그린 두 스님 다 생활 속에서 틈틈히 그림을 즐길 뿐이지 그림을 업으로 하는 스님은 아니다. 가끔 괜찮은 작품이 나오면 원하는 이들에게 주어서 많은 것을 얻게 한다면 이 얼마나 실천수행적인 일인가. 이것을 어찌 다 망념이라고 무시할 수가 있단 말인가.

나이가 넉넉히 먹어가면 어디에서 살든 어떤 모습으로 살든 누구에게 보이기 위한 것이 아닌 자기 철학관과 수행관이 보여져야만 할 것이다. 그 속에 보여지는 여유로움은 정말 멋진 것이 아닐까.

절박한 인간미와 수행미가 어우러진 두 폭의 그림을 완상하면서 급한 성격을 가진 나는 이번 여름 짜증스럽지 않게 보낼 것 같다. 넉넉함을 얻게 한 이 좋은 선물을 준 두 분께 내내 고마워한다.

풀과의 싸움에서 얻은 치자꽃 향기

한동안 게으름을 적지 않게 피웠던 나 자신을 경책하기 위해 혹 더위도 잊고 기도로 하루 하루를 매진하고 있다. 누구를 위함이 아닌 자신과의 약속 이행을 실천하기 위한 것이다.

정혼(精魂)을 쏟아 넣는 기도는 심신이 맑아지고 안으로부터 많은 용기와 힘이 솟아 오른다. 기도를 열심히 해본 사람만이 느낄 수 있는 이것을 우리는 성취라고 하지만 정신을 한 곳으로 모을 수 있다는 것. 마음을 맑힐 수 있다는 것은 때론 일상적인 생활에서 필요한 것들이기 때문에 가끔 게으름이 나면 나는 법당 바닥에 주저 앉아 한없이 위로만 보이시는 부처님과 타협해 가는 시간을 갖는다. 누구 눈치 볼 필요없이 내 편안한 시간을 택해서 말이다.

땀을 잘 흘리지 않는 내가 올 여름에는 많은 땀을 흘렸다. 더위도 더위지만 기도 덕분에 많은 땀 냄새를 맡으면서 장삼 밑으로 한동안 줄줄 흘리고 나면 약간의 현기증을 느끼는 건강의 적신호도 발견했다. 여름은 여름대로 즐길 만한 값어치가 있다. 이 더위에 나는 틈만 나면 호미를 들고 잔디밭 여기 저기 산만하게 자라고 있는 잡풀들을 그냥 보고 있을 수 없어 열심히 뽑는 작업을 되풀이 한다. 내 손에서 뽑힌 풀들을 미처 치우지 못하고 그 자리에 두면 어느새 또 자리를 잡는다. 특히 억새풀 뿌리는 더 그러하다.

집을 헐고 나무를 옮기고 흙을 퍼 옮기는 작업에서 그전에 서식하고 있던 억새뿌리를 제거하지 않은 세심하지 못함에 대한 벌이었다. 한동안 뜨락 여기 저기 싹을 내고 뿌리로 서식하던 억새들을 제거하기 위해 손을 다쳐 가면서까지 뿌리 제거 작업을 했다. 억새뿌리를 가만히 관찰해 보니 토막 뿌리라도 흙 냄새만 있으면 그 자리에서 싹을 피우는 아주 번식율이 강하고 생명력이 강함을 알았다. 장마 때는 뒤돌아서면 저만치서 고개를 내밀어 주던 풀들을 감당 못해 잔디 심어 버린 것을 후회했다. 상당히 부담을 주는 일거리였기 때문이다.

여름이 시작되면서부터 이른 아침과 늦은 저녁시간을 이용해서 풀과의 싸움을 끊임없이 한다. 풀은 나만 보면 더 살고 싶은 충동이 일어나겠지만 인간의 눈과 인식 속에서 쓸모 없는 것이라는 생각이 훨씬 보편적이다. 나도 풀에게 미안함보다 귀찮아 하는 마음이 크기 때문에 뽑아 버리려고 한다. 무심할 수 있는 도의 경지에 아직 이르지 못한 내 옅은 수행력이라고 평가받고 싶지는 않다.

내 손으로 뽑은 풀의 종류는 다양할 뿐만 아니라 여름 내내 다른 것 생각할 여유없이 하는 풀싸움 놀이의 적지가 바로 내가 만든 내 뜨락인 셈이다.

손톱 밑은 어느새 풀물이 물드리워져 있고 피부 본래의 색은 없어지고 거친 줄들만 선연하게 보일 뿐이다. 가끔 가끔 부처님을 찾는 사람들이 오고 가고 하지만 잔디만 볼 뿐이지 풀은 보지 않는다. 그래서 등 굽혀 풀을 뽑는 사람은 이 집에서 기거하는 정희 씨와 나뿐인 셈이다. 이것이 주인과 객의 차이일 것이다. 나는 잔디보다 풀들이 더 선연하게 보이니까 어쩔 수 없이 잔디가 자리 잡을 때까지 풀은 늘 희생되어야 한다.

오늘도 일찌감치 목탁을 놓고 뜨락으로 내려갔다. 아직 한낮에 익은 땅의 기운이 가시지도 않은 채 발목까지 차오름을 느끼는데도 나의 일은 계속 되었다. 어슴푸레한 어둠이 서서히 몰려 오고 있을 때 풀과의 싸움을 끝내야 하기에 일어서려고 하는데 아주 가느다란 바람 한줄기를 타고 내 코끝을 스미는 향기가 있었다. 무슨 향기일까. 어디서 바람결에 묻어 온 향기겠지 하고 뒤돌아 오려고 하는데 저만치에서 하이얀 날개를 활짝 열어 보인 정채(精彩)로운 눈동자들이 한없이 모양을 내고 있음을 알고 가만 가만 보았다. 올봄 장날 시장터 구석자리 그것도 장이 파할 때쯤 한그루 사다 심은 치자 나무에 많은 꽃망울이 있었던 것이었다. 심어 놓고 눈길 한번 주지 않은 주인을 원망하지 않은 채 꽃을 피워 주어서 얼마나 고마워 했는지 모른다. 일전 동용이 엄마와 아빠가 퇴비거름을 주는 것을 먼 발치에서 보기는 했지만 어린 묘목인데 꽃을 볼 수 있을 것이라는 것을 난 상상도 않았다. 내년쯤 볼 수 있을까 하는 생각도 사올 때 잠시 했지만 아마 동용이 아빠가 정성껏 거름을 해준 결과 꽃을 피운 것이 아닐까.

아무튼 이 여름 향기롭고 깨끗한 치자꽃을 볼 수 있어 여간 즐거운 것이 아니다. 한동안 잡풀을 뽑기 위해 뜨락에 서성이는 것조차 귀찮아 했는데 이제 아침 저녁 이 꽃향기 때문에 더 부지런해졌다.

풀과의 여름 싸움이 없었다면 내 어찌 이 꽃이 피고 짐을 알 수 있었겠는가 짜증이 나는 이 여름, 땀을 식혀 주는 향기를 어찌 얻을 수 있었겠는가.

내년 봄에 식구들을 더 늘려 주어야겠다. 풀을 뽑는 일에 짜증을 낸 것이 부끄럽게도 치자꽃 향기에서 위안을 받는다. 오늘 아침 뜨락에 내려가 치자꽃에게 이렇게 예찬을 해주었다.

봄날 장터에서 여기까지/얼마 안 되는 값에/흥정이 되어 내 식구가 된/그 여린 묘목/어느새 혼백을 송두리째 쏟아 넣어/빚어 낸 생명의 진수/날개를 활짝히 펴고/그것도 가장자리가 아닌/모롱이에서/향기 가득 놓아 버리고 있는/치자꽃의 감미로운 웃음/신들린듯 추고 추고/또 추어도/지칠 줄 모르는/흰 나비 금빛 잠자리/그 눈부신 몸짓들/아무리/피기 바쁘게 지는/꽃이라지만/신비의 장막으로/겹겹히 가리워진/꽃이 생겨난 변화를/내 어이 알리

짧은 시간에 풀을 뽑어 들고 오는 내게 정희 씨는 흰머리카락을 뽑아 달라고 한다. 까만 머리카락 속에서 자라는 흰머리카락도 땅에서 자라는 풀과 무엇이 다르리. 환영 못 받는 것은 매 마찬가지가 아니겠는가. 그래 뽑아주지, 풀을 뽑다가도 치자꽃 향기를 얻었는데 흰머리 뽑아주다가 보면 더 좋은 향기를 얻을 수 있겠지.

개구리 울음소리

흐렸다, 맑았다, 비가 오다가 정말 제멋대로 변덕부리는 요즈음 날씨이다. 이런 날들을 우린 장마라고 한다.

장마는 오래두고 오는 비를 말하며 임우(霖雨)라고 하는데 우리나라는 6~7월에 어김없이 찾아온다. 이런 날씨 속에 뜨는 볕을 반짝 햇볕이라고 한다. 이 반짝 햇볕이 보이는 날 베옷을 풀해서 널어 놓으면 어느새 한바탕 여우비가 와서 풀옷들을 다 젖게 하고 가버린다. 여우비는 볕이 쬐이는데 잠깐 오다가 그치는 비를 말한다. 그래도 무더운 여름날은 역시 풀한 베옷이 시원하고 좋아서 날씨의 변덕을 잘 가늠해서 손질하여 입는다. 이런 날씨에 한바탕 폭우라도 시원하게 내렸음 하는 희망사항을 하다가도 진작 비가 오면 도량 어디에 물이 차거나 무너지지 않는지 걱정을 하면서 시원함을 원한다.

여름이면 그 빗줄기를 타고 올라오는 개구리들이 뒤 야산 수로에 근거하여 여름을 나기도 하는데 그 덕분에 난 여름밤 잠을 제대로 자지 못해 낮잠을 자는 버릇이 있다. 밤에 잠을 자지 못하면 종일 피곤하고 짜증이 나고 일과가 엉망이 되어 버린다. 어떻게 할 수 없는 소리들을 가지고 싸우는 내 마음을 빨리 비우는 방법밖에 딴 도리는 없다. 나의 방 가까이 여름마다 나를 잠못들게 하는 이 개구리 울음소리는 내게 있어서는 완전히 인과라고 생각을 한다. 개구리는 양서류(兩棲類)에 속한다. 거기에는 참개구리, 청개구리, 무당개구리(맹꽁이)들이 있다. 그중 참개구리는 식용으로도 쓰이며 약용으로도 쓰이는 것으로 민간에 알려져 있다.

나는 어린시절 외갓댁에서 지낸 적이 있다. 그때 할머니께서 내게 들려준 이야기를 아직도 생생히 기억하고 있다. 엄마 젖을 넉넉히 먹지 못하고 자란 나는 몸이 몹시도 약하여 병치레를 자주하여 키우기 참 힘들었다고 한다. 소농의 가정이라 그리 넉넉치 못한 할머니 살림으로서는 넉넉히 보약을 지어 줄 형편이 안 되어 그때 민간요법으로 전해 오는 개구리를 약으로 대신했다고 했다.

외삼촌이 거의 매일이다시피 논으로 나가서 개구리를 잡아다 먹인 후로 건강을 회복하여 원기를 찾고 병치레 없이 잘 자랐다고 했다. 국민학교 들어가기 전의 일이니까 희미하게 기억은 나지만 그 맛을 알 수가 없다. 할머니는 늘 내게 뱀을 조심하라고 일러주셨다. 왜냐면 뱀이 개구리를 밥으로 생각하기 때문에 너는 개구리를 많이 먹어 개구리살이 붙어 있으니까 조심하라고 하셨다.

후일 출가를 하고 인과법을 안 뒤 개구리에 대한 생각을 할 때마다 방생할 수 있는 방법 등이 늘 머리 속에 가득해 있는 편이다. 어느 여름인가 처마 밑에 빗물이 너무 심하게 떨어져서 고무통 하나를 놓아두었더니 그 속에 개구리라는 놈이 번식하여 알을 낳았다. 그래서 그것이 자라서 올챙이로 변하는 과정을 유심히 지켜 본 적이 있다. 잘 자라면 냇가에 놓아줘야지 하고 벼르고 있던 차 폭우가 쏟아져 나가 보니 빗물 따라 어디론가 가버리고 말았다. 나는 또 살생을 한 것이 아닌가 아니면 이 빗물에 의해 자기 살 곳으로 간 것일까 하는 생각으로 개구리 울음소리를 들을 때마다 궁금해 하면서 그해 여름을 보냈다.

또 석남사에서 지낼 때 일이다. 공양주 소임으로 수각에서 공양미를 씻고 난 후 돌아서서 나오려고 하는데 내 눈 높이에서 보이는 구석진 곳에 뱀이 두꺼비랑 개구리를 먹는 것을 보고 저 개구리가 또 먹히는구나 하는 생각에 발을 옮길 수가 없어서 오랫동안 서서 염불을 해준 결과 대중 공양시간을 맞추지 못해 대중 공사를 맞은 적이 있다.

두꺼비는 번식을 못해 뱀이 자기를 먹어 주도록 그 앞에 가서 갖은 약을 올린다고 한다. 두꺼비를 먹으므로 해서 자기는 죽게 된다는 사실을 알면서도 그 화를 견디지 못해 결국 뱀은 두꺼비를 먹게 된다고 한다. 두꺼비를 삼키고 난 얼마 후 뱀의 몸은 토막 토막 분산이 되어 두꺼비가 서식한다는 이야기를 생물학을 전공한 어떤 스님에게 들었다. 나는 그날밤 내내 두꺼비와 뱀의 인과관계를 생각했다.

나는 뱀을 무서워 한다. 아마 어릴적 할머니께 주입받고 내 머리 속에 입력된 이야기 때문일 것이다. 내 방 가까이에서 저리도 울어대는 개구리들이 혹시 내가 먹은 그 개구리들인지도 모른다는 생각이 문득 들면 두렵기까지 한다.

어느날 밤은 하도 잠을 잘 수가 없어 딴 방으로 옮겨 자다가 안 되어서 후레쉬를 들고 가만 가만 찾아 가보았다. 잠 좀 잘 수

있게끔 해 달라고 사정이라도 하고 싶었다. 불빛으로 본 개구리
는 삼삼오오 높은 음 낮은 음으로 번갈아 가면서 더 구성지게 울
어대는 것이 아닌가.

그날밤 나는 개구리를 위해 무엇을 할까 생각하다가 개구리 몸
을 벗어날 수 있게끔 천도를 해주어야겠다는 생각을 했었다. 그
후 나는 백중이 되면 개구리 영가를 위해 따로 기도를 해준다.
개구리 울음은 완전한 공해라고 표현하면 시를 쓰는 사람이 그렇
게 말할 수 있을까 하겠지만 이곳에 내려 온 후 여름이면 나는
그 '공해' 속에서 지낸다. 그 울음소리에 더 민감한 것은 내가 수
없이 개구리를 먹었다는 그 이유, 그 보상심리적인 환상이 일기
때문일 것이다. 먹은 만큼의 개구리가 속히 그 몸을 벗어나길 바
라며 개구리 영가를 위해 천도식을 계속 할 것이다.

장마 속 온종일 반짝 햇볕이 따갑게 내려 쬐이는 날이다. 어디
서 구해 왔는지 장미 꽃을 책상 머리에 갔다 놓고 "스님 좋은 글
쓰세요."하고 나가는 정희 씨 등 뒤로 불어 오는 바람에 묻어 온
장미꽃 향기는 장마의 눅눅한 습기를 없애주는 것같다.

게으름에서 벗어나고 싶어 땀 흘려 하는 이번 기도에도 개구리
영가를 위한 축원문이 들어있다. 올해는 기도 성취가 더 깊어질
것 같다.

삶을 사랑한 사람들

떠나가서 가끔 안부해주는 사람들을 보면
끈끈한 인간미도 느끼지만 나에게는 큰 힘이
된다. 서로를 기억하고 챙겨가며 살아갈 수
있다는 그 여유스러움과 소중함 때문에
우리는 '더불어'라는 말을 하는지도 모른다.
그래서 한번 맺은 인연에 대해서 나는 늘
기억하고 함께 일깨워가는 삶을 결코
소홀히 하지 않으려고 한다.

생활의 차이

　가까운 간이역에서 내 무력함을 일깨우는 듯 완행열차의 움직임 소리가 어둠의 창살을 휑하니 비집고 다가선다. 문닫고 있노라면 더 은은하게 음율적으로 들리는 그 소리는 뭉클 짙은 향수를 내품는 듯하다. 소리를 한밤중 깨어있을 때 들노라면 어우러져 사는 삶이 그리울 때도 있다. 어우러져 있어도 결국 혼자인 것을 인식할 때는 마음이 허허롭다 하기보담 더 맑아지고 강인해지는 것이 홀로 사는 삶이다. 그래서인지 단조롭고 단순한 삶에 그리 싫증없이 묵묵히 자리지키며 사는 회색빛 무리들이 고맙다. 그중에 나 자신도 포함이 되지만.

　나는 몇 달 동안 내 생활 깊숙이 파고 들려고 안간힘을 쓰는 한 스님의 모습에서 적지 않은 좌절감과 부끄러움을 느꼈다. 마음의 병이 꽤나 깊은 탓인지 해가 떨어지고 어둠이 서서히 몰려오기 시작하면 몇 개 되지 않는 문들을 점검한다. 내 어리석음에서 오는 보호막이라 생각하기 때문에 잠그는 것이 탐탁치 않지만 한편으론 안도감을 느낀다.

　내원사에서 지낼 때의 일이다. 큰 절에서 한참 내려가면 있는 소금강이라고 불리워지는 곳에 조그마한 토굴을 짓고 그림을 그리며 청빈하게 정진하시는 스님 한 분이 계셨다. 한번 뵌 적이 있어 오후 포행길에 차라도 한 잔 얻어 마실 수 있을까 하고 발걸음을 옮겼는데 스님은 자리를 비우고 안 계셨다. 방문 앞에 종이 한 장만 압핀에 꽂힌 채 집을 지키고 있었다. 내용인즉 '주인이 없더라도 차 마시고 쉬어 가십시오.'라는 넉넉한 글귀였다. 그 글귀를 읽고 주인의 텅빈 마음이 참으로 마음에 들어서 차를 음미하면서 흠뻑 그 분위기에 취해본 적이 있다.

그후 나는 그 토굴에 갈 기회가 없어 가보지는 못했지만 스님은 그곳을 떠나 제주도 어느 곳에서 땅을 개간하면서 정진하신다는 소식을 들었다.

그 스님의 가짐이 없는 생활, 쉽게 떠날 수 있는 생활이 참으로 가슴에 와닿아서 나도 그 생활처럼 살고 싶었다. 그래, 그럴 수 있을 만큼 마음을 비워야만 참다운 나를 발견할 수 있을지도 모른다는 생각을 했다. 그후 나도 살면서 문을 잘 잠그지 않고 길을 나서는 습관이 오래 지속이 되었는데 이러한 나의 행동을 주위 분들이 충고해 오기도 했었다. 하지만 나는 '가져가야 할 물건이 있어 가져가면 나보다는 그 사람이 더 필요하니까 가져 가겠지.'하는 생각이 늘 가득했다.

당당해야 하는 생활에 움츠러지는 내 적지 않은 행동, 모두의 마음이 나와 동등하지 않다는 불신감이 생기기 시작한 날부터 잠깐 자리를 비워도 문을 잠그는 습관이 생긴 셈이다. 열어 놓은 문을 통해 쉬어가는 것이 아니라 생활 하나 하나를 체크하여 가장 나를 잘 아는 사람으로 둔갑을 하는 일, 얼마나 황당한 일인가.

이러한 요인들 때문에 난 나의 의사와는 상관없이 한동안 혼란

스러운 시간을 보낸 적이 있다. 전화만 하여도 그렇다. 꼭 필요한 곳에 필요한 내용을 쉽게 전달하기 위한 수단인데 그것이 엉뚱하게 사용된다면 아무런 값어치가 없다. 사람에게는 관계를 유지시키는 질서란 것이 있다. 그 질서를 무시하고 간섭, 침입하는 일은 아주 몰상식한 행위이다. 받아서 반가운 목소리의 전화는 하루종일 큰 활력소 역할을 하지만 하루에도 필요없이 일방적인 내용으로 걸려오는 전화소리는 내내 짜증스럽게 만든다. 그 짜증스러움 때문에 하루생활 균형이 깨어지고 엉망이 되는 것이 싫어 자주 코드를 빼 버리는 습관 때문에 정말 받아야 할 전화조차 놓치고 마는 셈이다.

이러한 생활들이 정말 싫다. 다 떨쳐버리고 떠나고 싶었다. 그러나 떠나고 싶을 때 떠날 수 없다는 사실이 웬지 마음을 무겁게 한다. 이곳에다 처음 믿음을 내고 찾는 순수한 불자님들의 신심 때문에 쉽게 떠날 수 없었고, 벌여 놓은 일들이 나 개인의 소유가 아니기 때문에 가볍게 행동할 수가 없었다. 나를 포장하고 합리화시키기 위한 욕심의 변명이라 하겠지만 그렇지는 않다. 끊임없이 나를 필요로 하는 곳에 필요한 사람이 되기 위해서는 만나서 반가운 사람이 되어야 한다. 만나서 반갑지 않은 사람은 서로에게 도움이 되지 않는다. 그러기 위해서는 철저한 자기 정화가 필요한 것이다. 그것은 어떤 강압적인 힘으로 되는 것이 아니고 마음과 마음이 통할 수 있는 끈끈한 인간미가 밑받침이 되어야 한다.

최근 내 생활을 엉망으로 빠뜨리고 쾌감을 부르며 자위하던 스님께 난 타면자건(唾面自乾)이란 말을 해 주고 싶다. 이 말은 다른 사람이 자기 얼굴에 침을 뱉었을 때 침이 저절로 마를 때까지 기다리라는 것이다. 그것은 스스로 닦게 되면 침을 뱉은 사람의 뜻을 거슬리는 것이 되기 때문에 참고 기다리라는 자기 인욕을 말해 주는 것이다.

자신을 해친다고 하여 이를 보복하게 되면 결국 그 행위는 돌고 돌아 자신에게 해를 주게 된다는 사실을….

산문 밖에서 생각하는 가을

힘겹게 시작했던 주변 일들이 그 모양새를 다해 차츰 제자리를 찾아가고 있을 때 눈 높이만큼 보이는 황금 들판은 어느새 농부의 품 속으로 서서히 들어가고 있다.

나는 요즘 바라다 보이는 들판을 통해서 계절의 감각을 느낀다. 길을 나서면 가까운 산으로부터 흘러내리는 가을의 물결은 온 마음을 설레이게 하지만 이곳에 온 후 산으로부터 오는 짙은 가을 냄새를 맛보지 못했다.

며칠 전 백양사 암자에 기거하는 도반 스님으로부터 전갈이 왔다. 아무리 바빠도 짙은 가을도 만끽하고 좋은 시어도 생각할 겸 겸사 겸사 와서 천일기도회향 법문을 좀 해달라고 했다. 백양사, 내장사는 남부 지방에서 가장 아름답게 물드는 단풍 나무를 소유하고 있는 곳이라 이 가을이 다 가기 전 그 고운 색깔들을 보고 싶어 쾌히 승낙했다. 바쁜 일정을 다 접어두고 길을 나선 내게 그동안 쌓인 피로감이 물밀듯이 밀려와 중간 중간에 차를 세우고 졸며 가다보니 어느새 백양사 길목이 눈 앞에 들어오기 시작했다. 이 길목 앞에서 그렇게 무겁게 느껴졌던 눈이 차츰 차츰 커지기 시작했다. 저수지 물안개를 타고 서서히 밝아오는 이른 아침, 정갈스럽고 빛깔 고운 향기로움이 열린 차창 바람을 통해 잠으로부터 해방시켜 주었기 때문이었다.

그 속으로 파고드는 위력, 그 누구도 거역할 수 없는 섭리. 말하지 않아도 느낄 수 있는 팔만 사천 가지 법문들이 이 산하에서 살아 꿈틀거리고 있는데 나는 오늘 법상에서 나의 진면목을 어떻게 보여 주어야 할지 말문이 닫혀버렸다. 넓고 높은 산천인 승(僧)의 고향을 두고 시정에 내려와 생활불교를 부르짖은 내 함정들이 두터워지는 것같은 위력감을 산으로부터 받는 순간, 산 속에 묻혀 있을 때는 왜 이런 것들을 일찍이 느끼지 못했을까 하는 후회감들이 쌓인다.

항상 그 자리를 메우고 있을 때는 소중함을 모르다가 그 자리를 떠나고 나면 소중함을 안다고 하듯이 늘 산 그림자를 밟으면서 많은 시간을 산과 더불어 지내왔는데, 이 아침에 느낀 감정은 더 새로운 것이었다. 시정에 살면서 산이 그리웠고, 도반이 그리워서 오는 여린 감정만은 아니었다.

빛깔 고운 향기들을 음미하면서 도반이 살고 있는 천진암에는 법회시간보다 좀 이른 시간에 도착했다. 단풍 속에 묻혀 자연조화를 이루는 천진암에서 7년 가까운 시간을 기도의 힘으로 대작불사를 시도하는 대단한 원력을 가진 스님. 늘 뛰면서 불교의 새로운 장을 여는 스님, 늘 뭔가를 위해 최선을 다하며 도량 곳곳에 스님의 성격처럼 완벽하게 조화를 이룬 불사. 도반이지만 참으로 대단하다.

운문사 강원에서는 대 선배이지만 그 선배의 턱을 무너뜨리고 공부를 함께 했고 많은 날들을 같은 방에서 뒹굴며 지내왔기에 어느 정도의 장단점은 파악하고 있다. 나는 줄곧 내 위주의 사고 방식과 나 밖에 모르는 독선적인 행동이 짙게 배여 있는데 반해 정안 스님은 늘 베푸는 입장에서 모든 것을 포용하는 힘이 참으로 컸다. 그 큰 그늘 때문에 지금도 많은 사람들이 스님을 보필하며 지내고 있는지도 모른다. 우리가 몸담고 있는 이 단체는 그 어떤 장사가 아니다. 부처님 그늘에서 지내는 우린 밥값이라도 하며 살아야 하고 옛날 것을 답습할 것이 아니라, 옛 것을 밑바탕으로 새로운 것을 창조하자고 늘 말해왔던 지난 시절의 약속들. 그대로 실천에 옮겨가며 수행하는 모습, 그는 산 중에 살면서 새로운 불교문화의 일면을 일깨워주는 신세대로 살고 있다.

백양사에서 오랫동안 잊고 살아왔던 도반의 삶의 체취를 흠뻑 느낀 탓인지 산천이 한 폭의 그림으로 물들어 가는 백양사가 더 아름답게 보인 이 가을. 그저 힘들다는 생각만이 가득했던 내 머리 속을 말끔히 씻어 주었던 나들이에서 더 큰 용기를 얻었다.

돌아와 흩어져 있는 내 주변일들을 정리하면서 보현보살의 10대 원력 중 남의 공덕을 함께 따라 기뻐하는 수희공덕분을 다시 한번 음미한다.

"보살은 삶의 기쁨을 홀로 누리거나 남의 옳은 일에 등 돌림으로써 자신의 이기적 욕망만을 채우며 살아가는 자가 아니다."

어떤 인연이야기

겨울의 문을 닫는 소리가 여기 저기서 들린다. 어느새 뜨락에는 푸른 눈들이 하늘을 향해 오르고 있다. 피어오르는 푸른 눈들이 곧 온천지를 푸르름으로 만들고 그 신비의 세계에서 인간에게 줄 환희의 기쁨들을 상상해 본다. 활기차게 말이다.

봄이 되면 어김없이 싹이 움트는 것처럼 나도 무엇을 해야겠다는 생각이 일어나면 앞, 뒤 가리지 않고 그 속에 빠져 싫증이 날 때까지 결과를 보는 성격이다. 허나 사람에게 있어서는 푹 빠지지 못한다. 그래서 간절하고 절실한 사람, 한 사람도 여태 곁에 두지 못했다. 그것은 누구에게도 강한 집착을 두지 않겠다는 마음이 더 깊기 때문이다.

우리 불가에서는 같은 업으로 사는 것을 동업중생이라 한다. 많은 사람 중에 함께 생각하고 같은 분위기 속에서 같은 느낌으로 동질감을 갖는 것은 이생에만 맺은 인연이 아니라 생각된다. 세세생생에 맺어온 그 조그마한 원인들이 쌓이고 모여서 그 결과는 선연(善緣)이 될 수도 있고 악연(惡緣)이 될 수도 있다. 우리가 목돈을 마련하기 위해서 목표의 액수를 정해놓고 조금씩 조금씩 저금을 하듯이 말이다.

난 요즈음 내가 맺어온 인연들에 대해서 곰곰히 생각해 본다.

때론 놓치고 싶지 않은 소중하다고 생각되는 인연이 있는가 하면 때론 과감하게 뿌리치고 싶은 인연들이 있다.

각기 삶을 꾸려나감에 자기에 걸맞은 생활의 옷들이 있다. 그 옷들이 웬지 어울리지 않고 잘못 입고 있다고 판정이 되었을 때 벗어 던져버리면 그만이지만 사람의 관계는 그렇지 못하다. 더더욱 인과를 믿는 내게 있어서는 내가 이렇게 함으로써 상대방은 어떻게 될까 아무리 싫어도 인연이 다하면 다시는 되풀이 되지 않겠지 하고 스스로 위로한다.

얼마 전 20년 가까이 소식을 모르고 지내던 중학교 동창을 만난 적이 있다. 그녀와 나, 각기 다른 삶의 모습으로 살아가지만 오랜 공백을 깨뜨리고 가까이 다가설 수 있었던 것은 같은 목표를 향해 가고 있다는 동질감을 느꼈기 때문이다. 두 아이의 엄마. 오래 전에 불가에 입문한 재가신도로서 그 몫을 다해가는 모습이 보여 참으로 고맙기까지 했다. 한번은 그녀의 집에 초대받아 간 적이 있다. 아침부터 분주를 떨며 마련했다는 정갈한 음식상. 여기 저기에서 흐르는 집안분위기 편안한 토굴에 와 있는 그러한 느낌을 주었다. 방 하나에 마련된 불단. 온 가족이 아침 저녁으로 기도한다는 그녀의 눈빛은 활기차 있었고 그냥 평범하게 보여지는 40대 주부는 아니었다. 가정을 이끌어 감에 빈틈없는 그녀. 하루도 게으름 없이 남편과 함께 가까운 사찰에 가서 새벽기도를 꼭 한다는 그녀. 형영(形影)을 주장함이 아니라 자신을 연마해 가는 과정이라고 한다.

남편 역시 아내가 늦잠을 자거나 기도의 게으름을 피울 때 한없이 채찍질 해주는 편이라고 한다. 부부이기는 하지만 함께 뜻을 나누고 또 신앙으로써 신뢰할 수 있고 공부하는 도반이라고 말하는 그녀로부터 또한번 부처님께서 말씀하신 뜻을 새겼다.

모두에게 불성이 다 있어 부처가 될 수 있다는 것. 출가하여 삭발하고 회색빛 생활에 길들여져 출가의 몫을 다 못한다면 재가인보다 더 못난 사람이라는 생각이 그녀를 바라다 보면서 확인이 되는 것같다.

그녀의 가정은 바로 법당이고 그녀의 남편, 아이들은 그녀가 신앙하는 부처이다. 그녀의 생활 하나 하나는 바로 보살이 가야 할 구도의 행각을 보여주고 있는 것이다.

나는 내 나이의 절반을 절집에서 보냈다. 그동안 줄곧 신심이 뒷받침했던 것은 아니었다. 때론 내면의 고통에서 헤어나지 못한 채 허우적거렸으며 또한 그 고통의 터전에서 그저 수도인이라는 명색만 내세운 것이 아닌가 하는 반문도 해 본다.

지배와 종속의 사슬로 얽힌 메마른 이 사회. 서로가 서로를 소유하려는 그 인간관계를 극복해 나가면서 최선을 다하는 그녀의 가슴 뛰는 소리가 내 귓전에 생생히 들린다.

눈오는 날 내가 만난 전문의

밖엔 삭풍이 울부짖는 칠흑 같은 날씨이다. 어제까지 내린 겨울꽃인 눈은 아름답다고 생각했던 순간들이 무색하리만큼 더럽혀져 있고 꽁꽁 얼어 바람이 스칠 때마다 얼음덩어리 스치는 소리를 내고 있다.

어릴 때 나는 왜 눈이 오지 않는 곳에서 살까 하고 좀 펑펑 쏟아지면 좋겠다는 생각으로 겨울내내 눈 기다린 적도 있다. 남쪽에 고향을 둔 탓인지 눈오는 날을 거의 기억할 수 없다. 그러나 지금은 상황이 다르다. 겨울에는 많은 시간을 눈 때문에 시름을 한다. 처음에는 반갑고 좋기만 했는데 시간이 지날수록 짜증이 앞선다. 손수 모든 것을 해야 하는 내 단순한 육체적인 노동력 때문일까…. 아니면 삼십대 맨끝 귀로에 서서 인습에 물들여져 가는 생활 때문일까 등등 많은 생각을 하지만 그중 하나가 눈온 뒤 주위가 오염되어 있는 것이 불편하기 때문이다.

비온 뒤는 참으로 맑다. 그리고 깨끗하다. 그러나 눈은 그렇지 못하다. 눈색깔만큼이나 깨끗해졌음 하는데 더러움이 묻어있는 것에 한 동안 맑지 못한 마음이다.

그 더러움조차 좋아해야 하는데 분별이 앞서는 것은 아직 수행이 부족한가 보다. 칠흑 같은 하늘에서 눈이 오고 바람이 몰아칠 때는 나는 한겹 옷을 더 끼어 입어야만 하는 공간에서 사는 탓인지 올 겨울에는 감기로 시작한 질병 때문에 꽤나 고생을 했다. 홀로 사는 사람에게 몸 아픔은 그지없이 허허롭다. 그 허허로움 때문에 한번 앓기 시작하면 오랫동안 고생을 한다. 처음엔 감기인 줄 알고 약방 약과 한약으로 치료했건만 점점 심해졌다. 한밤중에 일어나 몇 시간이고 거침없이 나오는 골 깊은 기침. 설치는 잠 때문에 생활균형은 깨어지고 더 견디다 큰 병을 초래할까봐 두려움도 일기 시작했다.

며칠 문밖에 외출중이라는 표시가 적힌 바가지를 내걸고 방안에서 끙끙 앓다가 이곳에서 환자가 제일 많이 모여든다는 병원에다 아침 일찍 서둘러 접수를 했다. 접수 뒤 나는 두 시간만에 진료실에 들어가 차례의 대열에 서 있었다. 생각보다는 의사 선생님이 젊어 보였고 또 하나는 벽 가장자리에 예수님 고행상이 있어 종교가 무엇인지 짐작이 된다.

일부 광적인 기독교인들이 자기 종교가 최고라는 고집과 입으로 사랑과 헌신을 강조하면서도 자기 종교에 귀의한 사람만이 구원을 받을 수 있다고 외치고 있다. 이들은 타종교인을 만나면 외계인을 만난 듯하게 불친절하기가 이루 말할 수가 없을 뿐더러 마주치는 눈빛부터 달라지는 이들이다. 그렇기 때문에 만나는 사람이 종교가 무어라는 것쯤은 짐작을 해두는 것도 그 사람과의 대화에 때론 많은 도움이 된다.

마음 속으로 이 전문의도 그런 사람 중에 한 사람이면 나의 치료는 불가능한 것이 아닌가 하는 생각도 깔려 있었다. 그러나 의외로 편안한 얼굴이었고 직업의식 때문인지 줄지어 있는 환자 한 사람 한 사람의 진찰을 세밀히 할 뿐 아니라 성의를 다하는 모습을 엿볼 수가 있었다.

내 차례가 왔을 때, 나는 생각했다. 부처님이 중생들의 마음을 치료하는 의사이라면 이 전문의는 중생들의 육체를 치료하는 의사이다. 그러한 마음으로 아픈 부위를 설명하고 진찰을 받았다. 일단 방사선실에서 사진을 찍어 보고 다시 그 결과에 의해 치료하자고 했다. 좀 두려움이 앞섰다. 왜냐면 서울에서 살 때 일이다. 새벽에 도시락 세 개 챙겨나가면 저녁 늦게까지 도서실에서 지낼 때 각혈 때문에 방사선실에서 사진을 찍은 적이 있었다. 심한 피로와 영양부족으로 온 폐렴이어서 치료를 하면서 독한 약기운 때문에 꽤나 고생했었다. 혹시 폐염이 재발된 것이 아닐까 하는 두려움이 앞섰다.

결과는 기관지 알레르기 천식이라는 병명이 주어졌다. 꾸준히 치료를 받아야 하며 그 받아야 하는 내용을 자세히 설명해 주었다. 다른 환자에 비해 처음부터 더 친절하다는 생각은 했지만 처음의 내 선입감과는 의외였다.

주사를 맞고 약 받는 곳에서 간호원이 약을 건네 주면서 약값은 치루지 말고 그냥 가라고 했다. 원장님 분부라고 한다. 뒤에 줄지어 있는 환자들 보기에 미안해 아무 말 못하고 나오는데 뒤따라 나오시면서 밤새 기침이 심하면 내일이 휴일이지만 잠깐 나와 주사라도 맞고 가라는 이야기이다. 치료비를 받지 않으시면 부담스러워 올 수가 없으니 다음에는 꼭 받으시라는 내 말에 웃으시면서 돈을 받지 않겠다 하며 아무 부담없이 나을 수 있도록 치료를 계속 받으라는 이야기였다.

참으로 보기드문 기독교 신자였다. 무주상보시 댓가없이 베푸는 마음, 그런 마음이 쌓여 있기 때문에 저런 편안한 얼굴을 가질 수 있구나 하는 생각을 할 수 있었다. 그날 밖에는 눈이 펑펑 내렸다. 돌아와 그 편안한 얼굴을 내내 생각했다. 우리는 가끔 부분적이고 상대적인 가치 체계를 전체의 가치로 강요하는 경우가 있다.

부처님도 예수님도 우리 중생들을 참된 길로 인도하고자 하는 성인이시다. 그 성인의 말씀을 그대로 받아들여 그분들을 닮으려고 노력하는 사람이며 타종교에도 사랑과 헌신을 베풀 수 있어야 한다. 가끔 길거리에 나가보면 승복을 입은 내게도 하나님을 믿으라고 광적인 열기로 심하게 대하는 이도 있다. 그들의 행동에 말이 필요없다고 생각해 무시해 버리고 담아 두지는 않지만 그런 사람을 만날 때면 이질감 느껴지는 그들의 가치관 때문에 짜증스럽기 그지없다.

눈이 오는 날 내가 만나 전문의는 하나님 말씀을 제대로 실천하는 종교인인 것 같아서 마음이 흐뭇했다. 치료의 보답으로 내 첫 시집을 선물했다. 진정한 종교인이라면 모든 것을 포용할 수 있는 것이라야 한다는 생각이 더 짙게 물들여져 오는 날이었다.

중철이의 졸업

겨울이 서서히 문을 닫고 바람의 손길이 조금씩 부드러워지기 시작하는 요즈음의 기온. 이때쯤이면 도량 여기 저기에서 나의 손길을 부르는 봄내음의 꿈틀거리는 소리에 가만히 앉아 있을 수가 없다. 나의 일과는 더 분산해지고 바빠진다. 공사 때문에 흔적조차 없어진 텃밭을 다시 일구어서 씨앗을 뿌려 내 식탁을 더 풍요롭게 하고 싶다.

일전 일봉 스님이 고소 씨앗을 해인사 산중에서 구했다고 보내왔다. 고소가 먹고 싶다는 나의 혼잣말을 귀담아 들었는지 보현암에서 한철 기거하면서 애써 마련하여 보내왔는데 껍질채 텃밭에 뿌려서 싹이 움트지 않는 어리석음을 범한 적이 있다. 껍질을 부수어 뿌려야 한다는 이치를 몰랐던 내 무지한 어리석음이 드러나고만 셈이다.

올해는 그 어리석음을 범하지 않겠다는 생각에 서울 올라 가는 길에 일부러 동대문 시장에 가서 씨앗을 사왔다. 그 특유의 향을 머금고 자라는 고소맛을 맛보기 위해 좀 이른감이 있지만 서둘러 텃밭을 일구어 씨앗을 뿌렸다.

세원사가 보령화력발전소 부근에 자리하고 있기 때문에 발전소를 다니는 불자들이 자주 찾는 편이다. 그들 대부분은 이곳이 타지이기 때문에 잠시 머물러 가는 곳이라 마음도 몸도 늘 떠날 준비를 하고 사는 사람들이다. 특히 겨울이 가고 이른 봄이 오면 나는 한차례의 홍역을 치루는 것처럼 사람들을 떠나보내고 또 맞이한다. 보내고 맞이하는 것에 익숙해진 생활이지만 때론 좀더 세원사와 인연했으면 하는 아쉬움이 일렁이는 마음에서 보내는 사람도 있다.

처음으로 이곳 세원사에서 불교의 인연을 맺은 용휘네 가족도 강릉으로 이사를 갔다. 말 없고 성실한 불자였는데 하는 생각에 한동안 많은 아쉬움이 남아 있을 것 같다. 이곳에서 맺은 그 깊은 신심으로 어디에 가든 부처님을 가까이 하는 불자생활을 한다면 떠나 보냄도 반가운 일이 될 것이다. 살아가면서 그 사람 참 괜찮은 사람이다 하고 평을 듣기도 어려운데 용휘 엄마는 참 괜찮은 사람이라고 모두들 떠나 보내면서 한마디씩 한다.

이곳을 떠나가서 가끔 안부해주는 사람들을 보면 끈끈한 인간미도 느끼지만 나에게는 큰 힘이 된다. 서로를 기억하고 챙겨가며 살아갈 수 있다는 그 여유스러움과 소중함 때문에 우리는 '더불어'라는 말을 하는지도 모른다. 더불어 살아감에 난 때론 과감히 잊어버려야 할 인연에는 마음의 문을 빨리 닫아 버리는 독선적인 아집도 있지만 한번 맺은 인연에 대해서는 늘 기억해주고 함께 일깨워 가는 삶을 결코 소홀히 하지 않으려고 한다. 그래서 많은 사람과의 관계가 단절되지 않고 유유히 지속이 되고 가끔은 안부하며 살아간다. 그래서 오늘도 나는 그냥 지나칠 수 없었던 인연에 축전 한 장으로 얼굴을 내밀어 미안함을 대신했다.

중철이는 육군사관학교 제50기 졸업생이다. 그는 육사를 들어

가기 위해 삼수를 한 끈질긴 아이이다. 처음 시험에 낙방하고 학원을 다니면서 재수를 했는데도 원하는 육사에는 들어가지 못하고 인하공대에 들어갔다. 한 학기를 마치고 휴학계를 내고 다시 공부를 하여 당당히 육사시험에 합격했다는 전화를 받은 지가 엊그제 같은데 벌써 졸업이라는 초대장을 받고 보니 시간의 흐름을 새삼 인식하게 되었다.

나는 그 애에게 해준 것은 몇 번의 편지 답례뿐이었다. 중철이는 학교생활을 때론 편지로 때론 전화로 전해 주었고 한해에 한 번씩 열리는 학교 축제 때는 초대장을 보내주는가 하면 내가 참석하지 못한다는 것을 알면서도 올 수 있느냐는 확인 전화를 하는 아이이다. 이번 졸업식도 예외는 아니었다. 시험을 끝냈다는 전화를 받고도 졸업 초대장을 받기 전까지 그애가 졸업을 한다는 사실을 나는 잊고 있었다.

잠시 졸업식 현장을 TV뉴스를 통해 보면서 미안한 마음이 또 쌓여 그냥 있을 수가 없어 집으로 전화를 했더니 그 애는 오히려 나를 위로했다. 학교생활 4년을 스님을 의지한 힘이 크기 때문에 졸업을 했다고. 어느 축하 선물보다 스님의 축전 한 장이 더 귀한 선물이라고. 나는 그 애의 청에 한 번도 응해 주지 못한 미안한 마음이 더 쌓였다. 시간을 내어 수일내 중철이를 만나야겠다고 생각을 하지만 그 애는 곧바로 광주 훈련소로 들어가기 때문에 한동안 또 만날 수가 없을 것 같다. 언제 만날지는 모르지만 늦은 졸업선물이라도 하여 나의 미안한 마음을 덜어내고 싶다.

그래서 나는 무엇을 선물로 할까 고민 아닌 고민을 그 애를 만날 때까지 할 것 같다. 왜냐면 중철이가 입학을 하고 인사차 나를 찾아올 때 내민 선물을 나는 기억하고 있기 때문이다. 열차에서 내려 빈손으로 나를 찾을 수가 없어 조그마한 것이라도 사야겠다는 생각에 슈퍼에 들러 포장된 샴푸와 린스를 샀다고 한다. 절 가까이에 와서야 내게 샴푸와 린스가 필요없다는 사실을 깨닫고 물건을 바꿀 수도 없고 하여 고민을 하다가 집으로 돌아갈 때쯤 심정을 털어 놓았다. 중철이와 나는 그 샴푸와 린스를 놓고 한바탕 웃었다. 그 애가 사온 샴푸와 린스는 욕실 비치용으로 가끔 찾아오는 여자아이들에게 아주 유효하게 사용되었고 그 샴푸와 린스가 다 없어질 때까지 난 중철이의 그 순수한 표정을 떨쳐 버릴 수가 없었다.

지금도 샴푸를 보면 중철이 생각이 문득 나곤 한다. 선물은 마음의 표현이다. 그 마음을 꼭 어떤 물질로 평가하는 것은 아니지만 상대방에게 마음의 표현을 전달하는 것은 그 선물이 어떤 것이든간에 아름다운 일이다. 그래서 의례적으로 가까운 사람끼리 선물을 주고 받는 풍습이 우리들 주위에서 자연스럽게 행해지고 있다. 나도 가끔은 가까운 이들로부터 선물을 받기도 하고 나만 받고 빈손으로 돌려보내기가 복을 감하는 것 같은 느낌에 무언가 주어서 보내기도 한다.

내가 받은 선물 중에 한번도 사용치 못한 중철이의 그 선물은 물건의 중요성보다 그 애의 순수한 마음 씀씀이 때문에 그 애를 더 아끼고 좋아하게 하는지도 모른다. 이제 졸업을 하고 당당한 현역 군인의 자리에서 생활할 중철이에게 오래 기억될 수 있는 멋진 선물을 해주고 싶다.

효정이의 편지

내가 효정이를 알게 된 것은 효정이가 이 세상에 나오기 전 엄마의 뱃속에 있을 때부터이다. 이곳에 내려와 생활필수품들을 사기 위해 처음엔 시장 여기 저기를 많이도 기웃거렸다. 식구가 많든 적든 그 크기와 부피와 양의 차이가 있을 뿐이지 구색은 똑같이 갖추어야 생활이 이루어지는 것이 사람 사는 일이다. 나는 주머니 사정이 허락하는 한 옹색을 떨지 않고 필요한 것은 거의 구입해서 사용하는 편이다.

대천의 시장은 한 모서리에 있는 것이 아니고 시내 중앙이 전부 시장으로 짜여져 있다. 처음 이곳에 온 사람들은 시장길 익히는데 한참이나 걸린다는 이야기를 자주 듣는 편인데 나도 의외는 아니었다. 지금도 내가 늘 다니는 우체국, 책방, 은행, 부식 골목 외의 다른 곳을 찾는 것은 늘 헤매는 편이다. 그날도 나는 이부자리를 사기 위해 시장 골목 여기 저기를 기웃거리다가 어느 이불집 가게문을 열고 들어갔다.

배가 한참 부른 임산부가 재봉틀에서 손을 멈추고 장사 특유의 친절로 나를 맞이했고 나도 그 분위기에 익숙해져 필요한 물건 이것 저것을 골랐다. 몇가지 물건을 챙겨 들고 계산대 앞에 선 나에게 주인인 그녀는 한사코 돈 내는 것을 거절했다. 부담스러워 하는 나를 보고 그녀는 말했다. 절에 가고 싶어하는 마음은 늘 있지만 먹고 살기에 바빠 제대로 가지 못하고 있었는데, 오늘 무슨 인연으로 저의 가게에 스님께서 오셨으니 부처님께 자기 마음을 전달할 수 있는 기회를 달라고 했다. 그녀의 간곡한 부탁에 나는 그녀의 의견에 따랐고 그 이후 그녀와 나의 관계는 자연스럽게 이루어졌으며 필요한 것이 있으면 부담없이 부탁을 했다. 그럴 때마다 그녀는 아무리 바빠도 부탁을 거절하지 않는 내 측근의 불자가 되어 이것 저것을 만들어 주어서 생활에서 용이하게 사용하고 있다.

그해 여름, 이불을 치울 때쯤 그녀가 몸을 풀었는데 예쁜 딸아이를 낳았다. 그녀의 두번째 아이인데 이름을 효정이라 지었다. 시내에 나가는 길에 어쩌다 가게에 가보면 그 갓난 효정이는 엄마의 품 속은 상상도 못할만큼 늘 다른 사람의 손에 의해 우유가 먹여지고 있었다.

효정이는 고집스럽게 엄마의 품속을 그리워하면서 그런대로 잘 자라 주었고 어쩌다 머리깎은 내 모습을 보게되면 더 큰소리로 앙앙거리며 울어서 나를 참 당황하게 만든 아이이기도 했다. 그런 아이가 이제 다섯살이 되었다.

효정이가 세살 때의 일이다. 초파일날 엄마랑 함께 절에 왔기에 부처님께 절하는 법을 가르쳐 주었는데도 그 아이는 그것을 따라하기는커녕 오히려 날더러 부채신이라고 놀렸다. 그때 한창 TV코메디 프로에서 부채도사라는 프로가 있어서 효정이는 집에서도 그것을 곧잘 흉내낸다고 했다. 그날도 의자에 앉아서 부채도사 흉내를 내어 주위 사람들의 웃음을 한바탕 자아내기도 했던 아이이다. 몇번 부딪친 일이 없는 효정이를 볼 때마다 참 똘똘한 아이구나 하는 생각은 늘 가져왔다.

얼마전 내가 가게에 들렀는데 효정이는 무언가 열심이 읽고 있었다. 내가 효정이에게 너는 왜 이리도 못 생겼지 하니까 그 아이는 한참이나 나를 쳐다보더니 자기는 오빠가 공부하는 책을 다 읽을 수 있고 산수셈도 잘한다고 말했다. 내가 불쑥 던진 그 한 마디에 생긴 것과는 상관없이 나는 공부를 잘할 수 있으니까 괜찮다는 당당한 자기 의견 표현이었다. 거기서 또 나를 당황하게 만든 아이였다.

며칠 전 겨울비가 내리던 일요일날 효정이네 식구가 왔었다. 일전 내가 자리를 비운 사이 왔다 갔다는 소식을 듣고 만나지 못함을 서운해 했는데 오늘 가게가 쉬는 날이라 오겠다는 전화를 받고 아침부터 그 아이 식구들을 기다렸다. 할머니가 갑자기 교통사고로 돌아가신 후 막내인 효정이 아빠가 마음을 앓고 있다는 소식을 접했지만 따로 위로할 방법도 없고 하여 더 그 식구들을 기다렸는지도 모른다. 문에 들어선 효정이는 엄마 아빠의 마음 따위는 아랑곳하지 않고 가방 가득 인형을 챙겨들고 큰 나들이를 한 셈이다.

다른 여자 아이들처럼 방 한쪽에서 인형놀이를 한참 하던 효정이가 어른들 이야기 사이 불쑥 던진 말을 내내 잊을 수가 없다. 자기는 앞으로 작가가 될 것이라고 했다. 시를 잘 짓는데 스님이 읽어 줄 수 있느냐고도 했다. 그러더니 그 아이는 자기 가방에서 연필과 종이를 꺼내어 무언가 열심히 적어가는 모습이었지만 별 관심을 두지 않고 어른들 이야기만 계속했다. 한참후에 효정이는 아주 짧고 간결한 시 한 편을 적어 내게 내밀었다. 나는 그만 말을 잃고 말았다.

학교에 들어가지 않았고 누구에게 배운 적이 없을텐데 어떻게 이 아이가 자기 생각을 함축할 수 있는 글을 쓸 수 있을까 하는, 의아심에 찬 내 얼굴을 바라본 효정이 엄마는 내게 말했다. 매일 편지식으로 하루에 일어나는 여러 가지 일들을 적어서 보내고 엄마에게 부탁할 일 등을 메모로 남긴다고 했다.

효정이 엄마는 여느 엄마들처럼 아이를 데리고 공부를 함께 할 만큼 여유있게 사는 사람이 아니라는 것을 난 잘 알고 있기 때문에 나의 관심은 효정이에게로 깊어졌다. 다섯살 효정이는 국민학교 1학년 오빠 어깨 너머로 한글을 깨쳤고 훌륭한 작가가 될 것이라 했다. 그 꿈이 신선했고 그러한 소질이 문득 문득 그 아이에게 느껴지기 때문이다. 어쩜 효정이는 전생에 훌륭한 작가였는지도 모른다는 생각에 나의 잘 여물지 못한 글재주가 못내 부끄럽게 느껴진다.

오늘 우체부가 예쁜 편지봉투 하나를 우체함에다 꽂아 놓고 갔다. 효정이가 보낸 것이다. 그날 돌아 가면서 주소를 묻기에 아무 생각없이 적어주면서 왜 그러냐고 물었었다. 나의 말에 스님께 편지를 보내겠다고 말하기에 정말 이 아이가 편지를 보낼 수 있을까 하는 생각만 하고 기대는 하지 않았다. 그런데 정말 편지를 보내왔다. 곱고 예쁜 봉투와 편지지에 연필로 또박또박 적은 내용은 이러했다.

정운 스님께
정운 스님 안녕하세요.

지난 번 일요일에 엄마가 나 놓고가도 좋다고 말했어요. 그런데요 엄마가 스님네 집에서 살제요. 그래서 엄마가 스님네 집에다 땅을 사고 싶대요. 그런데 홍성 이모가 땅을 사서 엄마가 돈을 주셨어요. 그럼 다음에 찾아 뵐께요. 그럼 안녕히 계세요.

자미온내 효정이 올림

이것이 어찌 다섯살짜리 아이의 생각이라 할 수 있으며 문장력이라 할 수 있을까. 엄마가 아무렇게나 흘려 버린 행동 하나 하나를 그 아이는 읽고 글로 표현했다. 부처님도 깨달음을 얻기 위하여 많은 생을 통하여 수행해온 결과 깨달음을 얻으셨다. 우리 주변에 한 분야에 특출한 사람들을 보면 이생에서 익힌 것이라고는 할 수 없고 과거생으로부터 그 분야를 연구하고 익혀 온 것으로 그 습에 의해서 만들어지고 배출이 된다고 볼 수가 있다.

분명 효정이도 전생에 작가이었을 것이다. 그래서 그 오랫동안 익혀온 습관에 못 이겨 그 아이는 누구의 시킴도 없이 스스로 꾸밈이 없이 표현했던 것이다. 이 다음 효정이가 자라서 그 애가 원하는 작가가 될 때, 그때 효정이에게 이 편지를 보여 줄 것이다. 그때까지 마음 속 깊은 서랍에 곱게 간직할 것이다. 오늘 같은 날 어린왕자라는 책 속에서 얻은 친구처럼 효정이를 생각하니 좋은 문학 친구를 얻은 셈이라 마음이 뿌듯하다. 예쁜 엽서를 구해서 서둘러 효정이에게 답장을 보내야겠다.

음식 솜씨

한달에 한번씩 순수문학을 토론하고 점검하는 모임인 큰수레 글나눔회가 서울 나들이가 뜸해진 나를 위로하기 위해 이번 모임을 여기에서 하겠다는 전갈을 보내왔다. 전갈을 받고 내내 기다림 속에서 보냈다. 기다리는 것에도 익숙하진 않아서 특별하다고 느껴지는 인연들이 방문하는 날에는 내내 설레임과 기다림이 더 짙어진다.

이곳을 찾는 이에게 융숭한 대접은 아닐지라도 손수 마련한 공양 한끼라도 정성껏 대접하고 싶어 시장을 다녀오는 등 분주를 떨었다. 부민이 엄마는 시골 토속적인 국수를 잘 만들고 은하 엄마는 김치 솜씨, 해파리 무침도 일품이고 장희 엄마는 버섯 탕수육은 참으로 별미이다. 또 동용이 엄마가 하는 음식은 모두가 다 맛깔스럽기 그지 없다. 가끔 허기가 지면 공양초대를 하라고 은근히 내가 부추기기도 하는데 그때마다 나는 별미를 먹고 온다. 그 맛깔스러운 솜씨 때문에 동용이 아빠가 밖에서는 전혀 음식을 드시지 않는다고 행복한 불평을 가끔씩 한다.

이중 누구랑 공양준비를 해볼까 생각하다가 장희 엄마를 불러 버섯요리로 오늘의 특별요리로 내놓았다. 나는 음식 만드는 일을 좋아는 하지만 특별히 잘 만들거나 맛이 특별한 것은 없다. 혼자서 해결해야 하는 어쩔 수 없는 여건 때문에 음식을 만든다. 음식을 만드는 그 과정에 몰입하는 것도 참선하는 마음이다. 다 만들어진 음식들이 상 위에 올려졌을 때 그것은 창작에서 비롯된 작품일 뿐 아니라 즐겁게, 맛있게 먹을 수 있다면 큰 공양이 될 수가 있다고 생각하기 때문에 혼자 생활이라도 대충대충 해결하려고 하지는 않는다.

얼마간 내 일을 돕겠다고 온 정희 씨가 오기 전까지 나는 부엌일들을 손수했다. 어쩌다 객들이 오면 내가 직접 해주는 음식 먹기가 부담스러운지 적당한 사람을 두지 왜 손수 하느냐고 반문을 한다. 사람들 두고 뒷전에서 관망할 수 있는 형편도 안 되지만 아직은 그러고 싶지 않다. 나이가 더 들면 그때는 모르겠지만….

현대의 생활 템포는 점점 빨라지고 있다. 그래서 아이 어른 할 것 없이 손쉬운 인스턴트 음식을 선호하고 음식 만드는 일은 시간 낭비라고 생각들 한다. 적어도 그 집안의 가족 건강을 책임져야 할 주부는 음식 만드는 일을 시간 낭비가 아닌 즐거움으로 받아 들여야 할 것이다.

공자는 아내 음식 솜씨가 없다고 하여 이혼을 했다고 한다. 공자는 쌀은 아주 희지 않으면 안 되었고, 다진 고기는 매우 잘게 다지지 않으면 안 되었다고 한다. 부인이 고기에 적당한 양념을 하지 않고서 내놓았을 때라든가 네모 반듯하게 고기를 썰지 않았을 때 공자는 젓가락도 대지 않았다고 한다. 공자의 입맛이 까다로웠는지 아내가 정말 솜씨가 없었는지는 알 수는 없지만 솜씨 없는 아내보다 김치 한 가지라도 여러 가지 요리로 만들어 내 놓을 수 있는 지혜 있고 솜씨 있는 아내라면 왜 남자가 바깥에서 딴청을 피우겠는가.

음식이야기가 나오니 생각나는 일이 하나 있다. 이 시대에 또 공자가 있었다면 정말 이혼감이었을 것이라는 생각은 들지만 그래도 남편이 넉넉하기 때문에 사는 것이 아닐까 하면서 나는 그 집 남편을 높이 치하할 수밖에 없다. 내가 직접 그 집에 볼 일이 있어 갔던 것이 아니었다. 어쩔 수 없이 그 집에서 시간을 좀 보내야 할 형편에 점심시간까지 있었다. 때가 되니 배도 고프고 하여 기다리고 있으니 그집 주부가 한 그릇의 수제비와 단무지를 담은 상을 내 앞에 내 놓고 먹으라고 권했다. 그날따라 냉장고도 비었고 또 스님은 오신채를 드시지 않으니 넣을 것이 없고 찬도 없어 수제비를 만들었다고 했다. 수제비는 소금물에 간을 하고 참기름 몇방울 친 것이 전부였다. 나는 그런 수제비를 처음 볼 뿐 아니라 만들어 준 사람이 무안해 할까봐서 그것 한그릇 비운다고 진땀을 뺀 적이 있다.

수제비 한 그릇으로 그 사람을 평가하려고 하는 것은 아니지만 그후 그 사람을 볼 때마다 자기를 합리화하려 입으로 쏟아내는 비단 같은 말들이 순수하게 받아들여지지 않았다. 저런 융통성으로 어떻게 가정을 이끌어 가며 자식들을 어떻게 교육을 할까. 물론 모으고 알뜰히 저축하는 습관도 좋은 일이지만 적당히 냉장고를 채워두는 것도 여자의 지혜가 아닐까. 말이라도 못하는 소박미라도 있다면 또 봐줄 수도 있지만 그런 솜씨의 음식을 먹고 사는 남편이라는 사람이 더 대단한 사람인지도 모른다.

음식이라는 것이 물론 충분한 재료가 있으면 더 좋겠지만 그렇지 못할 때는 주부의 재치있는 지혜와 정성으로 충분히 맛을 더할 수 있을 것이다. 옛날 우리들의 할머니 어머님들도 여자 아이를 교육을 시켜 시집을 보낼 때는 음식 만드는 것과 바느질 법을 가리켜서 보내는 것이 기본이었다. 특별히 배우지 않아도 잘해내는 사람은 정성과 지혜가 뛰어나기 때문이다.

소혜 왕후가 지은 내훈이라는 책에 보면 여자는 꼭 이 네 가지 행실을 행하는 지혜가 있어야 한다고 했다. 말, 용모, 솜씨, 덕을 말한다.

덕이란, 재주와 총명이 남보다 뛰어나야 한다는 것이 아니고 맑고 고요하고 다소곳하여 절개를 지키며 바르게 처신하는 것이라고 했다. 말은 구변이 좋아서 이익을 도모하는 그런 언사가 아닌 거친 말을 쓰지 않으며 남에게 싫은 말을 하지 않는 것이라고 했다. 용모는 얼굴이 아름답고 고운 것만을 말하는 것이 아니고 의복이나 치장을 청결히 하며 몸을 더럽히지 않는 것이라 했다. 솜씨는 반드시 남을 능가하는 그런 공교한 솜씨만을 말하는 것이 아니고 쓸데없는 놀이를 즐기지 않고 음식을 정갈하게 장만하여 내 집을 찾는 사람에게 정성껏 잘 대접하는 것이라 했다.

이것이 여자가 지녀야 할 것들이라면 이러한 것들을 인식하며 사는 주부는 과연 얼마나 될까 하는 생각이 든다. 개발하는 생활이 아닌 퇴보하는 생활을 하는 것이 아닐까. 물질만능 속에서 황폐해 가는 심성들…. 앉아서 이집 저집 통반장을 다하는 수다를 늘어 놓을지언정 글 한 줄 읽는 일에 게으름을 피우는 사람들에게 권하고 싶은 한 권의 책이 있다면 그것은 바로 소혜 왕후가 지은 내훈이다.

찬옥이의 선물

　찬옥이는 신혼여행에서 돌아오면서 달리 내게 선물할 것이 없다고 도서상품권 몇 장을 건네 주고 갔다. 곁에 있으면 늘 편안하게 해주는 아이인데 결혼준비, 결혼식, 신혼여행, 그 바쁜 와중에도 내게 마음 써줌이 고마워 누구에게 선뜻 주지 않고 챙겨두었다가 오늘은 일부러 서점에 나갔었다.

　일전 주문해 놓은 몇 권의 책도 구입하고 신간도서도 읽을 만한 것이 있는가 한번 훑어볼 겸 해서이다. 마침 서점에서 아는 얼굴을 만나 연말이고 하여 그냥 돌려 보내기 무엇하고 또 선물받은 상품권이 있기 때문에 책 한 권을 골라서 주었다. 그렇지 않아도 혼자서 다 사 보기엔 선물한 사람에게 빚이 될 것 같은 기분이었는데 찬옥이 몫으로 나누어 주고 나니 한결 마음이 가벼워진 느낌이었다.

　요즈음 서점에 가면 책 고르기가 참 힘들다. 내용보다 상품으로 과다한 경쟁으로 하기 때문에 간혹 거기에 현혹되기가 쉽다. 어떤 책은 많은 도움이 되지만 어떤 책은 책값 생각이 먼저 나는 경우도 있다. 서점에 갈 때는 넉넉히 시간을 가지고 가야만 제대로 읽을 만한 것을 찾아올 수가 있다. 내가 서점에 들릴 때마다 주인 아저씨는 꼭 자기 사위가 쓴 소설책을 꺼내 오기도 하고 사위 글이 실린 문학잡지 책도 가지고 와서 권유하지만 나는 인사치례만 하고 그 책은 사오지 않는다.

자주 가는 고객이라고 책값을 싸게 해주는 미덕도 있고 은근히 소설가 사위를 둔 것을 자랑하는 모습이 있어 책방주인답다는 생각도 들어 꼭 그곳에만 간다. 오늘도 서점에서 어떤 분이 불교에 관해 쉽게 이해할 수 있는 수필집을 소개해 달라고 하기에 나는 스스럼없이 법정 스님 책을 권유했다. 불교하면 우선 어렵다는 생각이 들어 쉬운 것이라는 수식어가 꼭 필요로 한다. 책도 권유하기가 쉬운 것만은 아니다. 내가 읽어서 좋다고 느끼는 것이 다른 사람도 좋다고 느끼는 것은 아니다. 그러나 보편적인 흐름에서 판단하고 선택하는 경우가 많다. 그것이 바로 유행이라는 것일 것이다.

유행, 베스트셀러만이 꼭 좋은 책이라고 할 수는 없다. 그래서인지 책 한 권 선물하기도 힘들다. 상대가 어떤 종류의 책을 좋아하는지, 읽은 책인지, 도움이 될지 하는 생각 때문에 선택 앞에 망설임이 앞선다. 이럴 때 책대신 도서상품권을 선물한다면 그 사람의 취향에 맞게 책을 선택할 수 있을 것 같아 책 고르는 수고로움을 덜 수 있는 일이다.

나는 이런 상품권이 있는 줄도 몰랐고 받아 보지도 못했다. 지난 가을인가 효정이 이모가 내 서가에서 몇 권의 책을 빌려간 후 그 답례로 두 장을 주기에 이런 것도 있느냐고 물었다. 스님이니까 모르는 것이 당연하다고 생각도 했겠지만 시를 쓰고 책을 좋아하는 사람이 그런 건 상식이 아니냐고 속으로 생각했을 것 같아 얼굴이 확 달아오르는 것 아닌가.

백화점 상품권, 구두 상품권 등 다양한 상품권들이 거래되고 있다는 것은 알고 있지만 책에도 이런 상품권을 주고 받을 수 있다는 것을 그때 알았으니 정말 알아야 하는 것을 놓치고 사는 것 같아 부끄러웠다. 또 사람들이 이런 것을 잘 주고 받지 않는다는 결론이다.

나는 가끔 아는 이들에게 불공비 기도비 댓가를 받는다. 이렇게 거래적인 것이 아닌 순수히 용돈하라고, 필요한 것 구입하라고 넌지시 건네주는 봉투가 생기면 참 기분이 좋다. 불공비가 얼마이고 기도비가 얼마냐고 묻는 계산적인 사람에 비해 용돈이라는 단어를 빌어 계산적인 사람과 달리 건네줄 수 있는 마음은 분명 어머니같은 마음이다. 가까이 사시는 배상훈 씨는 가끔 내게 용돈을 챙겨 주시는 분이다. 그럴때 나는 웬지 모르게 기분이 좋고 그 돈만은 나를 위해 쓸려고 노력한다.

어릴 때는 부모님께 용돈을 얻어 쓰고 중년이 되면 용돈을 주면서 살고 노인이 되면 다시 자식들로부터 용돈을 타서 사는 것이 사람 사는 삶이다. 나도 어느 때부터인가 세배돈도 용돈도 베풀어야 하는 나이가 되었다. 그래서 용돈을 받아본 지가 오래되었고 어쩌다 용돈이 생기면 그 돈을 쓰는데 상당한 고민을 한다. 예나 지금이나 돈이 생기면 서점에 가는 버릇은 여전히 남아 있다. 남의 글을 읽고 내 인생인 양 착각하고 사는 것은 아니지만 흔히 우리 집안에서 말하는 업인 것만은 분명하다. 서점에 가는 것은 유일한 나의 취미이기도 하지만 얼마의 책을 사고 나서 그 나머지 돈이 내게 금방 필요한 것이 아니라고 생각이 들면 다른 사람을 위해 쓴다.

특히 원고료가 생기면 누굴 위해 다 써버려야 마음이 홀가분해질 뿐 아니라 돈이 주머니에 있으면 쓰고 싶은 마음 때문에 있지를 못한다. 수행자이기 때문에 돈에 대해서 덤덤해야 하고 남과 다른 초월심을 가져야 한다는 이론 때문에 그런 것은 아니다. 성격탓이고 오랫동안 살아온 습관 때문일 것이다. 보이지 않는 미래를 위해 모아 두지 못하는 편이고 보니 나는 아마 전생부터 수행자인가보라는 생각도 든다. 내 착각인지는 모르지만, 내가 좀 더 욕심을 부리는 것은 불모지인 이곳에 부처님 도량이 세워지고 좀더 경제적으로 넉넉해져서 가람수호에 아낌없이 투자하여 모든 불자가 함께 정진하고 삶의 여정을 쉬어갈 수 있는 도량으로 만들고 싶은데 내게 그런 복이 있을런지 아니면 수행만 하는 복만 타고 났는지 의문도 든다. 하나의 원이 있다면 좋은 도량으로 변모해 가는데 온 힘을 다하고 싶다는 것. 이것이 자기 위안인 큰 욕심이라고 할지는 모르지만 어쨌든 나는 돈〔부〕과는 거리가 먼 것만은 사실이다.

눈발이 보인다. 찬옥이의 선물이 따뜻하게 느껴지는 그런 날이다. 잘 살아 주었으면 좋겠다. 같은 불자가 아닌 기독교 집안에 시집을 가게 되어 고민하던 모습이 눈발 사이로 보이지만 잘해 낼 것이라는 생각이 든다. 주는 정성 받는 기쁨이 잘 어우러진 이 지혜를 찬옥이에게 전달을 해야겠다. 전화라도 한 통화 해주어야겠다. 신혼살이가 괜찮으냐고, 부처님 잊지 말고 살고 시어머니 교회가실 때 성금 잘 챙겨가시게 하고 지혜로운 며느리가 되어야 하며 이 다음에 너의 아이가 자라면 나도 도서상품권을

선물할 생각인데 괜찮겠느냐고 말이다. 아마 이것도 스님의 설법
이라고 생각할 게다, 그애는.

12월에는

  갑자기 몰아치는 듯 불어대는 바람은 진종일 찌푸린 날씨에 대한 항변이라도 하는 듯이 요란하게 불어댄다. 더러는 문소리도 내고 사람 발소리 같은 것도 내면서 말이다. 유난히 바람이 많다 이곳은.

  주위가 다 바다이기 때문일까. 겨울바람 소리는 주위의 고요와 정적 때문에 더 크게 들린다. 오늘은 온종일 하늘다운 하늘을 볼 수 없었던 날이다. 눈이 내리면 가까운 곳이라도 다녀오면서 사는 이야기나 좀 하자던 말소리가 아직 귓전에 맴돌고 있는데 창 너머 검은 하늘 사이 눈발이 보인다. 이제 겨울이 시작이 되나보다 얼마만큼 이 대지를 꽁꽁 얼게 하여 매몰차게 이끌어 갈 것인가. 이 겨울을 말이다.

  지난 여름이 다른 해와 달리 이상 기온을 보여 굉장히 무더운 만큼 이번 겨울도 상상외로 추울 것이라는 주위 사람들의 추측이 맞을지도 모른다는 생각이 든다. 이제 겨울 시작인데도 체감온도가 아주 차갑게 느껴지니 말이다. 더 춥기 전에 연료 탱크도 점검해야 하고 지하수 펌프도 얼지 않게 잘 싸두어야겠다. 더 따뜻한 내의도 챙겨 입어야겠다. 겨울을 나기 위해 창문에 커튼을 해야겠다고 늘 망설이기만 했지만 결국은 올해도 안하고 넘겼다.

예년처럼 얇은 비닐로 황소 바람막이를 설치를 했다. 커튼을 하게 되면 한지로 바른 창호가 커튼에 묻혀 그 사이로 들어오는 푸근한 빛을 완상할 수 없기 때문이다.

답답한 공기보다 약간은 바람이 들어오는 느낌을 받아야 하고 앉아 있으면 맨머리 끝에 약간의 차거움이 일어야만 방안에서도 상쾌한 기분을 오래 지속할 수가 있다. 어쩌다 아는 사람들이 기거하는 아파트라는 곳에 가보면 오래 머물 수 없다. 남들보다 추위를 많이 타 몸이 아주 차가운데도 나는 겨울이라도 약간의 서늘한 공기가 맴도는 것을 좋아한다.

겨울이 오기 전 빠지지 않고 한바탕 감기도 치루었다. 겨울은 바깥 활동이 줄어 드는 시기이기 때문에 운동량이 적어져서 게으름을 피우기 쉬운 계절이다. 적당한 일거리로 건강을 유지해야겠다. 사대(四大)로 화합되어 있는 이 육신을 애지중지할 필요가 없다고 쉽게 말하지만 소유하고 있는 한 이보다 더 소중한 것이 어디 있을까. 이것은 우리 몸이 가장 잘 장엄해야 할 법공체(法空體)이기 때문일 것이다. 그래서 우리는 가끔 아는 이들을 만나면 건강의 안부를 묻게 된다. 그만큼 소중히 생각하기 때문이다.

한 해의 마지막 장을 장식하는 12월이 오면 웬지 분주해지고 바빠진다. 또 그동안 잊고 지낸 분들에게 한번쯤 안부를 하게 하는 그런 달이다. 12월에 맨먼저 내게 배달되는 연하장은 완숙이가 보내는 연하장이다. 12월 문을 열면 완숙이는 빛 좋은 한지에다 안부 소식을 꼭 전해 오지만 다른 사람들이 몰려 보내고 하는 그런 시기가 아니라 아주 한가한 시간에 보내오기 때문에 묻혀 잊어 버리지 않는다.

완숙이는 내가 예산농전 불교 동아리 지도법사로 있을 때 만난 아이인데 그후로 꼭 12월에, 시중에서 판매되는 연하장이 아닌 손수 만들거나 그려서 보내는데 내용도 복 많이 받으라는 틀에 박힌 그런 안부가 아니어서 나는 참 좋아한다.

12월이 되면 누구나 다 잊고 지낸 인연들에게 어떤 기억의 실마리라도 주고 싶은 듯 소식을 연하장으로 대신하게 된다. 더러는 틀에 박힌 안부도 있겠지만 그렇지 않은 것은 하나의 작품이다.

얼마전 내 시집을 보고 싶다하여 보내 준 곳이 있는데 그걸 받은 어떤 아이가 이런 편지를 내게 보내왔다. "보내 주신 시집은 감사히 잘 받았습니다. 싸늘해지는 겨울에, 곁에 누군가 있었으면 하는 바람으로 하루 하루를 보내었던 정아에게 좋은 친구가 되어줄 시집, 먼 곳에 있는 좋은 사람들 생각하면서 한장 한장 넘기고 머리 속 깊이 잘 보관하겠습니다. 언제 서울에 오시면 행복한 사람만 모여 사는 승가대 내에 있는, 이쁜 사람 있는 곳, 법인 사무처에 오세요. 진하고 향 있는 커피 한잔 드리겠습니다. 물론 녹차도 있습니다. 비록 현미이지만서도. 첫눈 생각하면서 좋은 지난 추억 한번 회상해 보시고 항상 건강히 쉬세요."

한 편의 시를 얻은 기분이었다. 아이를 한번도 본 적이 없었지만 만나면 쉽게 친해질 수 있는 그런 자양을 갖고 있는 아이라는 느낌에 내가 시집을 보내 준 것을 참 잘했다는 생각이 들었다.

나도 판에 박힌 연하장에다 안부하는 것이 싫어서 꼭 편지를 써 보낸다. 받기만 하고 보내지 않으면 그것도 쌓이면 빚이 될까봐 꼭 답장을 보내는 편이다. 그것도 구정을 전후로 해서 보낸다.

왜냐하면 신정에는 여러 사람들이 주고받기 때문에 소중한 기억을 덜하기 때문이다.

12월 나는 이맘때면 열심히 살았다고 생각하면서도 후회스러움도 갖는다. 그러면서 꼭 이때는 원효 스님의 발심수행장 맨 뒷부분을 되새겨 읽어본다. 순간순간이 지나 하루가 되고 하루하루가 지나 한 달이 되며 한달 한달이 지나 문득 한 해가 되고 그 한해 한해가 쌓여 어느덧 죽음의 문전에 이르나니 낡은 수레가 움직일 수 없듯이 사람도 늙어지면 닦을 수 없다. 헛되이 아까운 세월만 보내면서 정신 차리지 못한다면 이 다음생은 어찌할 것인가. 이 어찌 급하고 급한 일이 아닌가.

12월에서 더 가슴에 와 닿는 글이다. 뒤돌아 보면 공부를 점검하는 일에 무거워지는 어깨이다. 묵은 것을 훨훨 털어 버릴 수 있는 지혜도 필요한 12월이다.

삶을 사랑하는 사람들

이른 아침 밤새 부족된 산소를 얻기 위하여 밀폐된 창문을 습관적으로 열어 보면 누렇게 퇴색된 잔디 위로 뽀얀 서리꽃이 싸늘한 몸짓을 해오는 것이 아닌가. 얼마 있지 않아 저 서리꽃이 어느날 눈꽃으로 변하여 더 싸늘함으로 내 코끝에 찡하게 닿을 것이다.

"한해 뚜껑을 열어 놓으니 허망하게도 금방 가버리더군."하고 두런 두런거리며 내게 찾아와 허무를 말하던 도반의 목소리를 듣고나니 겨울 문턱이 가을 문턱만큼 쉽게 받아지지 않는다. 그만큼 시간 가는 것에 대하여 담담해지지 않는 것 같다.

여름 가을 통풍 좋은 곳에 내놓았던 난분들을 겨울을 나기 위해 다시 큰방으로 옮기는 작업을 했다. 난을 키우기 위해 지정해 둔 난실이 없기 때문에 계절에 따라 자리바꿈을 자주한다. 일전 부산에 내려갔을 때 기윤이네 집에 있던 난분들을 모두 주기에 사양하지 않고 받아온 소유욕 때문에 식구가 한참 더 늘어버렸다. 난초 가꾸는 일이 여가선용이 아니고 일거리로 되어 버린 것이다. 무엇이든 소유한다는 그 자체가 다 부질없는 망상을 만드는 원인인데도 쉽게 떨쳐버리지 못하는 것은 단순한 욕심보다 필요성 때문일 것이다.

그전에 누가 뭘 주겠다고 하면 짐스러워 사양을 했는데 요즈음 사양 않고 주는 대로 받는다. 내 것이라는 분별을 떠나 주고 싶은 마음을 받아서 다시 내가 주고 싶은 사람에게 주는 매개체 역할을 하기 위해 받아 둔다. 잠시 보관하는 마음으로 더도 덜도 바라지는 않는다. 이곳에 내려와 내가 기거하는 방이라도 하나 소유하고 있다가 보니 조그만 필요성을 느껴도 전에 없이 쉽게 물건을 구입한다. 자제력을 잃어 버린 것이 분명하다. 물질의 노예가 되고 싶지 않아 그다지 집착은 안하지만 날이 가고 시간이 갈수록 웬지 모르게 하나 하나 물건들이 늘어간다. 욕심이 늘면 부끄러움을 느껴야 할 일인데 나를 합리화시키는 나쁜 습성에 점점 묻혀 가고 있다. 마지막 달력장이 없어지기 전 필요한 것 외에 자질구레한 것들을 추리고 간소화해서 나쁜 습성에서부터 털고 일어나 초발심 때로 돌아가는 정화작업을 해야 내가 나 자신에게 부끄러워 하지 않으면서 살 수 있을 것 같다. 어쩌면 수행이란 그 자체가 정리정돈하면서, 오늘 떠나도 걸림이 없는 것이 아닌가. 많이 소유를 하다가 보면 그만큼 집착이 많을 것이고 걸림이 많아 수행해 나아감에 털어 버리고 일어설 수가 없을 것이다.

최근에 내 주위에 있던 몇 되던 여자아이들이 결혼을 한다고 떠들어대기에 어깨너머로 보았다. 그런데 물질의 소유가 생활의 필수품이기는 하지만 지나친 소유가 얼마나 탁한 것인가를 보았다. 사랑으로 맺은 사랑하는 부부가 되어야 하는데 물질의 노예가 되어 사람이 평가되는 거래감 같은 것이 보여 신혼의 신선감이 떨어지는 것 같다. 얼마만큼 서로를 이해하고 사랑하면서 살아갈 수 있을까 하는 것에 고민하고 새로운 시간에 대한 설레임 같은 것이 있어야 하는데 결혼 전에 치루어야 하는 혼수품 거래에서 여자는 여자대로 남자는 남자대로 지쳐 있기 때문이다.

주위에 있는 여자아이들이 결혼 할 때 내가 꼭 손에 쥐어 주는 책이 있다. 이제 출판사에서도 그 책을 출간하지 않는다고 하니 구하기가 힘들어질 것 같다. 이번에도 이곳에 내려올 기회가 있는 금연이에게 부탁하여 서울 큰 서점에 있는 재고 책을 몽땅 사오라고 했다. 결혼하는 아이들, 또 마침 책이 있을 때 오는 아는 분들께 나누어 주었다. 다행히 조그마한 문고판이지만 책 속에 깃들어 있는 깊은 의미를 읽을 수 있다면 더할나위 없이 기쁜 일이고 또 책 속의 주인공처럼 멋스럽게 살아가도록 노력만 해도 생활이 한결 윤택해질 것이다. 내가 책을 줄 때 한마디 덧붙이는 말은 이런 사랑으로 평생을 의지하며 살아가려고 노력하는 부부가 되라는 것이다.

헌데, 많은 권 수의 책을 선물을 했는데도 내 눈에 비치는 그들의 생활은 생활일 뿐이지 아무것도 찾지 못하는 것 같아 이 시대를 살아가는 젊은이들에게는 불가능한 일인가 하는 우려를 낳기도 한다. 그 책은 내가 불서 다음으로 자주 책장을 넘기는 책이기도 하다. 을유문고에서 오래 전에 번역된 심복이가 지은 『부생육기』이다. 남편이자 지기이던 심복을 버려두고 세상을 뜨자 남편인 심복은 그 추억과 그리움들을 기록해 두지 않는다면 하늘의 크신 은총을 저버리는 일이라 생각하여 그의 붓끝에 의해서 다시 살아난 중국문화에서 가장 사랑스러운 여인으로 우리들의 마음을 움직이게 하는 책이다.

내 나이 20대 초반이던가, 어떤 스님 한 분이 책을 좋아하는 내게 선물로 주셨는데 그때 그 여린 감정으로도 정말 이런 사람이 있다면 한번쯤 내 인생을 맡겨도 후회스럽지 않을 것이라고 잠시 생각한 적도 있었을 만큼 아침의 연꽃 향기 같은 싱그러운 감정을 일으키게 했다.

그후 아는 여자아이가 졸업을 하거나 결혼을 하면 달리 선물하는 것도 어색하고 하여 꼭 이 책을 선물로 주곤 했다. 이 책에서처럼 사는 부부를 보지 못해 내게는 우울한 선물이기도 하지만 앞으로도 책이 구해지면 이 책을 주는 일을 게을리 하지 않을 것이다.

이 책의 해설을 빌리면 여주인공 운이는 아름답고 날씬하고 잘생긴 여인은 아니었지만 삶을 사랑한 다정다감한 여인이고 일상적인 하찮은 곳에서도 사랑을 느끼는 여인이었다. 그녀의 손길에 의해 생활의 평범한 것이 보다 윤택한 생활의 예술로 이끌어 내져서 지혜있는 여인이기도 했다. 남편과 더불어 재치있게 이야기를 나누거나 문학이나 미술을 진지하게 토론하고 시부모 몰래 남장을 하여 뱃놀이 등 축제를 찾아 다니면서 즐기는 여유와 예쁘고 멋있는 감원이란 기생을 자기 남편의 첩으로 삼으려고 진심으로 열중하는 모습을 갖기도 했다. 꽃놀이에서 따끈한 술마시는 법을 연출하거나 꽃꽂이에 벌레를 배치하는 법을 고안하기도 했던 여인이다. 물론 남편인 심복이 보히미안적 기질이 있었기 때문에 어우러져 이룩된 삶이다. 평생을 살아가면서 서로 갈등하고 사랑을 확인해야만 편안해지는 이 시대의 부부들에게 좋은 귀감이 되는 지침서가 될 수 있는 책이다.

　연말이 되고 새해가 되면 선물을 주고 받는 일이 빈번해진다. 무엇을 선물할까 고심하는 것보다 평생 가까이 하여도 지기(知己)같이 가까운 양서를 한 권 구해서 선물한다면 받는 사람의 마음을 움직이게 할 것이다. 날로 거칠어져 가는 내 이웃들이 보다 승화된 삶을 사랑하는 일로 고뇌한다면 나는 번거롭게 『부생육기』같은 책을 구하여 선물하지 않아도 될 것이다. 살다가 그런 이웃을 만나게 되면 내 영원한 지기로 택할 것이다. 상대의 의견과는 상관없이 말이다.

어떤 결혼식

가을의 풍성함은 겨울이라는 삶에 공존하기 위해 보라빛 노을이 아닌 당당한 고독을 주고 쉽게 문을 닫아 버리는 것 같아 아쉽기만 하다.

뜨락에 무수히 떨어지는 갈잎 하나 주워 마음 놓고 감상 못하고 동동거리며 분주 떠는 시간이 출가인답지 못한 일들이 아닌가 하는 생각에 부끄러운 마음을 일으키기도 한다.

집착이라는 그늘에서 벗어난 것이 진정한 출가라 하는데 난 아직 진정한 출가도 못한 채 사는 일에 집착하여 고운 시간을 생각 없이 보내고 있는 것 같아 소유하지 않는 마음, 알맞게 소유하는 마음으로 무겁게 침울하게 가라앉은 일상들을 밝게 바라다 볼 수 있는 나눔으로서의 출가인이 되고 싶을 뿐이다.

지난 11월 10일.

주위의 모든 분주함을 잠지 잊고 먼 길을 떠날 수 있었던 것은 오래전부터 신도님 중 한 분이 딸의 결혼식에 꼭 참석하여 기도를 해달라는 부탁을 거절할 수가 없었기 때문이었다.

혼자 사는 일에 익숙해져 있는 수행자가 결혼식장에 자리하는 일은 웬지 어색한 일이고 불편한 마음이지만 늘 세원사 후원에서 말없이 굳은 일을 도맡아 하시는 그분을 생각해서라도 꼭 따님의 결혼식에 참석하여 축하해주고 싶었기 때문이었다.

대천에서 속초까지 거리는 지도를 펴놓고 본다면 서해안과 동해안이라는 행정구역이 나온다. 먼 거리라 서둘러 길을 떠났는데도 주말이라 밀리는 자동차 물결에 거리에서 지치고 만 기분이었다. 모처럼의 나들이에 짜증부터 앞서는 것은 밀리는 차량의 체증을 한번쯤 격어본 사람이면 이해가 갈 것이다. 괜히 길을 나선 것이 아닐까하는 후회감도 일었지만 한 쌍의 부부가 부족함을 사랑으로 메우며 의롭게 슬기롭게 살고자하는데 이런 고생쯤은 감내하자 하고 차창밖으로 간간히 비쳐오르는 퇴색된 산들을 바라다 보면서 위안을 삼았다.

대관령 고개길은 초행이라 약간의 불안감도 있었다. 고갯길을 넘을 때 꼬리를 물고 달려오던 차량의 불빛들은 거의 보금자리로 찾아갔는지 보이지 않았다.

일기예보를 무색하게 할 만큼 그날 밤은 눈이 왔다. 한 폭의 동양화를 그려 놓은 듯 불빛에 반사되어 휘날리는 눈발. 말로 형용할 수 없을 만큼 설악에서 보는 첫눈의 아름다움. 시간을 다투면서 끊임없이 내렸다.

미끄러운 고갯길을 더듬어서 강릉에 도착한 시간은 새벽 세시 반. 잠깐의 눈을 붙이고 다시 목적지인 속초를 향해 달려갔다. 가는 길목 길목에서는 주말을 즐기기 위해 사람들의 모습이 꽤나 평온하게 보이기만 했다. 부두에 들러 고깃배 고사장면도 보고 어부들의 사는 모습도 잠시 잠시 눈 돌려 볼 수 있었다. 서해안은 잔잔하고 서민적인 냄새를 함유하고 있다고 표현한다면 동해안은 광활하고 화려안 분위기가 여기 저기 깔려 있음을 느낄 수 있었다.

서해안에서 느껴보지 못한 것들을 온 몸으로 느끼면서 목적지인 예식장에는 정확한 시간에 도착이 되었다. 간혹 낯익은 얼굴도 보이기는 했지만 다른 이들에게 분주를 줄까봐 조용히 뒷자리에 앉아 식이 시작되길 기다렸다.

어느 모임이 있는 장소에 가보면 행사를 진행하는 쪽이 있는가 하면 행사와는 무관하다는 듯이 얼굴만 내밀고 먹는 데만 치중하는 쪽도 있기 마련이다. 시골 예식장이라 그런지 그런 모습이 더 현저하게 보였다.

우리가 살아가는데 형식이 그리 중요한 것은 아니지만 그 형식을 통해 존재의 여부를 판가름하고 자기의 뜻을 전달하기도 한다.

결혼식도 마찬가지이다. 서로의 사랑을 모든 사람에게 알리는 짧은 순간의 행동이며 형식에 불과한 행위이지만 그 순간을 통해 새로운 삶이 시작되고 서로가 서로를 확인하는 테두리도 되고 부모는 부모로서의 그 역할을 다 했다고 생각하여 서서히 양육의 댓가를 바라기 시작하는 계기도 된다.

이 결혼식도 다른 결혼식처럼 신랑 신부가 입장하고 여러 친지들의 축하의 박수소리가 우렁차게 들려오기도 했다. 잠시 내 눈이 번쩍 뜨였다. 그것은 신부의 화려한 웨딩드레스 때문이 아니라 주례 선생의 주례사 내용 때문이었다.

"선재동자는 하나의 참다운 진리를 찾기 위해 53인의 선지식을 찾아 다녔다. 그 속에는 위대한 분도 있었지만 노예, 바라문, 장사꾼, 창녀, 소녀, 소년, 하늘과 땅 속의 신, 의사, 농사꾼 등.

그들을 한 사람 한 사람 찾아나감으로써 자신을 연마하여 마침내 높은 단계와 지혜와 사랑의 빛살을 뿜어내는 것처럼 한쌍의 부부를 탄생시키기 위해 보이지 않는 많은 선지식들의 힘이 있었으며 앞으로 선재동자처럼 이러한 인내와 진리로 사랑한다면 그보다 더 큰 행복이 어디 있겠느냐"는 말씀이었다.

참으로 가슴에 와닿는 이야기였다.

진정한 사랑이란 아낌없이 베푸는 데 있다. 어떤 댓가도 바라지 않고 베풂에 인생의 맛과 멋이 있다. 사람은 반드시 사람을 사랑함에 있어 사랑한 만큼 어떤 댓가를 받기를 원하고 그것이 잘 되지 않을 때 미워하는 마음 시기 질투하는 마음이 앞선다. 이것이 내 것이라는 소유에서 오는 집착이 된다.

나의 마음 나의 노력 나의 시간이 남에게 더욱 빛나는 선물이 되도록 베풂에 인색하지 않는다면 그 사랑은 영원히 사라지지 않는 진리의 횃불이 될 것이다.

이 부부에게 이러한 마음이 주어지길 내내 두 손 모아 기도했다.

사람의 향기

아직 그곳에는 나를 기억해주고
정담을 나눌 수 있는 낯익은 스님들이
머물고 있는데도 망설여지고 낯설은 곳처럼
느껴지는 기분은 무얼까. 내 인생 내가 살겠다고
서원한 이 문턱, 때로는 참으로 높아 보여서
눈물겨울 때가 더러 있지만 나는 오늘 힘겨워 하면서
지내지만은 않는다. 초발심때 길들여진
수행의 힘이 있기에….

사람의 향기

흔히 광주하면 예향(藝鄕)이라고 말한다. 허나 내 머리 속의 광주는 피 빛깔로 얼룩져 있는 5월의 진달래만큼이나 한(恨)으로 뭉쳐져 있는 도시로만 기억되고 어쩌다 스치는 길목의 도시였지 특별한 추억이나 기억이나 반연이 있는 곳은 아니었다. 이런 도시에서 이번에 하룻밤 유숙할 수 있는 인연이 되어 그 품속, 무등의 자락에서 그 정취를 자연스럽게 느낄 수 있는 계기가 되었다.

광주에서 돌아온 후 내 몸 속에 오래동안 출구없이 묻혀 있었던 묵은 잔 찌꺼기들이 어디를 통해 빠져 나갔는지 찾을 수 없을 정도로 작은 희열을 느끼면서 약간은 들떠 있었고 상기되어 있었다. 나는 그 감정을 가라 앉히기에 몇 일이나 걸렸다.

살아가면서 그리 흔치 않게 같은 끼를 가진 사람을 만난 일은 더 없이 즐거울 뿐 아니라 현실을 더러 망각하게 한다. 이번에 광주에서 만난 사람들 앞에서 내가 그러 했으니까 말이다. 같은 끼를 가진다는 것은 보이지 않는 정신적인 교감이다. 이것은 정신을 즐겁게 하고 감정을 화창하게 만들 수 있는 일이라 그 향기는 보이지 않게 오래동안 내 몸 속에서 머물러 있다. 사람의 냄새, 그것은 가지각색이다. 모양도 다를 뿐 아니라 향기도 다르다.

그러한 각각의 것들이 모여 하나의 인격체를 만들어 가는 것은 물론 자기 자신의 노력의 결과이다.

나는 부처님과의 대화 외에 정신적인 성숙도를 넘나들 수 있는 지기(知己)라도 만나면 그 어떤 것하고도 비교가 되지 않고 누구에게도 보이고 싶지 않는 희열을 느낀다. 가끔 마음에 맞지 않는 사람을 만나면 나의 정서와 맞지 않는다는 단순한 이유도 있겠지만 내가 느낄 수 있는 향기가 없다. 또한 마음을 열기 전에 속물 근성이 먼저 보여 두번다시 시간을 할해하고 싶은 생각이 없어진다. 유별난 성격 때문에 안팎으로 고독함을 면치 못하지만 어쩜 내 스스로 이러한 것을 원하고 택하여 즐겨하는지도 모른다. 야운 화상(野雲和尙)이 쓴 자경문에 보면 '벗을 바로 사귀라'는 말이 나온다.

"새가 장차 쉬려함에 반드시 그 숲을 가리며 사람이 배움을 구함에 스승과 벗을 가리노니 숲을 잘 가리면 그 휴식이 편안하고 스승과 벗을 잘 가리면 그 학문이 드높으니라. 그러므로 착한 벗 섬기기를 부모 받들 듯 하고 악한 벗을 원수처럼 멀리 여길지니라. 학은 까마귀 같은 새와는 벗하려는 생각이 없거니 붕새가 어찌 뱁새들과 벗할 마음이 있겠는가. 소나무 틈 속에 자라는 칡은 천길을 곧게 솟아 오르고 잡초 가운데 있는 나무는 석자를 넘지 못하나니 어질지 못한 소인배는 빨리 빨리 떼어 버리고 뜻있는 고상한 무리는 언제라도 자주자주 친해야 하느니라."

이 말은 도를 닦고 마음을 깨치는데 스승이 얼마나 중요한가를 말해준다. 또한 사람이 바르게 살고 나쁘게 사는 데에 친구의 영향이 얼마나 큰가 하는데 대한 이야기이다.

나는 수도자라는 신분 때문에 감정을 표현하기보담 억제하는 편이 더 많다. 이것을 좋은 표현을 빌리면 감정을 '승화'한다고 하겠지만 내가 걸어야 하는 길이니까 나 스스로 익숙해지려고 하는 것일 뿐이다. 하지만 이런 성격에는 부정적인 면도 있어서 일에 있어서 시작도 하기 전 포기하거나 아니면 나 스스로 그어놓은 그 금줄을 넘지 않으려고 한다. 나는 알고 있다. 내 내면 깊숙히에서 움틀거리고 있는 시혼(詩魂)을 말이다. 그런데 이러한 것이 수행에 큰 방해가 된다는 것을 알고 있고 수행자에게 있어 사치라는 이유 때문에 버리려고 할 때가 더 많다.

선풍으로 다져진 한국불교의 이념적인 선사상의 뿌리는 문자의 값어치를 때론 철저하게 내팽기치는 것만이 최고의 사상이라 하고 그외는 다 망념이고 문자놀이로 판단한다. 이러한 내 주변의 호흡에 때론 합류하며 살아야 하는 것이 현실이다.

이런 와중에 호계삼소(虎溪三笑)와 같은 정신적인 끼를 나눌 수 있는 지기를 얻는 일은 내 수행에 보이지 않는 활력소가 되는 것만은 분명하다. 이번 광주에서 만난 몇몇 큰 이름들은 나의 이런 허울좋은 형상을 벗어 내리는데 한몫을 차지해 준 사람들이다. 단 하루 동안 그 사람들이 내게 보여준 보이지 않은 향기로 인하여 내 본능적인 시혼은 늘 빛이 되는 신선감을 맛보았다. 이제 새로운 이미지로 부각된 광주의 잔잔한 리듬은 어떤 도시보다 강하게 그리고 아름답게 내 가슴 한편에 자리할 것이다.

94년 마지막 길목에 서서 아직 세상 밖으로 나오지 않은 시집 『또 다른 이름되어』를 생각한다. 사랑하고 인정하고 다듬으면서 내 시혼을 마음껏 안아 일으켜 세워준 향기를 가진 사람들을 내 무엇으로 바꾸리. 그들이 가슴에 넘치지 않을 만큼 또 다른 이름이 되어 오면 내 스스로 만들어 놓은 그 금줄을 거두어 주리라. 돌아와 예향(藝香)이 흐르는 곳에서 만난 큰 이름을 가진 사람들의 향기에 취해 나는 또 작은 불치의 병을 앓고 말았다. 여기 한 편의 시로 답례하리.

당신의 향기
한생을 스스럼없이/선택하고 만들어 가는/희열의 물결은/온통 당신의 향기였습니다/눈이 멀었습니다/눈을 멀게 한/그 향기는/가슴을 헤집고/안쪽 어디엔가/벌써 자리해버렸습니다/귀가 멀었습니다/귀를 멀게 한 그 소리는/시방을 두루 거닐며/출구없이 묻혀 있었던/오만의 때를/말끔히 거두어 갔습니다/보이지 않으려고 했습니다/그렇지만/당신 앞에 서면/끝없이 솟아 나오는/그 향기에/그만 그만/위압당하여/다 놓아 버리고 나옵니다/허공에 턱 버티고 있는/무등의/산세만큼이나 말입니다.

효림 스님이 엮은 한권의 책을 읽고

　한달간 이곳에 머물다 다시 생존경쟁의 현장으로 나갈 현숙이가, 떠나면서 노을진 서해바다가 보고 싶다하여 어제 함께 무창포에 갔었다. 산허리 아스라한 노을이 바다에 잠길 때 무창포의 아름다움은 자연의 대서사시였다. 이런한 서사시들이 그리울 때는 가끔은 홀로 바다를 즐기러 온다.

　어제는 정말 우연한 시간에 현대판 모세의 기적이라고 떠들어대는 진도, 모도 바닷길처럼 무창포가 그 앞 섬까지 열려져 있음을 나는 보았다. 아직 알려지지 않은 곳이라 그러한지 그곳 주민 몇몇 사람만 드러난 바닷길을 오가며 조개, 해삼, 전복 등을 주웠다. 내 가까운 곳 이 바다 안에서 이러한 현상이 눈앞에 열려 있음이 반가웠지만 한편으론 못내 부끄럽기도 했다. 왜냐면 이 지방사람으로서 주위를 철저히 답사하지 못하고 이름난 곳에만 갔다가 아, 이런 것이 있어 이름이 났구나 하고 보이는 것 의례적인 것만 즐긴 것 같아서이다. 매번 바다에 나가 보지만 어제 같은 현상은 처음이었다. 그런 날이 매일 사리 때마다 있는데 내가 모르고 있었는지도 모른다. 종종 걸음으로 열려진 바닷길을 걸어서 섬까지 갔다 올 양으로 갔는데 물차오르는 시간이라 아쉬움만 바다 가득 남긴 채 하늘에 떠있는 흰달을 보면서 돌아와야 했다.

썰물로 바닷물이 줄어들 때 해저의 상대적으로 높은 지형인 모래톱이 드러나는 현상이라 한다. 짧은 거리이지만 간월도 간월암 가는 길도 그러하다.

대서사시를 머리 가득 담아 내내 생각하면서 돌아오는 길 서점에 들려 몇 권의 읽을 거리를 구입해 왔다. 나는 신문이나 잡지 아니면 TV을 통해 거창하게 선전하는 책은 잘 구입하지 않는다. 특히 전집 종류는 일체 구입하지 않는다. 소문난 잔치 먹을 것 없다는 말처럼 떠들어대는 광고에 현혹되어 구입해 보면 작가의 사상정립도 채 되어 있지 않는 허망하기 짝이 없는 언어 공해들이 난무하기 때문이다. 같은 책이라도 읽는 사람마다 감정이 다르고 느낌이 다르기 때문에 같은 시간, 같은 돈을 투자해도 내게 읽기 편해야 한다. 그렇지 않고 공해가 된다면 아니 읽은 것만 못할 뿐이다. 즉 자기 호흡에 맞는 것을 선택해야 한다는 이유로 나는 누구의 권유보담 내가 읽고 싶은 것을 손수 구입해 읽는 편이다. 그래서 나의 서가에는 얼마의 불교전문 서적을 빼놓고는 거의 다른 모습, 다른 내용들이 줄지어 있다.

우리 불교계가 안팎으로 안정을 못 찾고 몸부림치는 요즈음 나는 아주 차분하게 아름다운 이야기로 살아서 내 가까이서 움직이는 소리들을 읽고 내내 편안한 하루를 보냈다. 최근에 에세이도 아니고 법문집도 아니고 시도 아닌 스님들의 글들이 베스트셀러 자리다툼을 해서 읽고 보니 광고 효과 때문이지 내용은 가슴에 와닿는 것이 전혀 없어 씁스레 한 적이 한두 번이 아니었다.

하지만 오늘 구입한 이 책은 가까이 두고 이렇게 살아가야 할 내 모습이라서 더 좋았는지 모른다. 효림 스님이 엮은 『자네 도가 뭔지 아나』라는 책이었다. 나는 효림 스님을 한번도 본 적도, 만난 적도 없다. 다만 책을 통해서 그 스님의 사상과 수행 이력을 읽었을 뿐이다. 우리 집안 정신주들의 수행이야기를 어쩜 이렇게 진솔하고 편안하게 이끌어 내서 읽는 이로 하여금 겸허한 자세를 배우게 하는 것일까. 또 그 아름다운 정서들을 유인하기까지 효림 스님의 수행 맡받침이 없었다면 이러한 맑은 눈을 가질 수 없었을 것이고 자기 사상 정립이 확실치 않았다면 자기 것으로 만들어 가지 못했을 것이다. 그저 천상 스님으로만 느껴진다.

일상 생활 모두가 도 아님이 없는데 구태여 멀리서 도를 찾지 말라는 조사 스님의 말씀을 빌리지 않아도 수행자 생활은 도로 연결된 문이며 그 문을 통해 우리들은 자신을 연마한다. 이런 과정 속에서 자기와 같은 기질을 가진 도반을 얻는 것은 더할나위 없이 값진 것이다. 번역물도 아니고 조사의 심오한 법문도 아닌 그저 평범한 삶 속에서, 또한 흔히 스쳐 지나갈 수 있는 이야기 속에서 잊고 지내온 도반들의 모습을 연상케 하는 그리움이 이 한 권의 책 속에서 움직이고 있으니 효림 스님의 사상을 말하지 않아도 충분히 읽을 수가 있었다. 이런 눈 푸른 도반들이 불교계를 뒷받침하고 있는 이상 아무리 외부에서 압력을 가해와도 고통이 따를 뿐이지 영영 물러설 수 없다는 결론이 내려진다.

법난, 개혁의 물결 속에 세상 사람들에게 보여진 우리들의 모습은 권력에 물든 오염된 모습으로 구태의연하게 비추어져 왔다. 그 일부가 전부인 것처럼 보여진 현실에서 소리 없이 살고 있는 당당한 한모습 한모습. 산과 바랑을 이야기 하지 않아도 물씬하게 풍겨오는 그 의연한 자태들에 대한 소개는 바로 불심을 깁는 작업이었다. 혼자만의 갇혀 있는 이야기가 아닌 더불어 살아감에 와 닿는 진한 열정들이 정화되어 우리들 앞에 서 있는 것이다.

내내 그리워 하면서도 돌아가지 못하는 나의 일상적인 테두리를 벗어나 사색과 반성의 세계로 몰입하면서 충분한 자양분을 흡수할 수 있었다는 점에서 내게는 아주 편안한 책이었다. 우리가 무엇인가 얻는다는 것은 아름다운 일이다. 특히 책을 접하면서 작가의 사상과 정서적인 세계에서 함께 느낄 수 있는 끼있는 만남은 정말 값지고 아름다운 일이다. 그 도를 모르기 때문에 마냥 그리워 하는지도 모른다. 살아가면서 게으름이 날 때 이 책 속에 살아 있는 도반들을 만날 것이다. 그리고 강하게 질책도 받으면서 나를 다듬어 갈 것이다.

94년 음악 공양의 밤

얼마전 소도시 소시민을 위한 음악회에 갔다와서 가슴에 맑은 샘물 한 줄기를 얻은 듯 좋아한 적이 있었다. 그것을 그냥 넘기고 싶지 않아서 「작은 음악회에 갔던 일」이라는 제목으로 글로써 발표한 적이 있었다. 나는 노래도 잘못 부를 뿐 아니라 음악에는 그다지 큰 깊이가 없다. 그렇다고 구성지게 염불을 잘하는 것도 아니다. 거의 대부분이 염불을 잘하면 노래도 잘하고 노래를 잘하는 스님들이 염불소리도 꽤 괜찮은 편이다. 나는 이것 저것도 아닌 그저 소리에 연연하지 않고 진실하게 염불을 하고 기도를 한다.

그런데 하루는 이런 내게 남다른 글재주가 있다 하여 찬불가 가사를 의뢰해 왔다. 처음에는 참 망설였다. 노래를 잘못 부르는 내가 노래 가사를 지을 수 있을까 하는 두려움 때문이었지만 시(詩)도 노래가 아닌가 하는 생각과 평소 생활하면서 간절히 느끼는 부처님을 향한 마음이면 될 것이라는 생각에 용기를 내었다.

그리고 6개월이 지난 후 신작 찬불가 발표회가 있다는 초청장이 왔었다. 곡이 없는 가사에 어떤 곡이 붙여져 대중 속으로 향해 걸어갈까 하는 그 설레임 때문에 밤시간인데도 서울에 있는 국립극장까지 올라가며 극성을 떨었다. 내가 거기에 참석하지 않는다 해서 섭섭해할 사람도 없는데 말이다.

그날 불교와 인연있는 합창단들이 무대를 근엄하게 꾸며 주었다. 종전에 듣는 찬불가와는 다른 멜로디가 부드럽게 가슴에 와 닿으며 친근감 흐르는 법어처럼 느껴졌다.

대승경전에 보면 불타의 설법이 있을 때마다 천악(天樂)을 연주하였다고 하는 내용이 나와 있다. 불교의식에 있어서의 음악은 바로 천악에 그 원형이 있으며 묘음(妙音) 금옥음(金玉音)으로 일컬어지는 불보살의 음성과도 같다 하여 이 맑은 소리를 듣는 자는 모든 바깥 경계를 끊고 득오의 경지에 이르게 되는 인연을 가진다고 믿어 왔다.

소리내어 부르는 음성공양, 이것은 포교상의 방편으로 대중 속으로 손쉽게 침투할 수 있는 계기가 되는데 이것이 바로 염불이다. 염불을 현대적 감각에 맞추어 오선보(五線譜)에 그려 가사를 붙여 부르는 것을 요즘의 찬불가이다. 대무량수경에는 천악으로 발상된 음성공양은 포교적 의식화의 과정에서 구념(口念)이란 대중화의 수단을 마련하였고 이 구념 자체는 서민 감정에 어울리는 공양 방식으로 이끌어 왔다고 한다. 염불이 염사(念思)로부터 구념으로, 구념으로부터 고성염불로, 고성염불에서 찬불가로 이어졌다고 할 수 있다.

불교가 처음으로 전래된 삼국시대부터 다라니로 된 신주, 진언 등 음악적 요소가 있었고 각종 법회나 제사때 게송류의 음악적 요소가 비중있게 배치되어 오늘날까지 이어져 왔다고도 할 수 있다. 불교방송이 이러한 것을 토대로 시작한 찬불가 100곡 제작 보급 계획을 확정하고 이번에 그 네번째 발표를 했다. 여기에 따르면 현대적 찬불가 운동은 1927년 용성 스님으로부터 시작하여 1950년대는 운문 스님이 조계사 어린이 법회를 포교용으로 가사를 짓고 곡은 전문인에게 부탁하여 찬불가를 탄생시켰으며 1970년대 이르러서 찬불가라는 용어가 일반화되기 시작했다고 한다. 1983년 김용호 씨가 그동안 산만하게 제작된 노래들을 모아서 찬불가집이라는 책을 출판하면서부터 불교 대중에게 친숙한 노래로 다가서기 시작했다고 불교 방송측은 밝히고 있다.

불교 방송측은 5년을 계획하여 찬불가를 10개 부분으로 나누어 제작하고 있다. 즉 귀의, 예배, 찬탄, 공양, 참회, 발원, 회향, 절기, 행사, 통과의례 기준으로 작사와 작곡을 의뢰하고 있다.

작사는 1. 부처님에 대한 귀의와 예배의 감정 등을 간절하게 표현한 내용일 것. 2. 불교의식현장에서 대중이 함께 부르는데 적합한 운율과 내용을 갖출 것 3. 교리에 어긋나지 않으며 정경 묘사의 개인적 감흥을 노래한 가사는 피할 것 등을 원칙으로 삼고 있다.

또한 작곡은 1. 법회현장에서 의식용으로 부를 찬불가로서 부르는 이로 하여금 종교적 귀의심과 정근심을 고양시킬 것 2. 동참하는 대중들이 같이 쉽게 부를 수 있도록 음역을 지나치게 넓게 잡지 말 것 3. 찬송가풍의 멜로디를 지양하고 가급적 범패 선율에서 악상을 착용할 것 등이 원칙이다.

이러한 기준으로 정하여 실시하는 신작 찬불가 제작 사업이 불교의식 현대화에 맞물려서 대중적인 찬불가로 자리잡았으면 하는 바람이다. 내가 창작한 두 곡의 가사 이것은 나의 한편의 시이다. 이 시에 오선보의 곡이 그려져서 그것이 소리 되어 이 불국토를 장엄할 것을 생각하니 가슴에 설레임이 인다. 이번 계기로 깊이 있는 음율 공부를 해야겠다는 생각이 든다.

'불(佛)'자만 쓰신 성훈 스님

혹서, 폭염, 가마솥 더위. 연일 메스컴은 20년만에 찾아온 더위가 북태평양 열기라고 떠들어 대고 있다. 여름에도 크게 활동이 없으면 땀을 좀처럼 흘리지 않는 나도 땀을 흘리는 것을 보니 덥기는 더운 모양이다.

39도나 오르내리는 더위라고 하지만 문발을 치고 적당히 윗옷을 편하게 벗고 옛분들이 남기신 어록이나 아니면 풍류와 사색, 철학을 탐닉할 수 있는 고서들을 읽는 피서 방법도 괜찮을 것 같아 『한국의 한시』(평민사) 한 질을 구입했다. 더우기 바람 한 점 일지 않는 이런 날은 아무것도 할 수 없기 때문에 책을 가까이 하여 여름을 나는 것도 더위를 이기는 방법인 것 같다.

오늘은 아침부터 뜨락에 나가 잡풀을 뽑고 이것 저것 잡일들을 좀 하고 나니 땀으로 목욕을 한 것처럼 흠뻑 젖었다. 오후나절 책조차 읽을 수 없을 정도로 더위가 기승을 부리기에 또 몸을 좀 움직이고 시원한 지하수물을 뽑아 한바탕 등물이라도 해야겠다는 마음에 방 안에 있는 자질구레한 것들을 치우고 정리하기 시작했다.

한참을 치우는 도중 한 뭉치의 화선지 뭉치를 발견하고 못내 회한에 젖은 오후을 보냈다. 이 화선지 뭉치는 고(故) 성훈 스님께서 손수 써 주셨던 '불(佛)'자들이었다. 세원사와 인연한 거의 모두에게 이 '불'자를 보급한 적이 있다. 불자들이 가지고 가서 표구를 해서 거실이나 안방에 걸어 놓고 신심을 다지며 스스로 불자임을 깨우쳐 가는 모습을 볼 때 스님이 안 계시지만 그분의 음덕이 오래 오래 머물러 있음을 난 느낄 수가 있다.

내가 스님을 뵐 수 있었던 인연은 해남 대홍사에서이다. 그때 나는 삭발을 하기 위한 방황으로 그곳 비구니 암자인 청신암에서 기거할 때 스님은 두륜산 정상에 있는 진불암에서 묵언 정진하고 계셨다. 어쩌다 읍내 나가셨다가 무거운 짐이 있어 들어드릴 때가 스님을 배알할 수 있는 기회였다. 그때 나의 눈에 들어온 스님의 모습은 신비에 가까울 만큼 위대해 보였다. 외출때는 묵언이라는 명찰을 앞가슴에 다셨고 늘 생식과 장좌불와로 정진의 매듭을 풀어가시는 분이기에 어린 나로서는 신비해 보였던 것이 당연했다.

스님은 속세의 학문은 거의 없는 편인데도 자연과학, 철학, 유식 등 해박한 지식을 갖고 계셨다. 그뿐 아니라 나름대로 민간의학을 연구하셔서 병든 사람들을 많이 치료하기도 하셨다. 스님을 찾는 불자들의 발걸음은 대홍사 큰절보담 훨씬 더 많이 진불암으로 향했다. 스님은 찾아 오는 사람 모두에게 빈손으로 돌려 보내지 않으셨다. 가난한 토굴살림이지만 하룻밤 쉬어감을 넉넉히 베풀어 주셨던 분이어서 늘 그곳은 사람과 사람의 연결로 가득차 있었던 곳이기도 했다. 남달리 문서 포교에 뜻이 있어 용돈이 생길 때마다 많은 책자를 교도소나 산간벽지로 보내는 운동을 하셨던 분이다.

출가후 나도 스님의 수행처럼 저렇게 정진을 해야지 하는 바람이 어린 내게는 큰 희망이기도 했다. 청신암에서 출가의 뜻을 못 이루고 내려 오는 날 스님이 내려오셔서 내게 많은 격려와 힘을 주셨다.

후일 출가를 하고 강원에 있을 때 문득 스님이 뵙고 싶다는 생각에 진불암을 찾아 갔었는데 그때도 스님은 여전히 묵언을 하고 계셨다. 그리곤 토굴 구석진 방안 가득 화선지와 먹 냄새가 가득하여 어디 서예학원이라도 온 듯한 느낌이 들었다. 스님은 오로지 불자(佛字)만 쓰는 정진을 거듭하셨다.

원하는 모두에게 '불(佛)'자를 무상 보시하는 마음으로 사시던 어느날 스님은 드디어 홀연히 묵언을 깨시고 서울 저자 거리로 나오셨다. 그동안 정진하시던 힘을 중생들에게 회향하고저 동분서주 뛰어 다니시더니 조계사 강연 중 과로로 쓰러지셔서 영영 일어나지 못하고 우리 곁을 떠나셨다.

세원사 1주년 법회에 오셔서 법문과 현판식을 하시고 가신 지 한 달도 채 안 되었을 때 스님의 속가 동생으로부터 전화를 받았는데 이곳 기도 때문에 영결식에도 가지 못한 무례를 짓고 말았다. 그래서 불자(佛字)를 볼 때마다 죄스러운 마음이 시름으로 남아 있을 뿐이다.

중노릇 잘하고 또 나름대로 포교를 열심히 한다고 손수 많은 양의 불자(佛字)를 세원사를 찾는 모든 이들이게 주라고 권유하시던 스님. 평소 스님은 남달리 '불'자를 사랑하셔서 꼭 이렇게 꼭 설명을 붙여 주셨다.

불(佛):1. 우주의 근본 체성인 법신불 2.중생각자 자성의 성
품인 보신불 3. 인도의 옛 땅 가비라국에서 태어난 왕자로서
자성을 증득하여 불교를 세운 석가모니 부처님. 이 법신, 보신,
화신을 총칭해서 불(佛)이라 한다. 사람 인(人)변에 아니 불
(弗)하는 글자로서 사람(人)이 아닌 것(弗)이 불(佛)이라 하
였으니 인간의 감정을 제거하고 천진하고 순수한 양심을 소유
하는 인간(사람이면 다 사람이냐. 사람이 사람으로써 사람다워야
사람이 사람을 보고 사람이라고 한다.), 또는 각자(覺者)를 불
(佛)이라 한다.
人:서로 기대어져 만들어진 사람인 자(人)는 협동, 우애, 공존
으로 윤리 질서를 지키며 감정, 편견, 고집을 제거하라는 뜻.
弓:물줄기처럼 굽이치는 활궁자(弓)는 방편과 수축, 팽창의
유동성으로 때와 장소와 방향을 따라 삼계 사생 육도 중생들을
잘 살게 하는 힘을 말함.
丨:길게 아래로 내려 그은, 위 아래로 통한 곤자는 인내, 신
념, 지구력을 나타내면서 직관인 자성이요 직심인 불심이요 종
적인 공간적 진리의 근본을 표한 것이다.

끝으로 덧붙이는 이야기는 불자(佛字)를 모시는 가정은 과거의
업장과 습기가 소멸됨은 물론 도적과 재난이 들어 오지 않으며
저마다의 숙원이었던 오복을 얻고 생사의 세계에서 해탈을 얻어
자유자재인 자유와 심중소구소원(心中所求所願)의 평화를 증득하
옵기를 기원한다고 하셨다.
　내 손으로 거쳐 나간 그 많은 불자(佛字)가 살아서 움직이고

있다. 왜냐면 스님께서 덧붙여 주셨듯 법신 보신 화신이 불(佛)이라고 하셨기에. 밖은 아직도 식을 줄 모르는 더위가 계속되고 있다. 땀을 닦으면서 그냥 부처 '불'자라고만 생각한 그 불(佛)의 의미를 찾아 여름 작열하는 태양 속으로, 흐트러지지 않는 모양을 짊어지고 가고 싶다. 그 숲, 두륜산 골짜기로 말이다.

충효교실

사전에 의하면 충효란 참 마음에서 우러난 정신으로 부모를 잘 섬기고 나아가서 나라에 충성하는 것이다. 서구문화가 급속도로 유입되면서 서양 일변도의 주입식 교육으로 아름답고 지혜로운 우리의 문화와 덕이 상실되어 가는 요즈음, 그나마 다행하게도 이곳 교육청에서는 각 학교마다 마을선생 제도를 실시하고 있고, 방학을 통해서 아이들에게 우리 것을 가르치자는 운동이 전개되고 있다.

이곳 노인회가 주관하고 면사무소 복지계가 후원하는 이 충효교실에 예절을 담당해달라고 하기에 나는 흔쾌히 받아들여 2주일간 국민학교 교단에 서는 이색적인 선생님이 되었다. 그렇지 않아도 아이들 방학이 가까워 오자 나는 무언가 잃어버린 것처럼 허전하고 씁쓰레한 기분으로 지내고 있는 터인데 잘된 일이었다.

풍부한 자산을 가지고 있는 불교, 이것을 밑바탕으로 하여 아이들에게 부처님 마음을 닮게 하고 비행 청소년이 없는 사회를 만들고 싶어 시작했던 어린이 법회를 여러가지 사정으로 문을 닫고 말았다. 그나마 불심이 싹튼 몇몇 아이들에게는 얼마나 미안한 일인지 모른다. 이 몇몇 아이들은 어른들보담 더 신심이 있는 아이들이었는데 계속 법회를 볼 수 없다는 것이 서운했는지 지금도 나를 만나면 우리 언제부터 절에 가야 하느냐고 묻는다. 재충전을 위해 당분간 쉬겠다고 선포를 하고 난 뒤 몇날 몇일 내 능력의 한계에 대해 회의하고 마음 아파한 적이 있다. 포교를 하겠다는 처음의 그 굳은 신심이 하나씩 하나씩 무너져 나가는 것을 느끼면서 말이다.

생활의 안일함에 빠져 신도들이 갔다 주는 것에 연연하여 자기 수행만 하는 수님들을 무능하다고 힐난하고 나무라기도 했던 나…. 이제 그들과 다를 바 없다는 사실에서 오는 참담함은 걷잡을 수 없을 만큼 나를 주저 앉히고 말았다. 편안함에 물들여져 있는 아이들에게 모든 여건을 맞추어 주지 못한 것이 원인이라면 큰 원인이 되겠지만 더 큰 문제는 부모들에게 있다고 말하고 싶다.

적어도 그 부모가 불자라면, 자칭 불자라고 하는 사람이면 절에서 이런 법회가 있다는 사실을 알면 동참을 해야 할 것이며 일요일이면 우선 내 아이부터 부처님 말씀을 배우는 날이라고 절로 보내야 한다. TV 앞에서 꼼지락거리는 아이들을 절 문앞까지 데려다 주는 부모는 과연 몇이나 될까? 공부나 잘하면 되지 귀찮게 뭐하러라는 식이라면 어찌 아이가 믿음을 내어서 오겠는가.

많은 아이들이 법회에 나올 때 정말 내 아이를 위해서 법당 앞까지 데려다 주시는 동용이 아빠 같은 분을 보면 정말 우러러 보아진다. 아무런 조건없이 내가 할 수 있는 일이면 도움을 주는 동용이 엄마도 엄마지만 그 아빠의 마음 씀씀이에서 그래 부처님 가르침은 저런 것이야 하고 느끼게 된다. 그러면서 잃은 힘들을 다시 챙겨갈 때 나는 내 이웃에 더 많이 베푸는 수행이어야겠다는 마음이 더 짙어진다.

자기 일신상의 편익만을 위해 귀찮아 하는 부모. 가기가 좀 귀찮고 하기 싫어도 아이들에게 바르게 말하고 행동하고 모범을 보이고, 아이가 하기 싫어 하는 일도 유익하다고 생각되면 매질하고 나무라고 간섭을 하며 이끌어 가야 하는데 요즈음 부모들은 아이들이 하고저 하는 일이 정당하지 않아도 그냥 묵과해 버린다. 가정에서 아이들에게 사람이 되어라, 사람 노릇 잘해라라고 가르치는 부모는 몇 안 된다. 하나뿐인 내 새끼 이쁘고 귀여워서 나무라지도 못하고 그저 공부나 잘하라고 하는 부모는 많은데 그런 것 이전에 사람됨을 가르치지 않기 때문에 자식이 부모를 살해하는 현상이 일어나고 청소년 비행이 갈수록 끔직하게 일어 나는 것이 아닌가. 사람됨을 배우지 않은 아이가 어찌 자라서 부모께 효도하길 바라는가.

방학을 통하여 짧은 시간이지만 이 지역에 비행 청소년을 없애자는 그 의도에 나는 깊이 공감을 한다. 어린이 법회 운영을 못한 그 우울함이 이 충효교실을 통해 좀은 위로가 되었다. 또한 꼭 불자 아닌 교회 다니는 아이, 무종교 아이들이 있어 다양하게 아이들을 이끌어 갈 수가 있었다. 수행인으로서 사회정화에 한몫을 할 수 있었다는 것에 마음 뿌듯한 2주간이었다.

주어진 교재 중심으로 진행은 했지만 틈틈이 불교의 육도(六道) 중 아귀에 관한 이야기를 했더니 그것이 인상적이었는지 마지막 시간에 아귀에 대한 질문 공세를 받았다. 아귀는 산스크리트어의 프레타(PRETA)즉 귀(鬼)라고 번역한다. 죽은 사람, 죽었거나 아직 사핀디 가라나가 행해지지 않은 사람이라는 뜻이다. 사핀디 가라나는 일종의 송장의례(送葬儀禮)로 사후 1년째, 사후

11개월, 사후12일째 행해지는 의례이다. 프레다는 죽은 후에 아직 조령(祖靈)에 포함되지 않은 사자의 영혼이라는 의미이다. 이 프레다 아귀에 36종이 있다. 몸이 가마솥만한 아귀, 입이 바늘 구멍만한 아귀, 토한 것을 먹고 사는 아귀, 대변을 먹고 사는 아귀, 밥이 없는 곳에 사는 아귀, 침을 먹고 사는 아귀, 피를 먹고 사는 아귀, 어린아이를 먹고 사는 아귀, 생물을 산 채로 먹는 아귀, 독을 먹고 사는 아귀 등이 있으며 구정물을 먹고 사는 아귀도 있는데 몸뚱이는 태산만 한데 목구멍이 바늘 구멍만 하여 음식 지꺼기를 먹을 수 없을 뿐 아니라 조그만한 밥티가 목에 걸려도 불이 난다고 해서 인간들이 식사시간에 내는 수저 소리에도 군침을 흘리고 배고파 고통스러워 한다는 이야기를 아이들에게 낱낱이 설명했다.

식사 시간에 요란하게 국을 마신다든지, 아니면 그와 다른 소리을 낸다든지, 아니면 밥풀을 흘리게 되면 그것이 구정물로 들어가서 아귀가 고통을 받게 되므로 조용하고 깨끗하게 먹는 습관을 갖쟈는 의도였다. 아이들은 이 이야기가 교재에 나온 다른 내용보담 훨씬 실감이 났는지 평가 시간에는 저마다 느낌들이 거의 다 아귀 이야기였다. 때문에 여름불교 학교보다도 더 생동감이 흐르는 수업이었다.

선생님께 들을 수 없었던 이야기를 초롱초롱하게 듣는 그 눈빛을 바라보면서 사람됨을 배우고 오라고 이끄신 분들에게 고마움을 느꼈다. 식사 버릇이 나쁜 아이가 식사때마다 아귀 생각이 나서 버릇을 고친다면 이번 충효교실은 내게 있어서 성공적이라고 말할 수 있겠다. 내게 이런 기회가 또 주어진다면 아무런 조건

없이 아이들을 만날 것이며 그 아이들의 정서적인 성숙을 위해 나는 베풀 것이다. 거기에는 불자가 아니라도 좋다. 불자들에게 아이들을 부처님 품 안으로 보내 달라고 전화하고 애걸하는 편보다 훨씬 더 신선하고 다양한 아이들을 만날 수 있어 좋다. 꼭 불심이 싹트지 않아도 좋으니 바르게만 살아 갈 수 있다면 더 이상 무엇을 바라겠는가.

다행히도 그 인연으로 불교를 알고 후일 종교를 선택할 때 스스로 불자이길 원한다면 그보다 더 좋은 일이 또 있을까. 종교란 스스로 마음에서 우러나서 택하는 것이 당연하기 때문이다. 우러나지 않는 선택에 어찌 신심이 싹틀 것이며 어찌 부처님 가피가 있길 바라겠는가.

이번에 충효교실을 졸업한 60명의 아이들을 후일에 만나더라도 기억할 수 있도록 초롱 초롱한 그 모습들을 잊지 말아야겠다. 특히 말썽을 부린 장경이는 자기 이름을 몇 번이나 기억하지 못한 내게 강하게 남아있다. 자기 이름은 해인사에 있는 팔만대장경 할 때 그 장경이니 이름이 기억이 안 나시면 팔만대장경을 생각하면 된다고 했다. 오래 기억에 남을 것이다.

백운진상석(白雲眞上石)

　나는 여름이 오면 커튼 대신 고운 문발을 길게 내리고 적당히 시원한 차림으로 먹을 갈고 붓장난을 즐긴다. 그렇다고 훌륭한 서예가도 아니고 누구에게 내 이름을 걸고 줄 만큼 뛰어난 글 솜씨를 가지고 있어 붓을 잡는 것은 아니다. 문발의 고풍적인 멋과 바깥 더위와 풀벌레소리와 푸른 나무잎들과 잘 어우러지는 먹향기가 나를 여유롭게 해 주기 때문에 가끔 가끔 붓장난을 즐기는 것이다.

　내 글씨 솜씨는 좀 볼 줄 아는 사람이 본다면 정말 엉망일 것이다. 글씨 솜씨는 엉망이지만 나의 책상머리에는 항상 문방사우(종이·붓·먹·벼루)가 준비되어 있다. 가끔 내 방을 기웃거리는 사람들은 내 글씨가 뛰어난 줄 착각하고 글을 원할 때가 더러 있지만 그것은 순전히 책상 앞에 얌전히 놓여 있는 문방사우의 전시효과 때문이란 걸 알면서 선뜻 치우지 못하고 있다. 치우고 나면 왠지 서운하니 아마 나는 전생에 서예가이길 원했는지도 모른다.

　그 때문에 나는 그저 전시효과에서라도 위로를 삼고저 한다. 내가 살고 있는 이곳은 돌이 많이 나는 곳이며 그중 벼룻돌이 유명한 고장이다. 그렇지만 벼루다운 벼루를 가지고 있는 것은 아닌데 좋은 벼루가 나는 이곳에 살고 있다는 그 자체만으로 마음 뿌듯해 하고 있는 것이다. 백운사 부근에서 채취되는 백운진상석은 꽤 좋은 돌이라는 것을 몇 해 전 종대 스님이 벼루를 구하고저 내려 온 연유로 알게 되었다. 좋은 벼루를 구하기 위해 사전에 많은 지식과 견문을 갖춘 종대 스님과 벼루 구하기 동행인으로 나서서 이것 저것 귀동냥해서 알고 있는 것이다. 언제 좀 주머니가 넉넉해지면 백운진상석에 먹을 갈아서 화선지에 옮겨 보아야겠다는 마음은 있었지만 비싼 가격이라 선뜻 구입할 수가 없었다.

그러던 중 신비의 산 성주산과 이미 폐허가 되어 버린 백운사 참배에 길잡이가 되어준 최상묵 처사님이 백운진상석을 이야기하기에 눈이 번쩍 뜨였다. 이야기 중에 아직 벼루다운 벼루를 보지 못했다고 했더니 오늘 그것을 내게 선물을 하셨다. 소지하고 싶었던 화초석(花草石)이었다.

옛부터 문방사우 중 붓과 먹은 쓰면 닳는 것이고 종이는 세월이 가면 삭는 것이어서 그 수명에 한계가 있지만 벼루는 돌이라서 영구적으로 사용되기 때문에 문방사우 중 가장 중요한 존재로 여겼다고 한다. 특히 벼루는 먹이 잘 갈려야 하며 고유의 묵색이 잘 나타나야 하고 돌의 빛깔이든 무늬이든 충분히 완상할 만한 가치가 있는 것은 그중에 으뜸이라고 했다. 오늘 내가 받은 이 화초석 벼루도 이러한 성질을 가지고 있는 것 같아 백운진상석의 진가를 이제사 몸소 느끼게 된 셈이다.

권도홍과 이겸노의 글에 보면 이 백운진상석을 이렇게 평하고 있다.

"대천에서 부여로 가는 길목에 성주라는 면소재지가 있다. 그 면소재지를 끼고 한참을 가다가 보면 성주사지가 나오고 그 위를 한참 올라가면 백운사가 있다. 그 백운사 부근에 석갱이 있는데 이곳에서 출토되는 남포석(백운진상석을 말함) 가운데 금실 무늬가 있는 것은 제일 상품으로 치고 은실무늬가 있는 것은 중품으로 치며 화초무늬가 있는 것은 돌이 단단하고 매끄러운 편이어서 먹이 잘 받고 엉기지 않아 좋은 물품으로 친다. 일반적으로 쓰는 옛날 벼루는 모두 남포석으로 만들었으며 너무 흔해서 사람들이 귀히 여기지 않지만 이 중에서도 좋은 벼루는 중국의 단계연이나 흡주연보다 못하지 않다고 했다. 또 화초석은 그 모양 조화가 신비로우며 석리(石理)가 부드럽고 치밀하고 발묵(發默)이 뛰어나며 구욕안〔돌눈〕이 살아 있어 먹물이 마르지 않고 견디는 견수성(堅水性)과 수분흡입 작용이 뛰어나며 몇 번의 입김만으로도 세필로 글씨를 쓸 수 있는 수분을 얻을 수 있다. 흐린 날에는 감묵(咸默) 한 수분을 토해서 마른 벼루에 물이 고이는 등 일정한 농도와 명암을 장시간 유지할 수 있는 것이 백운상석의 진가라고 했다."

이 지역에 사는 석공예가 김일환 씨는 문헌에 고증하는 대로 50년동안 그 맥이 끊어져버린 백운진상석을 찾기 위해 20년동안 벼루에만 매진했을 뿐 아니라 시간이 나면 성주산 일대를 미친듯이 헤매고 다녔다고 한다. 그 덕분에 백운진상석을 채취를 하고 조각을 하여 그 진가를 알리기 위해 지금 앞장서고 있는 분이다. 대천에 벼루 특산물 단지를 구성, 지속적인 작업을 통하여 백운진상석의 우수성을 내보이고 자그만한 문화예술 공간을 이루는 것이 그의 소박한 꿈이기도 하다.

김일환 씨가 채취하고 조각한 자연으로 이루어진 한 점의 수석. 은은한 구름모양이 깔린 그 희귀한 돌. 그저 전설로만 느껴졌던 백운진상석을 조촐한 내 서가에 갔다 놓으니 저절로 먹이 갈아지고 붓이 잡혀 글씨가 춤을 추는 듯 보이는 이 환상은 석신(石神)이 내 문턱을 드나드는 것이 아닐까. 아니면 내가 이 벼루와 혼교(魂交)를 하는 것이 아닐까.

일전 벼루가 하나 필요해서 구하러 나갔더니 백제 석예원에서 제작한 벼루가 시내에서 전시되고 있기에 구입한 적이 있다. 자기들 말로는 화초석이라고 하여 비싼 가격을 받았다. 먹을 갈아 보니 먹물이 쉬 말라 버리는 현상을 보고 바꾸고 싶었던 마음이 간절했지만 어쩔 수 없이 구석진 곳에 옮겨둘 수밖에 없었다. 아직 나는 벼루다운 벼루를 가질 인연이 아니구나 하고 스스로 위로를 하면서 지내는데 붓글씨를 꾸준히 쓰는 나의 강원 도반 지행 스님이 그걸 보고 달라고 했다. 나는 주지 않았다. 물건이 그 값어치를 하지 못하면 준 사람까지 원망을 사지만 그 물건이 용이하게 사용되면 준 사람까지 고맙게 여기기 때문이다.

이 화초석을 사용해 보니 지행 스님이 문득 생각났다. 선물을 해도 평생 가까이 두는 지기(知己)로 삼아도 되겠다는 생각이 일기 시작하자 그냥 앉아 있을 수가 없어 최상묵 처사님을 앞세우고 김일환 씨 작업장을 다녀왔다. 지행 스님께 주고 싶어서이다. 작품을 구하는 날 나는 남해안에 있는 충무까지 길을 떠날 것이다. 화초석을 만나면 나보다 더 좋아할 지행 스님의 그 순박한 모습을 보기 위해서다. 나보담 벼루와 앉아 있을 시간이 더 많은 도반이니까 더 소중히 생각할 것이다.

우리가 가야 할 길은

불교계의 안팎을 대혼란 속으로 몰아넣고 개혁의 물줄기를 잡을 수 있었던 상무대 사건의 의혹. 아직도 그 의혹이 매듭지어지지 않고 있는데 나는 그 아픔들을 되뇌이면서 어제 상무대를 다녀왔다. 그곳에는 내가 잘아는 아이가 육사를 졸업하고 얼마간 교육을 받는 중이라 면회차 갔던 것이다.

상무대, 그곳은 우리가 고통에 빠지고 대혼란 속에 헐떡이는 것과는 상관없이 조용하기만 하였다. 내가 아이에게 그곳 공기를 물을 수 없었던 것은 우리 집안의 부끄러운 일을 드러내놓는 것 같아서였다. 뭔가는 개선이 되어야하고 바뀌어야 한다고 깨어있는 사람들은 너나할것 없이 말하고 있지만 하루 아침에 이루어질 일들이 아니라는 것만 느끼며 큰 숙제로 안고 있다.

86년 해인사 승려대회에서 "호국 불교는 정권에 아부하는 불교가 아니다. 민족과 국가를 위한 것이다. 더이상 정권을 지켜주는 방패막이 역할을 하지 않겠다."라고 말했던 사람. 그 사람에게 우리 불교인들은 박수를 치며 최고의 자리에 앉게 했다. 그런데 그 사람이 불교를 가장 정치적인 종교로 만들었고 전 불교계를 대혼란 속으로 몰아넣었다. 또 한때 비상종단체제를 출범시켜 제도개혁의 의지를 보였던 그 대표자 선배가 어느새 그때의 그 순수한 열정을 버리고 현실의 주어진 그 자리를 지켜가기 위한 자기 합리화 때문에 후배들로부터 질타를 받는 모습을 보면서 그 자리가 뭔데 그 자리에 가면 모두가 탁류가 되는 것인가를 반문해본다.

80년 10. 27법란, 1천 6백년 한국불교사에 있어 치욕적인 그 첫번째 사건은 신군부가 범법자를 소탕하고 불교를 정화한다는 미명아래 전국 사찰을 불시에 습격하여 승려들을 무차별 구타했던 사건이다. 그 사건 직후 계엄하에서 해체된 총무원 대신 만들어진 비상종단도 개혁, 개혁만 부르짖다가 종권 개입이라는 미명아래 무산이 되었다.

94년 3월 29일 서 총무원장의 3선 연임을 막아야 한다는 범종추는 상무대 비리 등을 문제 삼았던 민주당의 정치공세 와중에서 불교계의 개혁을 위해 상무대 사건과 관련있는 서 총무원장의 삼선을 저지하려 했다. 그 과정에서 서원장은 정치적 배경을 업고 불교 개혁을 열망하는 불교인들의 의지를 일시에 짓밟는 일을 거듭했다. 즉, 폭력배와 유착하고 경찰력을 동원으로써 불교계 내부의 개혁을 종단내 종권다툼으로 호도시키고, 자신의 영달을 위해 정부에 도움을 요청하므로써 정권이 개입할 여지를 만들었다는 점에서 우리는 분노하고 있다. 현 정부에게 '부당한 간섭 일체 배제' 약속을 받기 위해 몸부림쳤지만 그냥 제 설움에 겨워 우는 아이쯤으로 여기는 것이 현 정부다. 그래서 이번 사건을 김영삼정부와 조계종개혁회의의 대립이라고 한다.

서 원장 퇴진 후 개혁회의 체제가 다시 출범되었다. 이제 우리는 제 자리에서 제몫을 다하고 실천 수행하는 도량을 만들 수 있도록 정신적 개혁부터 시작하여야 한다. 수행자 본래의 모습으로 돌아가야 할 것이다. 깨침을 향한 자신의 수행이 더 굳건해져야 하고 다져져야 한다. 그 기반 위에서 보다 내면에 충실한 승풍확립, 법과 제도 개혁, 인물의 개혁이 이루어져야 한다. 승풍확립은 수행자가 올바른 수행자상을 확립하여 이상 사회 건설을 위한 승단 모습을 회복하자는 것이다. 법과 제도의 개혁은 종단의 민주적 운영, 승가의 권익보호, 재정의 공개화가 이루어져야 한다는 것이며, 인물의 개혁은 권력과 금전을 쫓는 승려를 퇴진 승려상의 정립을 위한 교육제도 개선과 교육기관이 넓어져야 한다는 것이다.

　나는 이 두 번의 법난을 생생히 겪어 보았다. 안으로부터 진정으로 밝은 개혁이 되지 않으면 제3, 제4의 법난이 또 일어날 것이다. 외부의 압력에 의해 꿈틀거리는 그런 위상이 될 것이 아니라 스스로의 개개인의 개혁부터 이루어져야 한다. 그러기 위해서는 개개인부터 정화가 되어야 하며 내면을 살지우는 일이 우선이다. 이것이 되지 않는 한 우리는 늘 혼란 속에서 벗어나지 못할 것이다.

작은, 작은, 작은, 부처님(불·법·승)

이른 아침 나의 명상 시간을 깨운 전화가 있었다. 「작은 부처님」 만나러 서울에 올라오지 않겠느냐는 혜원 스님의 전화였다.

'작은 작은 부처님' 가끔 괜찮고 도움이 되는 볼꺼리가 있으면 시골 사는 내게 문화산책의 길을 열어 주는 도반의 마음 씀씀이가 늘 고맙다. 그뿐 아니라 혜원 스님은 그 느낌을 꼭 내게 설명해 준다. 감정이 넉넉한 그 마음, 늘 가까이 하고 싶은 스님 중에 한 사람이다. 남을 칭찬하고 그 부분을 인정하고 아끼는데 인색하지 않은 마음은 선학을 전공하는 그 깊은 마음에서 나오는 것일게다. 감정이 없는 학승이 보는 관점과 시승이 보는 감정의 관점이 다르니까 시인의 가슴은 더 많은 느낌이 올 것이라는 말도 꼭 덧붙여 준다. 내 나들이가 왕복 6시간이 걸린다는 사실을 알면서도 놓치고 싶지 않는 볼꺼리를 위해 와야 하고 감상해야 하는 시인이여야 한다는 그 이끌음은 때론 나의 시혼에 강한 불을 당겨 주기도 한다.

「작은 부처님」 만나러 올라오라는 전화를 받고도 몇 주일은 내 일상에 묻혀 그렇게 보냈다. 「작은 부처님」을 꼭 만나야 한다고 거듭 말하는 그 소리만 없었더라도 나는 늘 그러듯이 그렇게 잊고 지나 가버렸을지도 모른다. 출판사 가는 길에 나는 집을 나서면서 서울에 가면 꼭「작은 부처님」을 만나고 와야지 하고 다짐을 가슴에 새겨 넣고 나섰다.

불교영화, 내 기억으로는 그리 흥행을 보지 못한 영화가 더 많았다. 얼마 전 상영되었던 영화「화엄경」도 그 내용의 값어치를 떠나 영상처리의 지루함 때문에 관객을 모으지 못했다는 소리를 듣고 이번 영화도 이런 분류가 아닐까 하며 내심 마음을 조였는데 영화관에 들어서는 순간 꽉 메운 관객들의 숨소리는 자못 엄숙하기만 했다. 어쩜 이 영화관에 모여든 관객 모두는 작은 부처를 이루기 위한 구도의 정신으로 평일인데도 자리를 메울 수밖에 없었던 것은 아닐까? 불자 아닌 비불자도 있었고 얼핏 보이는 수녀님의 묵상과 마음 맑히는 모습도 보였다. 이 영화가 명작이라고 굳이 말하지 않아도 짐작이 되는 그런 광경이었다.

「마지막황제」를 만들었던 베르톨루치가 또 하나의 화제작을 만든 것이었다. 서구인이 이해하기 어려운 불교의 정신세계를 가장 쉽게 입문할 수 있도록 한 이 영화의 줄거리는 대강 이러하다.

시애틀의 엔지니어이자 건축가인 아버지 딘과 학교에서 수학을 가르치는 어머니 리자와 함께 살고 있는 제시 콘드라는 전형적인 현대 미국 어린이다. 그런데 어느날 이 평범한 가정에 외딴 산속에 자리잡고 있는 작은 불교 왕국 부탄에서 승려들이 찾아 온다. 이들을 이끌고 온 노브라는, 라마의 말에 따르면 자신들이 존경했던 스승 라마 도제의 영혼이 제시 콘라드로 환생했다는 것이다. 제시네 가족은 의심 반 호기심 반으로 이들을 받아들인다.

그러던 중 제시의 아버지인 딘의 직장 동료이자 절친한 친구가 파산하고 이어 교통사고로 숨지는 사건이 벌어진다. 그래서 직장을 잃고 시애틀을 멋지게 굽어 보는 집이 언제 남의 손에 넘어갈지 모르는 상황에서 콘라드는 제시와 함께 승려들을 따라 부탄으로 떠나기로 결정한다. 이렇게 해서 제시는 인자하고도 높은 덕을 지닌 라마 노브와 생전 처음 겪어보는 희한한 여정에 오른다. 이들이 부탄에 도착할 때 즈음 라마 도제의 환생으로 보이는 다른 두 어린이가 나타난다.

세 명의 어린이들은 라마 노브와 함께 불교의 여명기인 2500년 전의 고대 인도까지 거슬러 올라가 싯달타의 신비한 탄생과 궁궐에서의 소년기, 깨달음을 위해 왕자의 신분을 버리고 고행을 자청해 헐벗고 굶주린 구도의 길을 걷던 청년기를 함께 보게 된다. 이 세명의 어린이들은 각각 불(佛) 법(法) 승(僧)으로 환생한 라마 도제의 분신으로 밝혀지고 라마 노브는 세 어린이가 자신의 스승인 도제의 환생이라는 것을 확인한 후 열반에 든다.

부처님 일생과 그 깨달음, 평범한 미국 가정의 부부가 불교의 교리를 받아들이는 그 깨달음, 이것은 결국 동서양이 하나됨을 보여줄 뿐 아니라 서구 사회의 타락과 부패가 동양의 맑은 정신 세계로 치유될 수 있음을 보여준 셈이다. 이 영화에서 보여진 것처럼 불교는 타력신앙이 아니라 자력에 의해 큰 서원을 세우고 스스로 깨달음을 얻을 수 있다는 것을 말해준다. 윤회 속에서도 선(善)을 끊임없이 쌓음으로써 부처가 된다는 것을 세 아이를 통해서 보여 준 셈이다. 어느 하나도 그냥 지나칠 수 없었던 화면 화면들…. 그중에서도 싯달다가 세상을 보기 위해 처음 성문을 나서는 장면과 보리수 아래서 정각을 이루는 장면을 생동감

있고 박진감 있게 영상 처리하여 환희심이 일어나기도 했다.

라마 노브가 스승의 분신을 찾을 때 나의 좁은 소견으로는 세 아이 중에 한 아이에게 의발을 전수하겠지 하고 생각을 했는데 하나라는 좁은 의미를 떠나 세 명 다 선택하여 불·법·승 삼보의 큰 의미를 부여했던 점은 더더욱 놓칠 수 없는 것들이다.

이처럼 이 영화는 초보 단계인 관객들에게 불교적 믿음을 쉽게 설명해주고 더 높은 구원의 길로 이끌어 가는 큰 감동을 주었다. 가슴뭉클한 우리 집안의 교주, 그 모습을 생생히 보여주고 포교를 해준 베르톨루치 감독에게 뜨거운 박수를 보내고 싶다.

시골이라는 조건 때문에 훌쩍 떠나 함께 감상할 수 없었는데 이 영화를 보고 돌아온 후 내 이웃들에게 나는 한 마디 말도 할 수가 없었다. 왜냐면 "스님도 영화를 봅니까"하는 고정관념의 소리와 또 하나는 "우리도 데리고 가지 않고 혼자서 욕심을 부리고 왔다고" 하는 그말들이 가슴 아프게 들릴 것 같았기 때문이다. 지면을 통해서나마 그 영화 놓치면 아까우니 혹 가까운 곳에서 상영하면 가족과 함께 손 꼭 잡고 작은 부처님 만나라고 당부와 더불어 고백을 한다. 나의 이런 감정이 식기 전에 연락을 준 혜원 스님께 전하고 싶었는데 빈 전화벨 소리만 내 귓전을 때린다.

납월팔일

어느때는 내가 사는 이 테두리에서 벗어나서 걸망을 메고 훵하니 떠나고 싶을 때가 있다. 걸망을 메고 솔바람 향기 따라 산에 들어가 눈푸른 도반들과 함께 정진의 혼불을 다시 한번 당기고 싶다. 선방에서 한 평생을 '이 무엇고'에만 혼신을 기울이시며 지금도 그 자리를 떠나시지 않는 은사 스님의 그늘에서 알게 모르게 젖어든 선 사상. 늘 자신의 생사일도 해결 못하면서 어찌 중생을 제도하겠느냐며 채찍질처럼 하신 말씀들이 불현듯 그리워지는 요즈음, 다시 그 일로 매진하기엔 난 많은 타성에 젖어 있다. 아니면 모든 일들을 내가 편한 쪽으로 합리화시키고 스스로 자위하면서 지내는지도 모른다. 어쩜 가장 어리석은 나를 에워싼 그것들을 연마하면서 지내는 것이 이제는 이골이 나고 편해져서 청산으로 돌아가는 것을 자꾸만 미루는 것은 아닐까 하는 생각이 들기도 한다.

불교에서는 탄생일·출가일·성도일·열반일을 사대명절이라 한다. 특히 성도일에는 부처을 닮고저 하는 불제자들이 용맹정진을 하는 날이기도 하다. 절집에 사는 사람치고 이 성도일을 모른다거나 용맹정진을 해보지 않았다면 절집에서 밥 먹을 자격이 없다. 음력 초하루부터 팔일까지는 온 산중스님들은 큰방에 앉아서 잠을 조복받으면서 정진을 한다. 선방에서는 일주일 동안은 등을 바닥에 대지 않을 만큼 열심히 공부한다.

난 선방이 있는 산중에서 머리를 깎고, 그곳에서 행자 생활, 초심 생활을 했다. 초심때는 감히 큰방에 고참스님과 정진을 할 수 없을 뿐더러 탁자 밑에도 앉을 수 없다. 그저 후원에서 정진하시는 스님들의 간식을 만드는 일 아니면 시중을 드는 일로 한몫을 해낸다. 초심때 어쩌다 선방 옆으로 지나다 보면 공부한다는 스님들이 모두 앉아서 조는 것을 보고 이해가 가지 않았다. 내가 다음에 선방에 앉게 되면 저렇게 졸지 않을 것이라고 속으로 다짐한 적도 있다.

강원을 졸업하고 내가 고참들이 공부하는 3년 결사에 뛰어 들었던 것은 공부를 시작하면 금방이라도 무언가 틀려질 것이라는 마음과 그 길만이 중노릇의 최고의 으뜸이라는 자만심 때문이었다. 내가 초납자이기 때문에 주어진 자리는 탁자 밑이었고 바로 맞은 편 자리는 선방에서 최고 어른이신 입승 스님자리였다. 나에게는 참 부담스러운 자리였다. 왜냐면 입승 스님은 나의 맏사형이기 때문에 어려워 하고 있을 뿐 아니라 내 일거일투족이 감시당하는 느낌이기 때문이었다. 야생마를 길들이는 작업은 그다지 쉽지가 않았다. 졸지 않고 화두가 성성히 나를 깨울 줄 알았는데 왜 그리도 잠이 쏟아지는지 냉엄한 선방의 규칙, 장군죽비는 사정없이 내 어깨를 내리친다. 초심때 선방 스님들 조는 것에 속으로 야유를 보낸 그 마음이 부끄러워지기 시작하면서 나는 나름대로 뼈를 깎는 정신의 불을 당겼지만 실패하고 말았다. 심한 위장병을 얻어서 더 이상 머물러 있을 수가 없어 그 자리를 훌훌

털고 나와야만 했다. 지금도 그때 함께 공부했던 도반들을 만나면 이제 건강이 괜찮느냐는 것이 인사이다.

초납자에게 흔히 있을 수 있는 일이라고 하지만 나는 형식만 찾아서 난행고행 한 것이다. 화두의 깨침을 얻었던 것이 아니라 병을 얻었다. 그걸 치료하고 나면 다시 돌아가야지 하면서 아직도 돌아가지 못했기 때문에 이 납월팔일이 다가오면 걸망에 대한 내 그리움이나 동경이 더 짙게 깔린다. 해결치 못한 것들 때문이다. 선원에서 나온 후 난 많은 시간을 좌선을 위해 투자하지는 못했다. 늘 눈에 보이는 글자놀음에 연연해 하면서 그 사실들을 까맣게 잊고 지냈다. 어쩌다 모인 도반들과 그냥 보낼 수 없어 형식적인 체면으로 하룻밤 지새우는 것으로 그 자리을 메워 왔다. 이것도 졸음이 가득찬 눈으로 말이다.

졸음 이야기가 나오니 지혜롭게 대처한 일화 하나가 기억난다. 지리산 칠불암은 유명한 아(亞)자 선방 도량이다. 한번은 고을 원님이 선방 스님 공부하는 모습을 보겠다고 불현듯 칠불암으로 올라오셨다. 선방 안을 들여다보니 스님들이 공부하는 것이 아니라 모두 좌복 위에서 졸고만 있어서 크게 실망했다. 그때 주지 스님이 재치있게 나서서 이렇게 말했다. 앉아서 전후좌우로 몸을 흔드는 스님은 극락세계를 관하는 스님이고, 고개를 쳐들고 입을 떡 벌리고 있는 스님은 천기와 별자리를 관하는 스님이며 고개를 푹 수그리고 있는 스님은 업보로 고생하는 지옥 중생을 자비로 관하는 스님이고, 때때로 방귀를 뀌는 스님은 번뇌망상의 어두운 구멍을 뚫는 것을 관하는 스님이지 졸고 있는 것이 아니라고….

듣고 있던 원님은 그렇게 인재가 모여있는 선방이라면 내가 문제를 줄테니 해결해보라고 했다. 문제는 목마를 만들어 놓을테니 이를 채찍질해 달아나게 해 보라는 것이었다. 지혜롭게 대답을 했던 주지 스님은 곤경에 빠져 대중공사에 부쳤는데 그 중에 초 납자가 자기가 해결할테니 걱정하지 말라고 했다.

약속한 날 원님은 목마를 만들어 가지고 왔다. 그때 그 초납자가 목마를 채찍질하여 승천했다고 하는데 그가 바로 문수 보살이라는 이야기이다. 그것을 본 원님은 크게 깨달음을 얻어 정진하시는 스님들을 잘 공양했다는 일화이다.

나는 여태까지 많은 게으름을 피워 왔다. 언제 나는 나의 생사를 해결하고 이생을 마감할까 하는 생각에 요즈음 시간의 소중함을 더 새록새록 느끼는 것 같다. 납월팔일 하룻밤 정진에 나도 그저 잠자지 않고 지냈다는 형식적인 좌선이 아닌 대중들의 틈 속에서 지낼 때처럼 용맹정진을 시도해보고자 했다. 그리고 신도들에게 함께 동참할 것을 법회시간을 통해 말했다. 그러자 신심이 없어서 그런지, 아니면 게으름이 나서 그런지, 아니면 나의 설득력 부족인지 아무튼 함께 정진을 하겠다고 나선 사람은 여섯 명이었다. 그중 다섯 명은 젊은 분이고 한 분은 육십고개를 바라보는 분이었는데, 이분은 젊은 사람보다 더 열심히 정진을 하고 삼천배 기도도 잘 따라 하셔서 그리 고마울 수가 없었다.

108배만 하여도 몸살을 하여 생활에 지장 받기 때문에 할 수가 없다거나, 아침시간에 일찍 일어나지 못해 못 온다고 내게 노골적으로 말하는 신도를 볼 때 나는 기운이 빠진다. 믿음을 가슴에 와닿게끔 심어주지 못한 내 능력의 한계를 생각하게 되었지만 함께 정진을 했던 분들에게는 더 신심을 북돋울 수 있는 계기가 되어 참 좋았다. 회향날 난 예쁜 다포 하나씩을 구하여 선물했다. 이곳 도량에서 처음으로 해본 정진이기 때문에 오래 오래 기억을 하라고…. 그리고 그것이 밑바탕이 되어 더 열심히 정진을 하라는 의미이다.

나는 동참하지 못한 신도들에게 인연없는 사람이라고 말하지 않겠다. 차라리 그 시간에 저 하늘 구름 속에 꼭꼭 숨겨 두었던 달처럼 화두를 꺼내어 내 내면을 확연히 볼 수 있는 성성한 자리에 홀로서기 위해 많은 시간을 화두공부에 매진할 것이다. 내가 의식하든 의식하지 않든 흘러버린 말들, 그 말들에 때론 마음을 빼앗겼지만 이제는 그 빼앗긴 자리를 찾아 다시 밖으로 나오지 않는 말을 찾아 갈 것이다.

길들임

얼마전 석남사와 운문사를 다녀 왔다. 석남사는 나의 삭발본사이며 중노릇을 배운 곳이다. 운문사는 나 자신 스스로가 결정한 수행 사상이 정립된 곳이라 늘 풋풋한 그리움과 추억들이 산적해 있는 곳이며 가끔은 찾아가서 그 당당했던 모습들을 재현하고 싶을 때가 더러 있다. 봄부터 한번 다녀와야지 하면서도 그리 쉽게 다녀와지지 않았다. 아직 그곳에는 나를 기억해주고 정담을 나눌 수 있는 낯익은 스님들이 머물고 있는데도 망설여지고 낯설은 곳처럼 느껴지는 기분은 무얼까. 철저한 규칙 속에서 자신을 갈고 닦지 않고 홀가분함에 물들여져 자유분방하게 사는 것을 더 선호한데서 오는 나의 인습적인 두려움. 이것은 대중이라는 커다란 질서가 있기 때문인지도 모른다.

이번에 큰 마음을 먹고 다녀 왔다. 혼자 자기 길을 가겠다는 아이도 만날 겸 또 학장 스님의 덕담도 듣고 싶기도 해서 겸사겸사해서 말이다. 그리고 거기에서 잊고 살아온 자신만만했던 그 용기들을 다시금 불러 일으켜 보고 힘을 얻고 싶기도 했다. 그때처럼 순수하지도 자신만만하지도 못한 내 생활의 파편들이 많이도 위축되어 가고 있음을 점검할 수가 있었다.

혼자 사는 것이 누구 눈치보고 간섭받지 않는 홀가분함도 있지만 자신을 연마하는 데는 많은 게으름의 함정들이 크게 버티고 있음을 또 발견할 수가 있었다. 수행에 있어서 편안하고 홀가분함이 결코 좋은 것만이 아니었다. 많이 모여 살다보니 늘 시비가 끊어지지 않았던 대중살림이었지만 그 시비들에 묻혀 살지 못하는 나는 내가 정해 놓은 그 질서 위로 걷는 것이 편안해져 있기 때문이다.

사전에 의하면 수행이란 행실을 닦아가는 것, 즉 가르침대로 행하는 것을 말한다. 불교에서의 수행이란 탐, 진, 치 삼독을 가장 근원적인 것으로 보고 이러한 것들을 소멸시켜 걸림이 없는 열반의 경지에 이르는 것이다. 삼독을 없애는 방법으로는 계율과 선정과 지혜를 닦아 가는 것이다. 계율은 바로 일상생활 속에서 지켜야 할 자발적인 도덕규범이며 자기 질서이다. 자기 안팎에서 이루어지는 질서들을 지키지 못할 때는 아무리 뛰어난 선지식의 가르침도 도움이 되지 않는다.

특히 초발심자에게 더 강하게 내려지고 다듬어 갈 수 있도록 정해 놓은 것이 질서를 통한 자기 통찰일 것이다. 이 질서가 무너지면 번뇌망상에 의해 자제력을 잃고 혼돈의 연속으로 마음집중이 되지 않으며 사물의 이치에 대한 올바른 인식이 일어나지 않을 것이다. 우리가 땅 위에 건축물을 세우고자 할 때 기초 공사가 튼튼하지 않을 경우 금방 벽면에 금이 가서 안정감이 없어 보일 뿐 아니라 쉽게 무너져 버리는 부실 공사의 현장을 목격할 수가 있다. 수행도 그와 마찬가지이다. 잘 다져진 계율 위에 한걸음 한걸음 발을 놓는다면 그 어떠한 물질적 유혹이나 나쁜 업에도 크게 동요되지 않는 수행을 할 수 있을 것이다.

옛날 어른 스님들이 햇중노릇을 하는 우리들을 만날 때마다 중노릇 잘 하라고 하는 것이 큰 인사였고 충고였으며 염려하는 마음이었다. 이제 나도 그 나이쯤 먹고 있으니 그 말의 뜻을 어렴풋이 실감할 수가 있을 것 같다. 그것이 수행자가 가사를 걸치고 머리를 깎아도 여법하게 살지 못하면 천박한 여인이 화장을 잘하고 최신 유행의 비싼 옷을 입고 아름다움을 뽐내려고 하는 것과 다를 바가 없다는 것이다.

　내 인생 내가 살겠다고 서원한 이 문턱, 때로는 참으로 높아 보여서 눈물겨울 때가 더러 있지만 힘겨워 하면서 지내지만은 않는다. 초발심때 잘 길들여짐을 통해서 보고 듣는 것을 바르게 선택하고 스스로 행하고 싶은 행동에 대해서는 절제하고, 적합하고 적합하지 못함에 대한 분별력을 정확하게 하는 길들여짐은 바로 중노릇이라는 것이다.

　지금 생각하니 나를 길들여진 곳은 바로 대중이라는 큰 울타리가 아니었나 싶다. 잘 길들여짐을 통해 깨달음의 길을 놓치지 않는 수행자라면 홀로 있어도 대중에 사는 것과 다름없이 여일할 것이다. 길들임을 통한 나의 실현은 앞으로도 많은 날을 길들여 가면서 살 것이다.

자기가 자기를 보는 일

요즈음 불교계 안팎으로 개혁의 소리가 높아지고 있다. 개혁, 개혁, 이러다 또 주저앉는 격이 되어 버리면 안 되는데 누군가 앞장서서 확실하게 이끌어가야 하는데 하는 마음은 불제자라 하면 누구나 다 관심을 갖고 있는 문제다.

종단 개혁에 있어서 비구니 위상 정립을 해야 한다는 움직임도 서서히 일고 있다. 뜻있는 스님들이 모여 의견을 수렴하여 그 의견들을 실천하고저 하는 모임이 자주 있다. 그 뜻들이 모두 좋고 함께 하고 싶은 동참의식은 느끼지만 직접 동참하지 못해 연락이 올 때마다 주최인에게 미안한 생각이 들곤 한다. 지방에 살고 있는 조건과 사는 자리를 쉽게 떨쳐 버리고 나서지 못하는 보수적인 아니 소극적인 여러가지 요인들이 꽤나 불편스러운 마음을 갖게 한다. 누구에 의해서이든 서서히 개혁되어 가야 할 과제인 것만은 모두들 인식하고 있지만 선뜻 나서는 힘은 빈약하기에 그지없다. 어떤 식으로든 개혁은 되어야 하지만 어떻게 새로운 의지를 모아 다시 출범하고 이 나라 1천6백년 불교사를 이끌어 갈까 하는 데에 이르면 가슴 답답하다.

이런 조계종 위기 속에 자신을 잘 다스리고 있는 도반 스님 이야기를 좀 해야겠다. 4년 동안 한 교실에서 참으로 많은 의견 충

돌이 있었던 도반이었다. 좀은 모자라는 듯하면서 자기 실속을 확실하게 챙겨가는 스타일, 순진한 듯 보이면서 고집이 센 스님, 나서서 대중을 리드하는 힘이 아주 약하기만 한데 늘 감투에 오르내리던 스님, 그 명예욕을 버리지 못해 졸업 후에도 한자리 얻어서 좀 큰 대우를 받아 볼까하고 총무원에 있었던 스님이었다. 이 스님이 서울 총무원 생활에서 얻은 게으름병, 적당주의병, 공해와 오염병 음식병을 치유하기 위해 남해 보리암에서 백일 동안 기도를 하면서 조그만한 석란꽃 한 송이와 무언의 대화를 진솔하게 나눈 것들을 글로 표현하여 나에게 보내왔다. 글쟁이라고 나를 표현하면서 한번쯤 읽어 봐 달라는 것이다. 글 쓰는 일을 아주 무시했었던 자기는 전혀 가능성이 없는 사람이라고 말하면서 이런 생각들을 옮길 수 있는 것이 마음을 비운 것이기 때문에 가능했을 것이고 글을 쓰는 작업이 얼마나 힘든 것인지 알 것 같다고 했다.

내용인즉 "기도중 나의 방에 석란 화분 하나를 갔다 놓았다. 햇볕이 잘 드는 쪽에다 두고 매일 바라보는 일을 게으리 하지 않았으며 때때로 물을 주고 마음을 주고 정성을 주었더니 어느날 꽃을 피워 내었다. 그윽한 향기가 방 안 가득할 때는 고고한 학 같기도 했고 선비 같기도 하더니 낙화가 되고 나니 그렇게 쓸쓸할 수가 없었다. 때론 그 꽃이 보리암의 관세음보살 화신 같기도 했는데, 나는 평생 난초처럼 살아가야겠다고 이 금산에 와서야 그 뜻을 굳히게 되었다. 제행무상이라더니 나이를 먹어 가니 머리도 희어지고 몸도 메마르고 마음도 희어지는 모양이더라. 싱싱할 때는 모든 식물의 아름다움에 별 관심을 두지 아니하다가 꽃이 피고 단풍이 들고 사람들 눈에 확연히 들어올 때 그 아름다움은 극치에 오르는 것처럼 사람의 일도 마찬가지 현상이더라. 나이가 들고 경험이 많아지고 고귀하고 위풍있고 덤덤하고 진정 나라는 아상을 모두 놓아버릴 때 수행은 무르익을 것이더라. 즉 만고 풍상을 겪은 매화가 그 추운 겨울을 이겨내어 꽃을 피워 만 사람에게 사랑을 받듯이 고행, 정진, 수행, 염불 ,간경, 주력, 참선, 보시 실천으로 창고에 이러한 양식들이 가득 채워 놓은 참부자의 위상을 기도하면서 난초에게 배웠네. 난초는 그 뿌리에서 온 산의 정기를 머금은 듯 물과 공기를 머금은 듯 관음의 화신의 원력을 머금은 듯 또 한송이 꽃을 피울 준비를 하고 있더라. 여기서 나도 난초의 법문 난초의 보살행을 배웠노라”

자기의 일상의 매듭에서 벗어나고자 하는 몸부림의 모습이 눈에 선하게 보인다. 글을 읽고 나니 복잡한 총무원의 위기에서 벗어나서 자기의 내면을 확실하게 비추워 볼 수 있었던 기도는 참으로 값진 것이라 생각이 된다. 살아가면서 우린 자기 생활 발견이 이루워져야 하는데 늘 보이는 것에만 충족한다. 그 충족들이 느껴지지 않으면 매사에 의욕을 잃고 끝없는 번민으로 자기를 치장한다. 그 치장을 보다 화려하게 하기 위해서는 내면을 쌓기보다는 외면에 신경을 쓰고 명예와 권력에 줄을 잡으면서 수행인이 아닌 생활인으로 전락하고 마는 모습들.

수행인과 생활인은 달라 보여야 한다는 것이다. 이 스님 역시 총무원이란 늪에서 주저 앉아서 그 허황된 명예가 진정한 자기의 옷이라고 생각했다면 그 회오리 바람에 생활인으로 전락했을지도 모른다.

서울에서 묻은 얼룩진 때를 용광로 속에 집어넣어 초발심시 변정각의 모습으로 탈바꿈한 그 용기와 결단에 정말 함께 공부한 체취를 멀리서나마 느낄 수 있을 것 같다. 자기 자리, 자기 모습을 찾는 일에 매진하여 중생을 위해 회향하겠다는 원력 앞에 숙연해지는 마음이며 현대판 노예꼴로 변해 가는 내 모습을 다시 한번 큰 거울 앞에 비추어 본다.

하산한 친구

산사는 바야흐로 붉은 병풍으로 둘러쳐지고 있다. 마음의 숲이 노래하는 난간의 한 계곡에는 맑은 물이 노래하듯 유유히 흐르고 있다. 고운 동요, 참 부처의 커튼을 드리우고 홍단의 참 맛을 본다.

오랫동안 연락이 닿지 아니하여 서로를 알 수 없었던 감정을 억제하면서 그 답답함과 쌓아 두었던 궁금증들, 오늘 이 슬픔과 압박해오는 두려움 앞에 나는 정말 정복되어 버릴 것만 같다. 많은 대화를 못한 점, 쉬이 아쉽기만 하다.

중학 3학년 한 반이었던 친구는 나의 전학 문제에 대해 고심했지만 그것은 누구의 관심도 끌지 못했었다. 당사자인 나조차도 …. 그렇지만 개인적인 사정은 함께 지내지 못하게끔 만들었고 전학이라는 단어만 남기고 떠나온 나에게 편지 한 장 띄울 줄 몰랐던 친구였다. 그 친구가 처음이자 마지막으로 띄운 편지는 이미 입산한 몇 년 후였다. 그 어린 마음에 어떻게 그런 엄청난 결단을 내리고 부모의 사랑을 거부할 수 있었는지. 대담한 용기 앞에 고개 숙이고 말았다. 그때의 편지가 어쩜 지금의 나를 만들어 주는데 적지 않은 영향력을 미친 것만은 부인하지 않는다. 불교를 안다는 것, 그리고 더욱 입산한다는 것은 쉬운 일은 아니다.

그렇지만 친구는 중학교 졸업과 동시에 입산했고 삼년 동안의 행자생활의 관문을 마무리했던 그날 나에게 입산 소식을 알린 것이었다.

그후 얼마의 세월이 흐른 뒤이다. 꼭 만나겠다는 단순한 생각으로 그 계곡 그 도량을 찾았고 나의 그림자를 그 산간에 머물게 했지만 쉽게 만남은 이루어지지 않았다. 한두 시간 동안 무릎이 아파 오도록 만나게 해 달라고 기원했다. 그 순간 때마침 나타난 얼굴, 나와는 반대 현상을 이루었고 벙어리만이 가질 수 있었던 시간이 한참이나 지속되었다. 그렇게 서로 보고만 있었다. 무엇 때문에 입산을 했고 무엇 때문에 삭발을 했는지 한 마디도 묻지 않았다. 세간인과 출세간인의 관점, 이미 다른 차원이 이루어지고 있었기 때문에 서로의 길이 다른 위치에서 말과 생각조차 삼킨 것은 그때의 나의 심정이다.

"참다운 수행자가 되십시오."라는 말만 남기고 무거운 발걸음을 재촉했다. 그후 나름대로 불교를 연구했고 큰스님들의 힘을 빌면서 나의 생각과 그 스님의 생각이 일치될 때 찾겠다는 생각에 간절히 기도 수행하는 스님께 한 장의 편지도 감히 드릴 수 없었다. 왜냐하면 스님도 이 점을 강조했기에 뜻을 받아들이기 위한 것이었는지도 모른다. 그러는 동안 불교철학의 골똘한 인생 다리 위에 입산을 하지 않으면 안 되겠다는 마음 가짐으로 친구 스님을 찾았지만 다른 곳으로 떠났기에 만날 수가 없었다.

가느다란 인연법을 기대하면서 친구 자양 스님의 뒤를 이어 입산을 하고 삭발을 했다. 철저한 바보가 되기 위한 무겁고 어려운 관문을 거쳐 내 생활의 푸념들을 차곡 차곡 부처님 전에 기록하면서 내면의 수행에 힘쓰곤 했다. 다시 만날 수 있는 날 옛날 친구의 입장을 떠나 입산 수도한 도반으로서 서로 탁마할 수 있도록 거듭 기원하였다. 그러던 나에게 얼마전 예고없이 찾아온 친구 스님의 눈동자는 방황하고 있었다. 감정의 표시판조차 중심을 잃었고 당황하는 행동이었다. 한 달 전 승복을 벗었다는 말은 빈 허공속으로 달리고만 있었다. 무엇을 위해 입산을 했고 무엇 때문에 하산을 했는지. 더없는 진리 앞에서 함께 호흡할 수조차 없었다. 슬픔의 상처.

부처님은 말씀해 주시지 않았다. 그것을 해결하는 것은 스스로의 공부를 체득하는 길밖에 없었다. 부처님은 나의 인생의 길을 인도해 주시는 분이시지 나의 인생을 대신 살아 주시는 것은 아니다. 나 역시 친구의 인생을 살아줄 수 없기 때문에 한마디조차 물을 수가 없었다. 한 개 귀한 진주를 구하기 위해서는 천길 물밑을 헤매어야 하고 한송이 어여쁜 꽃을 피우기 위하여서는 수많은 밤과 낮을 기다려야 하는데.

공동묘지의 진달래

내가 집이라는 안락한 터를 떠나 불가에 몸을 담게 된 데는 남달리 거창한 이유가 있었던 것은 아니다. 오히려 끈끈한 인연이 있었음인지 참으로 우연한 계기를 통해서였다.

창가에 드는 볕이 따사롭고 온 산에 진달래가 거침없이 핀 몇 해 전 사월 어느날, 나는 모처럼 산으로 가서 봄 내음이라도 흠뻑 가져와 방 안에 꽂고 싶다는 아주 소녀다운 마음으로 쉽게 집을 떠났다. 그런데 진달래는 공동묘지 너머에 무더기로 피어 있기 때문에 나는 자연히 공동묘지를 지나지 않으면 안 되었다. 마침 무슨 인연인지 가는 날이 바로 도시 계획에 따라 무덤들이 공원으로 바뀌게 되어서 연고자들에 의하여 파헤쳐지는 날이었다.

군데 군데 파헤쳐진 무덤 곁에서 가끔 영혼을 달래는 푸닥거리도 열리고 있었다. 나는 그 광경들을 보는 순간 심한 역겨움에 몸둘 바를 몰랐다. 급기야 나는 산을 되짚어 내려 오지 않으면 안 되었다. 나는 허겁지겁 길을 내려 오다가 문득 길 맞은 편에서 들려 오는 한 소녀의 질긴 통곡소리에 걸음을 멈추었다. 진달래꽃 잔치를 즐기겠다고 온 나와는 정반대의 입장이 되어 오열을 하고 있는 그 소녀의 아픔이 내 마음 깊숙히 닿았기 때문일 것이다. 나는 조심스럽게 소녀에게로 다가갔다. 가까이서 본 소녀는 어린 손으로 주섬 주섬 뼈들을 주워 담으면서 울고 있었다. 나는 그것을 끝까지 지켜 보면서 웬지 소녀가 강하다는 인상을 받았다. 마침내 나는 보자기에 뼈들을 다 주워 담아 일어서는 소녀를 뒤따르고 있었다. 산모퉁이에서 잠깐 울음을 그치고 뒤돌아보는 소녀를 붙잡고 물었다.

"애 그 뼈의 주인이 누구길래?"

"제 아버지 뼈예요. 불도우저에 뭉개지게 만들 수가 없어서 챙겨 가는 길이에요. 화장해서 강물에 뿌려 드릴까 해요."

이 말만 남기고 소녀는 당감동 화장터 쪽으로 올라가버리는 것이 아닌가. 나는 붙잡을 수도 없었다. 그날 이후 나는 진달래, 무덤, 뼈 그리고 그 소녀의 강한 눈빛 때문에 많은 낮과 밤을 나 자신과 싸우지 않으면 안 되었다. 그것은 여물지 못한 감정을 그대로 쏟아버리기 일쑤인 여린 감정의 병은 아니었다.

죽음―, 그리고 나를 낳아 준 부모도 사랑하는 사람도 내 인생과 죽음을 대신해 줄 수 없음을 알았을 때 나는 진정한 나의 발견을 위한 진통을 겪지 않으면 안 되었다. 급기야 나는 속세와의 인연을 끊고 새 생명을 위한 침묵에 빠져 들기로 마음 먹었다.

그것에 마냥 매달려 있던 어느날 나는 새 세계로의 도약을 단행했다. 전혀 만남이 없는 이질적인 삶을 향해 가슴 미어지는 눈물을 고향에 묻고, 나는 낯선 산사의 문을 조심스럽게 두드리고 있었다. 법당 안의 부처님의 큰 미소는 공동묘지에서 만난 소녀에게서 느꼈던 죽음의 공포를 뿌리치고도 남음이 있었다. 그 미소 곁에서 젊음을 스스럼 없이 바칠 수 있었고 그 미소의 힘으로

만 중생의 어머니 자리를 굳혀가는 것이 지금의 내가 할 수 있는 길이라는 확신 하에 산사에 정착하게 되었다. 이것이 지금 나를 탄생시킨 밑거름이 되어 주었다.

한가위 우리가 받은 선물

이런 마음일 때 무어라고 표현을 해야 가장 적절한 표현이 될지. 온종일 말을 잃고 저편 도로에 줄지어 가는 자동차 물결만 멍하니 쳐다보았다. 가장 인간적인 날에 우리를 당황하게 했던 일들. 한쪽으로는 당황하고 있을 수 없는 일이라고 하면서 또 한쪽으로는 더도 덜도 말고 한가위만큼이라는 덕담을 나누며 풍성해 하려는 마음. 이것이 우리가 말하는 인간이다.

조상의 차례상 앞에 잘 빚은 송편을 올리는 것이 아니라 아주 계획적이고 철저한 반인륜적인 범죄소식을 올리게 되었다. 그것을 저지른 자가 X세대라는 것에 우리 모두는 놀라고 경악함을 멈추지 못하고 있다. 급속한 산업화의 부산물인 물질만능주의, 인격의 완성보다 맹목적인 경쟁만을 요구하는 왜곡된 교육관, 사회의 구조적인 병리현상에서 비롯되었다고 전문가들은 이런 일이 있을 때마다 판에 박힌 인터뷰를 한다.

이것은 한마디로 이 사회에 몰아 닥치는 도덕불감증의 한 현상에 불과하다. 전통적인 우리의 가치관은 우리 곁을 서서히 벗어나가고 말았다는 것이다. 우리는 우리 스스로에게 증오심을 불러일으켰고 보이지 않는 한쪽 면에 독버섯을 키워 온 셈이다.

지존파가 저지른 불특정 다수를 적으로 삼아 살해하고 그것도

모자라 주검을 토막을 내어 불태워 살인의 흔적을 남기지 않으려
고 했던 그 행위들을 보면서 우리는 지금 강제로 무언가에 떠밀
려 살아가고 있는 것이 아닐까 하는 두려움 인다. 나는 종교인의
한 사람으로서 무엇을 했나 하는 반문이 일었을 뿐 아니라 할 일
을 다 못한 책임을 통감하면서 몹시도 우울하게 명절을 보냈다.
그렇지 않아도 명절이 되면 가야할 곳도 와야할 사람도 없이 쓸
쓸하기 그지 없는데 말이다.

  이와 반대로, 유학 가서 도박으로 돈자랑을 일삼은 패륜아가
부모의 유산을 노려 부모를 살해한 것을 보고 부모가 자식 교육
을 잘못시킨 탓이라고 부모를 나무라는 쪽 소리가 더 높았던 적
도 있었다. 또 70대 노인이 가난에 지쳐 더 이상 노모를 고생시
키고 싶지 않아 9순 노모을 살해한 적도 있었다. 그때 그 마을
주민들은 그를 선처해 달라고 했다. 그 슬픈 효도가 모든 사람의
비난의 대상이 아니라 그럴 수 있다는 동정으로 우리들의 눈시울
을 적시게 했었다.

  빈부의 차이가 심한 사회일수록 상대적으로 범죄는 늘어 갈 것
이며 과학이 발달되면 될수록 거기에 앞서 더 치밀하고 악랄하게
우리는 우리를 죽여 가면서 살아갈 것이다. 노력한 만큼 그 댓가
가 이루어지지 않았을 때, 그 허탈감을 절제 못한 어리석음은 자
기를 영원한 수렁으로 몰아 넣을 수밖에 없었다.

  X세대의 살인극은 가장 인간적인 날에 큰 교훈을 남겨 준 셈
이다. 지존파를 키워낸 우리도 그들과 같은 업을 갖고 있는 것이
다. 부처님께서는 이러한 현상들을 바로 인과응보, 업보라고 하
셨다. 업과 보는 인과관계이기 때문에 성질이 동일하다. 업의 인

이 선하면 과보도 선, 악이면 과보도 악의 성질을 띠게 된다는 말이다. 우리는 선업보다 악업을 많이 익혀 왔기 때문에 이러한 과보를 받게 되는 것이다. 부처님께서는 이 무지, 어리석음을 타파하기 위해서는 10가지 악업을 소멸해야만 한다고 하셨다.

몸으로 세 가지 악업을 짓지 말 것이며(살생·도둑질·사음)

입으로 네 가지 악업을 짓지 말 것이며(거짓말·두 말·욕지꺼리·꾸민 말)

의지로 세 가지 악업을 짓지 말 것이다(욕심·성냄·어리석음)

이 업설들은 사회생활과 무관하지 않음을 보여주고 있다. 업에는 반드시 보가 따른다는 것이다. 사회적 책임〔보〕이 바로 오늘의 이러한 현상들이다. 인간은 선이든 악이든 무엇이든지 해낼 수 있는 잠재적 능력이 있다. 가장 악한 짓을 하는 것도 인간이고 가장 선한 짓도 하는 것이 인간이다.

최근 미니시리즈 M이라는 드라마가 주부들에게 공포감과 두려움을 주었다고 한다. 실제로 낙태수술이 너무나 광범위하고 무신경하게 자행되었다. 우리 사회에 경종을 울리기 위한 드라마이기는 했지만 여기서 우리는 살인의 잔혹성, 영생의 윤회 실상을 다시 한번 인식하고 짚고 넘어가야 한다. 물론 드라마나 영화들이 비과학적인 얘기를 극적으로 표현하는 것이 사실이기는 하지만 인간이 저질러 버리는 잔인성에 대한 과보가 어떤 것인가를 잘 보여 준 셈이다.

낙태의 기억소자이며 악의 화신인 M이 주인공의 선한 마음을 깨며 등장하게 되고 M은 자신을 지운 아버지와 어머니, 산부인과 의사들에게 복수를 하는 것이 이 드라마의 주된 줄거리이다.

낙태에는 두 가지로 나누어 말할 수 있다. 그 부모도 어쩔 수 없는 자연유산이 있는가 하면 임신인 줄 알면서도 유산을 하는 인공유산이 있다. 영식이 제 몸을 받기 위해 태중을 찾아들어 간 것이기에 유산으로 인해 설사 그 몸을 보존받지 못하더라도 그 몸과의 인연에 대해 쉽게 잊어 버리고 떠나기가 어렵다고 한다. 태중에서 영식이 갓 어리기 시작할 때이더라도 이미 한 생명은 시작이 된 것이 분명하다. 이것을 죽이는 것은 부모가 자식을 죽이는 살인극이다. 말할 수 없는 것이라고 해서 아무런 의식없이 죽이고 만다. 자기를 죽인 부모를 좋아할 영가는 없다. 그래서 영원히 떠나지 않고 맴돌아서 앙갚음을 할 수도 있는 것이기에 인공유산은 절대 하지 말아야 할 것이다. 부모의 의지와 상관없이 유산이 되었을 경우 영생이 있음을 천도를 통해 알려주고 이해시켜 섭섭함을 품지 않고 떠날 수 있도록 해 주어야 한다.

거리엔 해맑은 가을 꽃들이 곱게 피고 있다. 그 자태는 화려하지 않으면서도 마음을 정화해 주고 있는데 오늘도 신문은 지존파 이야기로 더욱더 슬프게 하고 있다. 이것이 마무리되면 또 무엇이 우리들을 허탈감에 빠지게 할까. 신문을 펼쳐 보기가 더 무거워진다. 사회뿐 아니라 종교가 병들어 가고 있기 때문에 모두의 마음을 청명한 가을하늘처럼 정화시켜 주지 못하고 있다. 빨리 병에서 치료되어 한 사람의 신도가 한 사람의 비신도를 교화하고 포교한다면 이 사회는 살기 좋은 불국토가 될 것이다.

목바루

　부산이 고향인 내가 처음 전라도 최남단인 해남 대흥사를 출가 지로 선택한 것은 고향에서 멀리 떨어진 곳이라는 그 이유 하나 때문이었다. 나의 출가는 낯설은 길을 지도 한 장만 가지고 대흥 사를 찾아갔던 일로부터 시작된다.

　큰 절에서는 비구니가 될 수 없다하여 안내된 곳은 청신암이었 다. 내 또래의 여자아이들이 열심히 수행을 연마하고 있었고 나 역시 그들과 더불어 열심히 절 집 생활에 익숙하려고 노력했다. 삼개월도 채 되지 않아서 나는 그곳 생활에 스스로 문을 닫고 말 았다. 그 이유는 끈질긴 부모님의 집념이 나를 그 속에서 생활하 도록 내버려 두지 않았고 그 핑계로 다시 집으로 돌아왔다.

　돌아온 후 부모님의 그 집념을 접어두고 재출가를 한 곳이 석 남사다. 물론 석남사 생활이 지금의 나를 탄생시키는 데 큰 밑거 름이 되기는 했지만 내게 있어서 대흥사는 그 모든 것이 정겹고 또한 생활이 힘들 때 문득문득 찾아가고 싶고 그리워지는 고향같 은 곳이다. 처음 출가지라 더 그러하겠지만 그곳에서 만난 운경 스님 때문에 더욱 더 그러한지도 모른다. 지금 어디에 계시는지, 아니면 이 세상 사람이 아닌지 알 수가 없지만 스님이 내게 준 목바루가 그리움을 대신하고 있다.

운문사 강원시절 때 이야기이다. 강원에서 처음 맞이한 겨울방학, 그 누구의 간섭도 필요가 없는 그 자유로움, 혼자서 떠나보는 입산 후 첫나들이를 대흥사로 향했다. 얼마만에 가보는 곳인가, 그때 만난 그 사람들, 그 모두가 그대로 있을 것이라는 그 향수병을 치유하기 위해서라도 다녀와야만 내 생활이 계속될 것만 같았기 때문이었다.

동백꽃이 흰눈 속에 핏방울처럼 떨어져 산사의 적막감을 더했지만 난 푸근함을 느끼면서 청신암으로 갔다. 주지 스님은 원행을 떠나셨고 아는 얼굴은 아무도 없었다. 몇번 뵌 적이 있는 성훈 스님이 아직도 진불암에 계신다는 그 기쁨만 가지고 흰 눈이 덮인 샅길을 올랐다.

가도 가도 진불암의 길은 나오지 않았고 두륜산 정상이 나왔다. 날은 어둑어둑하여 시야는 점점 좁아져 어디가 어딘지 분간하기 어려웠다. 당황하고 있을 무렵, 저쪽 산 모퉁이에서 비쳐 나오는 불빛 하나를 발견하고 산길을 헤치면서 찾아갔다. 내가 발견한 것은 찾던 진불암은 아니었고 다 스러져가는 토담집이었는데 그 속에서 막 군불을 지피고 나오시는 스님 한 분과 눈이 마주쳤다. 처음 뵙는 스님이지만 아주 오래 전에 만난 사람처럼 낯익은 눈빛이었다. 힘들어 하는 내 모습이 안 되어 보였는지 아무 말씀없이 걸망을 받으시고 따끈한 생강차 한 잔을 주셨다.

자초지종 내 이야기를 들으신 스님은 날이 어두워 진불암까지는 갈 수가 없으니 내일 날이 밝으면 가는 길을 안내하시겠다고 하여 나는 그날밤 그곳에서 걸망을 풀고 신세를 져야만 했다. 갑자기 들어닥친 객을 위하여 저녁 밥을 마련하시는 스님의 모습을 보면서 스님의 익은 수행을 엿볼 수가 있었다.

찬거리가 없다 하시며 눈 속에서 겨울을 견디며 제 모습을 다 해 가는 파란 고소 잎을 뜯어 만드신 고소간장, 별미라 하여 은 행을 넣어 군불 솥에 두고 중탕을 한 그날의 저녁상은 어느 진수 성찬에도 비할 수 없을 만큼 두고 두고 생각나는 맛있는 저녁밥 이었다.

오래전에 만난 친구처럼 우리의 사이는 자연스러웠고 밤새워 가며 한국 불교의 이모 저모로 토론의 밤을 지새웠다. 다음날 하 산 하는 길에 내 앞에 내 놓은 잘 포장된 물건 하나를 건내 주시 면서 손수 만든 것인데 오래전부터 임자를 찾고 있던 중이라 이 제 그 임자가 나타난 것 같아 선물로 주는 것이라고 돌아가서 풀 어보라는 권유에 아무런 뜻없이 받아든 그 선물뭉치는 나중에 보 니 그것은 잘 생긴 목바루 한 벌이었다.

절 집 풍습에 바루는 은사 스님께서 그 상좌에게 주는 것으로 알고 있다. 그 이유는 달마 스님이 그의 상제자인 혜가 스님께 법을 전수하고자 의발이 전해진 뒤부터 우리네 절 집에서도 그리 전해지고 있는데 운경 스님은 나의 스승도 은사도 아니요 배고픈 내게 한끼의 밥과 하룻밤 잠을 재워 준 인연밖에 없는데 왜 내게 이러한 선물을 했을까 하는 궁금증은 깊었지만 그 이유를 알 수 가 없었다.

그 뒤 몇차례 연락을 했지만 소식은 없었고 혹 만날 수 있을까 하여 대흥사로 갔었지만 어디로 가셨는지 아는 사람은 아무도 없 었다. 지금까지 연락은 닿지 않고 있다. 운경 스님이 내게 준 바 루의 의미는 잘 모르겠지만 바루를 볼 때마다 난 나를 다질 수

있는 큰 힘이 된다. 그 속에는 끊임없이 정진하여 불교를 이끌어
가라는 큰 뜻이 담겨져 있을 것이라는 생각에 생활을 게을리 하
지 않는다.

운경 스님, 대홍사, 목바루 이것은 내가 대홍사에 대해 갖는 짙
게 타오르는 향수병인지도 모른다. 이생에서 연락이 닿지 않는
운경 스님은 내게 바루를 줌으로 해서 무거운 짐을 벗고 훨훨 자
유로이 떠났는지도 모른다.

다시 만날 수 있는 기회가 있다 하여도 난 그 바루의 의미는
결코 묻지 않을 것이다.

진솔한 대화

70년도 후반에 나는 강원에서 경전을 공부했었다. 강원은 부처님 말씀을 배우고 익히며 수행을 연마하는 불교 전문적인 교육기관이다. 경을 보면서도 그 한마디 한마디가 시적인 감동을 일으켜 주었고 그럴 때마다 글을 쓰고 싶어하는 그 짙은 마음을 쉽게 떨쳐 버릴 수가 없어 나 자신이 놀랄 정도로 밑바닥에서 저밀어 오르는 누구도 치유할 수 없는 열병으로 시간을 보낼 때도 있었다. 가끔은 써두었던 습작을 불교잡지에 게재하기도 했다. 그러한 글들을 보고 깊은 감동을 받았다는 편지를 보내온 사람이 있었다.

그는 교도소 교도관이며 문학을 좋아하고 불교에 꽤 관심이 있어 불교적인 글이라면 거의 다 찾아서 읽는다고 했다. 강원생활, 그 모든 것이 규제된 생활 속에서 편지를 받을 수 있고 보낼 수 있었던 것은 승려와 속인이라는 다른 삶의 길목에서 생활주변들의 이야기이지만 읽는 순간만큼 그 어떤 힘에 빠져버리는 느낌을 가질 수 있었다. 그 편지가 내 손에 들어오기까지는 교무 스님의 검열에 합격이 되어야 했다. 그만큼 그의 편지는 공개적인 편지였다.

몇 번이나 소식이 끊어질 뻔 했지만 그럴 때마다 이상하게 연결되어 왔던 인연. 주위 사람들에게 느낄 수 없는 그 어떤 신선함 때문에 사로잡혀 곧 바로 답장을 보내고 주고 받았던 시간이었다. 편지를 주고 받을 때마다 한번도 만난 적 없는 그의 생활 하나 하나를 느끼고 체크할 수 있었고 그 흐름조차 느낄 수 있었던 것은 둘 다 진솔한 나눔이었기 때문이다.

그는 우여곡절이 많았던 사람이었다. 어느날 직장을 그만두고 포교사업을 하더니 돈벌이가 되지 않아 퇴직금조차 날리고 홀연히 산으로 들어가 두문불출했던 때도 있었다. 머리를 기르고 수염을 기르고 흰바지 저고리를 입고 사는 그는 홀로 살면서도 나와는 상반된 길에서 방황하기 시작했다. 그의 그런 생활을 내가 만류할 수 없었던 것은 내가 가는 길만이 정법이라고 할 수 없었기 때문이다. 사람이 가는 길에 바로 가는 길과 돌아가는 길이 있듯이 신앙에도 방편과 진실이 있다. 진실을 알고 방편을 안다면 그 어디에도 속지 않을 것이기 때문이다.

아무리 훌륭한 불상이라도 무당이 보면 신상이 되고 보잘것 없는 돌덩어리라도 도인이 보면 부처가 되기 때문이다. 무속 신앙에 빠져있는 그는 신과의 대화를 한다고 하고 신을 부른다고 할 만큼 그것에서 헤어나지 못했다. 그는 자리를 옮길 때마다 그곳 생활, 신앙, 산의 냄새, 풍수적인 가치를 설명하면서 더 많은 자연적인 향기를 보내주었다. 한동안 산을 떠나 시정에서 살던 내게 산으로부터 보내오는 편지들은 말로 표현할 수 없을 만큼 신선함이 있었다.

10년 가까운 시간을 두고 생활 하나 하나를 나누었던 그와 나는 만나자는 이야기도 없이 지내왔고 전혀 얼굴도 모르는 그런 사이였다. 그에게서 편지가 오는 날은 주위 도반들이 더 극성이며 편지가 뜸해지면 더 궁금해 할 정도였다. 한동안 무속신앙에 빠져 산을 헤집고 다니던 그가 산이 싫어 산길을 내려오더니 그것 또한 적성에 맞지 않아 내게도 출가할 수 있는 길을 물어 왔다.

불혹의 나이, 찾아가는 곳마다 문전박대하여 잘 아는 절에 소개를 해달라고 했다. 그후 그는 무속신앙을 이겨보려고 부처님 전에 기도의 싸움으로 자신을 이끌어 나가는 생활을 시작했다. 출가 이후 그와 나와는 편지 한 통도 왕래가 없을 정도로 무심히 지내는 편이다. 말이 필요없는 시간들을 만들고 있기 때문인지 좋은 기억만이 남은 채 묻혀있다.

이제 그도 어느 정도 절 집 장판 때가 묻어야 하는 시간이 지났는데도 늘 홀로 겉도는 외로움을 견디지 못하고 있는 것 같아 잘못 인도한 것이 아닌가 하는 생각을 가질 때도 있다.

사람은 자기 생활에서 희열이 있는가 하면 회의가 있고 그 회의 속에서 새로운 힘을 도모할 수 있는 용기가 있다면 더 성장할 수가 있다. 승복을 입었다 하여 그 인격이 완전해지는 것은 아니다. 밑바탕에 흐르는 인간적인 감정들을 그저 자재하고 승화하려고 노력하는 그 구도적인 자세가 일반인보다 더 강하고 다르다는 점이다.

대중처소에서 더불어 사는 삶이 그에게 아무런 도움이 되지 않는다 하여 있는 자리를 훨훨 털고 토담집에서 한 벌의 옷과 생식으로 그 어디에도 얽매이지 않는 무소유의 삶의 가치로 살고 있으며 가진 자로 하여금 부끄러움을 느끼게 할 정도로 초연하게 살아가고 있다.

　많은 편지 왕래가 있었지만 약속이나 했는 듯 보는 즉시 둘다 소각해 버렸기 때문에 한통의 편지도 소지하고 있지 않다. 내 오랜 친구로 곁에 있을 수 있었던 것은 글을 통한 진솔한 대화가 그 밑거름이 되어 주었기 때문이다.

　지금 한통의 편지도 보내고 있지 않지만 내가 많은 편지를 계속 쓰고 있으면 그는 싫증내지 않고 읽을 지기란 것 느끼면서 좀 더 빨리 절 집 생활에 익숙해져서 모든 것 포용하는 수행자이길 바라는 마음이다. 그러기 위해서는 자기 자신과도 진솔한 대화가 필요할 것이다.

내가 보내는 명절은

나는 늘 생각한다.
수행이라는 것이 멀리 있는 것이 아니고
생활 하나하나가 바로 수행이라고
생각하기 때문에 순간 순간 나 자신에
부끄럽지 않게 열심히
살려고 한다.

나의 새 식구

"장마라고 하는데,"

요즈음 만나는 사람들이 내게 건네는 첫인사이다. 왜냐면 법당 증축 공사를 하고 있기 때문에 염려하고 걱정하는 인사라는 걸 잘 알고 있다.

장마 덕분에 몇 일 목수들의 가락적으로 두드리는 망치소리가 들리지 않아서 마음 놓고 책이나 볼까하는 생각이 일어나 서재에서 이 책 저 책 뒤적이는데 열어놓은 문발 사이로 뜨락을 가득 메운 참새떼들을 보았다. 꺼낸 책을 덮어둔 채 난 유심히 그들이 노니는 모습을 보았다. 대화를 나누는 건지 알 수 없는 놀이를 계속하고 있었다. 나에게 있어서는 그저 평화롭고 한가롭게 보였는데 그들에게는 몹시도 바쁜 아침나절인 것 같았다.

눈을 감고 조용히 내 가까이서 들리는 참새소리, 개 짖는 소리, 염소 울음소리, 자동차 소리, 기차 소리, 사람 사는 소리 등 더불어 살고 있는 소리 속을 비집고 불쑥 얼굴을 내민 것이 있었다. 『불교세계』라는 잡지였다. 우리네 집안 잡지들은 왜 모두 수명이 짧은지 이 책도 그러다 막을 내리는 것은 아닐까 하는 생각에 한 장 한장 넘겨 보았다. 원력이 깊은 한 스님께서 온 심혈을 기울여 이 시대에 포교지 역할의 중심적인 힘을 모으고 있다는 사실을 발견할 수 있었다. 상술적인 냄새보다 광범위한 필진과 불교 잡지의 고정관념을 뛰어 넘어버린 개성적이고 감각과 시각적인 의식. 이 모두가 새롭게 피어났다.

내 삶의 이야기들을 연재하고 싶다는 청탁의 말에 주춤 한발 물러서지는 기분. 내 짧은 글 솜씨로 불교세계의 새 식구로 될 수 있을까 하는 생각. 아무튼 이 짜증스럽고 후덥지근한 장마철에 내 영혼을 맑힐 수 있는 청량제 역할을 담당해줄 기쁨에 스스로 불교세계의 식구가 된다는 것에 들떠 있다.

생활의 잡다한 이야기들이 때론 읽는이로 하여금 언어공해가 될지는 모르지만 이것도 삶의 한 부분이고 수행의 한 부분이기 때문에 놓치고 싶지 않은 마음으로 활짝 열어 솔직하고 담백한 이야기로 지면을 풀어가고 싶다.

내가 사는 이 동네에도 새 식구가 생겼다. 혼자서 지내는 시간이 많다 보니 가끔은 사람의 훈훈한 훈기가 그리울 때가 있다. 정말 편안히 부처님의 품에 흠뻑 기대 사는 내게로 한 아이가 출가를 하겠다고 왔다.

얼마 전 아는 선배 스님으로부터 전화를 받기는 했지만 사전에 아이에 대해서 아는 것이라고는 하나도 없었던 나다.

내가 순순히 아이를 받아들일 수 있었던 것은 혼탁한 세상에 물듦을 유유히 떨쳐버리고 온, 참으로 귀하고 용기있는 결심 하나, 그것만으로도 만족하기 때문이다.

우리네 집안에 이런 우화가 있다. 눈먼 거북이가 깊은 바다 물속에 살다가 천 년만에 한번 머리를 물 밖으로 내밀고 숨을 쉬게 되는데 그때 요행히 구멍 뚫린 나무가 있어서 그 구멍에 거북이의 머리가 걸쳐져야만 숨을 쉴 수 있으며 그렇지 못하면 물 속으로 그대로 들어 갔다가 다시 천년을 기다려야 한다는 것이다.

거북이가 물 속에서 숨을 쉬지 못할 리가 없지만 이 우화는 불법을 만나기가 쉽지 않다는 맹구우목(盲龜遇木)의 이야기이다.

이렇게 만나기 어려운 불법을 만나서 때묻은 마음, 거친 마음, 악랄한 마음, 재욕에 물든 마음, 명예에 물든 마음, 애욕에 갈증을 느끼는 마음, 이 모든 마음과 물질과 육체에 대한 집착을 떨쳐버리자는 뜻에서 삭발을 하고 회색옷을 입는다.

삭발은 마음과 몸을 함께 맑고 깨끗하게 하여 깨달음을 얻고 다른 사람까지도 구제하겠다는 숭고한 서원이기도 하지만 보통 사람들이 갖기 쉬운 쓸데없는 욕망과 교만을 버리고 유혹에 빠지지 않으며 수행하는 데 번거로움을 덜어 오직 한마음으로 정진하기 위한 것이다. 자신의 깎은 머리를 생각하고 항상 스스로 반성하며 경책을 하기 위해서이다.

회색옷은 좋은 옷 모양 등의 객관에 이끌리지 않는다는 뜻이기 때문에 출가를 낙발염의(落髮染衣)라고도 한다.

출가를 하고도 수계를 받기 전까지를 행자라고 불리운다. 행자 기간 동안 절집안의 모든 허드렛일을 기꺼이 도맡아 해야 하며 동시에 필요한 기본의식과 그에 따르는 송경(誦經)도 읽힌다. 이 모든 일들이 특별한 지도에 의해서가 아니라 행자 자신이 사찰의 잡다한 일을 하면서 스스로 터득하고 암기하는 철저한 자발적인 교육을 통해서만 이루어진다. 또 그래야만 완전한 절집 식구로 인정이 된다.

나도 내 식구에게 내가 손수 해오던 일의 일부분을 분담해 주었다. 그 소중한 결단을 하고 분담해준 일들을 묵묵히 처리해 나가면서 과연 자신이 출가생활을 잘해 나갈 수 있을 것인가 하는 결심을 점검하고 절집 식구로서의 자질을 키우는 것이다.

혼탁한 이 사바세계에서 『불교세계』가 청량제 역할을 해주는 것처럼 나의 새 식구도 마음과 몸을 맑히어 사바의 등불이 되었으면 한다.

아직도 햇살을 가르며 무언가 열심히 찾는 참새떼들이 내 주위를 맴돌고 있다. 보이지 않는 구도의 행각처럼.

마음열어 좋은 친구는

  참으로 많은 눈이 내렸다. 처음으로 많은 눈을 보았다. 온 천지가 하얗게 얼어버린 바깥을 바라보면서 겨울의 꽃은 역시 눈이구나 하면서도 이내 눈을 치워야 한다는 마음 때문에 부담스러움을 느낀다. 그래도 하이얀 눈을 바라다 볼 수 있는 겨울이 아름답고 좋다.

  방 안 공기를 정화시키기 위해 겨울의 창을 열면 살을 에이는 차가움이 몰려오지만 그 바람을 타고 노오란 후레지아 꽃 향기와 모과 향기가 바람과 함께 겨울 방 안을 더 훈훈하게 만들어 준다. 밀폐된 방 안에는 두 가지 향기가 뒤섞여 분간하기 어렵지만 창을 열면 더 정확하게 향기를 느낄 수 있다.

  나는 모과와 후레지아 꽃을 참 좋아한다. 향기는 은은하여 선비적인 멋이 있고 모양새는 그다지 화려하지 않아서 좋다. 겨울엔 이 두 가지 향기가 늘 방 안에서 작은 기쁨을 안겨다 주어서 지낼 만 하다. 나를 잘 아는 이들은 가끔은 내 좋아하는 모과와 후레지아 꽃을 한 아름씩 선물로 주곤 하는데 그 모과가 향기를 다 바래고 꽃이 시들 때까지 나는 선물한 사람의 인간미와 함께 더불어 한 마음을 가지고 지낸다.

  겨울 오후 한때 창호지 사이로 햇살이 비치는 쪽으로 난분을 옮겨놓고 따뜻한 차 한 잔을 마시는 고요는 더없이 넉넉한 삶을 일깨우는 작업이다. 이럴 때 방문객이 불쑥 나타나면 내 여린 감정은 숨길 틈도 없이 무산이 되고 만다. 생활 구석구석에서 얻는 이 작은 기쁨들 때문에 혼자 있어도 혼자라는 느낌을 전혀 받지 않는다. 곁에 누군가 있어도 내면의 세계와는 전혀 무관할 때 얼마나 불편스러운 시간일까.

더불어 살아보면 늘 누군가 곁에 있기를 원하고, 무언가 찾으려고 하고, 텅빈 시간과 공간에서 오는 외로움이란 단어를 앞세워 자신을 절제 못해 늘 바깥에서 무언가를 찾으려는 이들을 볼 때 나는 함께 하고 싶지가 않다. 철저히 혼자임을 느껴보지 않았던 사람과의 대화는 그냥 답답해옴을 느끼기 때문이다. 내면의 소리에 귀기울일 줄 아는 사람은 외로움이 곁으로 표출되지 않는다. 안으로 삭히고 다지고 익힌 모습이 그대로 생활이 되어 아주 자연스럽게 분위기가 이루어지고 받아진다. 자기를 철저히 비운 상태여야만 그것이 가능한 것이 아닐까.

나는 살아가면서 웬만한 모임에는 잘 나가지 않는다. 이런 나를 보고 거만하다, 건방지다고 이야기하는 소리를 종종 듣는다. 건방지고 잘나서 그리한 것은 아니다. 성격탓이겠지만 틀에 박힌 모임은 정말 진보성이 없을 뿐더러 오히려 시간이 아깝다는 생각이 우선 든다. 물론 만나서 사는 이야기를 나누는 것도 필요하겠지만 친목 외에 그 어떤 것을 느끼지 못하는 허탈감 때문에 가고 싶지가 않다.

몇 일 전 오랜만에 찾아온 신도 내외분과 이런 저런 이야기를 나누는 끝에 이런 이야기를 내게 했다. 10년 가까이 직장생활을 하면서 마음을 열 수 있는 친구를 한 명도 얻지 못했는데 이것 잘못 사는 것이 아닐까 하는 생각이 든다고…. 혹 누가 찾아온 것을 보고 아들 녀석이 아빠 친구가 오셨다고 하면 친구가 아니고 회사 동료라는 인식을 시킨다고 했다.

이러한 이야기를 듣고 나도 동감을 했다. 우리는 살아가면서 마음을 열 수 있는 친구를 과연 몇 사람이나 얻고 살아갈까. 친구의 개념이 사람에 따라 각자 다르겠지만 말 없는 대화 속에 서로의 감정을 느낄 수 있는 친구, 그런 친구를 가지고 있는 사람은 성공적으로 살아간다고 볼 수 있다.

중국인이 쓴 『서상기』의 「흐뭇한 한때」를 보면 이런 이야기가 있다. "밤에 누군지 멀리서 나를 생각하고 있는 것 같은 느낌이 든다. 다음날 나는 그 사람을 찾아간다. 그 집에 들어가 거실을 둘러보니 본인은 남쪽을 향해 책상 앞에 앉아 무엇인가 기록을 읽고 있다. 내 모습을 보자 적이 고개를 끄덕이고 내 소매를 잡아 앉게 하더니 '마침 잘 왔으니 이것을 읽어 보게나'하고 말한다. 그리하여 우리들은 서로 웃음을 나누고 담 위에 햇살이 사라질 때까지 즐거이 이야기를 주고 받는다. 이윽고 친구는 시장기를 느낀 듯 나에게 조용히 말한다. '자네도 배가 고픈가?'"

이 얼마나 넉넉한 삶의 바탕 위에서 나눌 수 있는 정겨움인가. 우리는 가까운 사이일수록 그 사람의 마음을 읽어보려고 하지 않고 댓가를 바라고 소유하고 확인하려고 한다. 이러한 것들이 자신을 가장 비참하게 만드는 요인들인데도 가까움에서 잊고 지낸다. 자기가 원하는 만큼 자기를 따라주지 않으면 그것이 무시당하는 것 같아 속상해하고 미워하며 섭섭해 한다.

이것은 서로 마음을 나눈 친구가 아니라 상대적이고 조건적인 친구라고 표현하고 싶다. 마음을 나눈 친구라면 그 친구가 가장 어려울 때 괴롭히지 않고 그 고통을 함께 나누려고 할 것이고 조건적인 친구라면 자기에게 이득이 없을 때 등 돌리며 더 많은 고통을 감내하게끔 힘듦을 줄 것이다.

누구나 다 자기 중심적인 이기심들이 꿈틀거리고 잠재되어 있지만 마음 열어 좋은 친구에게는 이런한 요인들이 필요가 없지 않을까. 마음 친구는 곁에 있으나 멀리 있으나 항상 생각이 같고 서로의 자유를 구속하거나 간섭하거나 강요함 없이 자연스럽게 시간이 갈수록, 나이를 먹을수록 더 그리운 사람이다. 나에게도 함께 승복을 입고 수행을 하는 도반이 있는가 하면 그 도반 속에서도 마음을 열 수 있는 사람은 친구라고 표현하고 싶다.

지난 가을, 내가 나를 이기지 못한 고통을 수행이란 그늘 속에 묻고 싶었을 때 문득 친구의 얼굴이 떠올라 찾아간 적이 있다. 잊고 살아온 내가 부끄러울 정도로 무심한 생활을 탓하지 않은 그 친구는 시를 쓰며 음악을 좋아하여 많은 레코드판을 소유하고 있지만 그 음악들을 결코 소유하거나 집착하지 않는 그 여유로움이 늘 나로 하여금 마음에 들게 한다. 그는 내가 올 것을 예감이라도 한 듯 말없는 정감의 표현인 음악을 밤새 들려주면서 내 힘든 모습을 다시 일으켜 세워주었다.

길을 나서는 내 뒷모습에 연락을 하자는 말만 하고 뒤돌아선 그 친구와 또 만남이 언제 될는지 모르지만 다음에 그 친구를 만날 때는 많이 건강했음 좋겠다. 그날 난 그 친구를 찾아가지 않았다면 내내 후회했을 것이다.

소지품

　삶에 있어 또 한해가 빠져나가고 새로움에 길들이려는 듯 시작이란 의미를 강하게 주는 열림이 동터오른다.

　산등성이에 어제 내린 눈발이 채 녹지 않은 채 힐끗힐끗 보이는 산마루를 쳐다보면서 마음 한구석엔 다 털어버리지 못한 지난해의 묵은 일들이 아직 남아 있는데 하는 아쉬움이 살아서 꿈틀거린다.

　겨울이 시작되면 난방시설이 잘 되지 않는 곳에서 기거하는 일은 참으로 힘들고 고통스러운 일 중 하나이다. 방안에서도 그 추위를 견디고자 모자를 벗어버릴 줄 몰랐던 그 불편함이 이번 겨울엔 말끔히 해소되었는데도 내 몸은 여전히 추워하고 손끝 발끝에서 아리는 찬바람이 도는 느낌을 받는다.

　봄부터 시작했던 공사가 이제 그 모양을 다해 차츰 제자리로 가고 있기 때문에 춥기 전에 서둘러짐을 옮겼다. 유난히도 몸이 차가운 나는 찬바람이 일기 시작하는 날로부터 해동이 될 때까지 온 몸은 꽁꽁 얼어있는 상태이다. 한겨울 바깥 나들이에서 따뜻한 방 안으로 들어가면 심한 온도 차이 때문에 두 볼은 화끈거리며 심하게 달아오른다. 하도 붉고 화끈거려서 침으로 피를 뽑으면 괜찮다는 말을 듣고 많은 피를 뽑아낸 적도 있다. 그후 화끈

거림은 없어 견딜 만하지만 피 뽑은 자욱이 두 볼에 남아 있어 보기에 흉할 정도이다.

수행을 잘하면 맑고 깨끗한 모습을 가지고 있을 텐데 수행을 잘못한 탓인지, 건강에 문제가 있는지 내 얼굴은 늘 보는 이로 하여금 깨끗함을 주지 못하고 있다. 어쩌다 겨울에 내 손을 잡는 사람은 다들 한 마디씩 한다. 약을 먹어라, 꿀이나 인삼을 먹어라 등의 신비의 약방문이 나오지만 여태 신경을 쓰지 않고 그냥 견디어 왔다. 그대신 여름엔 땀을 흘리지 않으니까 좋은 점도 있다.

이러한 체질 때문에 나는 겨울을 좋아하면서도 겨울을 좋아하지 못하고, 찬 공기에 늘 꽁꽁 얼어있는 몸을 녹이는데 연연해 한다. 바깥 활동이 줄어든 겨울은 으레히 방안에서 보내는 시간이 많다. 나의 경우는 많은 시간을 책상 앞에서 글자 놀이를 한다. 그래서 책상이 편안해야 하고 부담스럽지 않아야 한다. 오늘은 내가 가지고 있는 소지품 중 마음에 들어하는 책상이야기를 좀 해야겠다.

내가 사용하는 책상은 많은 돈을 지불한 고급스러운 가구가 아니다. 완전히 폐품을 이용한 것이다. 안암동 기숙사 시절 보타사 창고 구석 자리에 아무렇게나 뒹굴고 있었던 다 낡은 듯한 문짝 하나를 발견하고 웬종일 그 문짝을 다듬고 씻고 칠하여 반듯하게 만들어 놓으니 꽤나 고풍스러워 보였다.

그 문짝 양쪽에다 붉은 벽돌을 놓아 다리 역할을 하게 만들고 그 위에 두꺼운 유리를 깔아서 사용하니 어느 책상보다도 다목적으로 이용을 한다.

길이가 넉넉하여 좁은 공간에서도 넉넉히 사용할 수가 있어 좋고 자료를 요하는 글을 쓸 때는 책을 덮었다 폈다 하는 불편함이 없어 좋다.

물건에 쉽게 짜증을 잘 내는 성격 때문에 물건 구입시 오래 간직하고 싫증나지 않는 것을 택하기 위해 많은 고심을 한다. 고심한 끝에 구입한 것들은 늘 나와 더불어 함께 한다. 이곳으로 거처를 옮겨 오면서 얼마의 책을 제외하고는 자질구레한 물건들은 모두 나누어 주고 왔지만 이 문짝만은 아무에게도 주지않고 짐 속에 실어왔다.

이곳에서는 좁은 방 안 살림 때문에 책상으로 사용할 수가 없어 찻상으로 사용했는데 어느날 벽돌로 쌓아놓은 책장이 무너지는 통에 유리가 산산조각이 났다. 그후 방 안에서 밀려나 신발장 가리개로 이용했다. 문살이 섬세하고 옛솜씨라 그것 하나만이라도 완상(玩賞)할 충분한 값어치가 있지만 그 위에다 예쁜 부채를 만들어 평소에 좋아하는 시 한 수를 써놓고 늘 완상하면서 몇 년을 지내온 셈이다.

새 집으로 이사온 후 따로 책상을 마련하는 것도 경제적으로 부담스럽고 하여 문득 안암골에서 즐겨 사용했던 책상 생각이 나서 목수 아저씨께 적당하게 다리를 만들어 달라고 부탁을 했더니 정말 멋지게 다리를 만들어 주어서 사용하기에 아주 편안하다. 목수 아저씨는 만들어 놓은 것을 보고는 그 위에다 막걸리나 마셨음 좋겠다고 하여 웃음으로 일소했지만 물건이라는 것은 사용하는 사람에 따라 그 용도가 각각 다른 것처럼 내게는 책상이지만 목수 아저씨에게는 술상으로 보이는 것을 탓하고 싶지 않았다.

　10년 가까운 시간을 내 곁에서 때론 책상으로, 찻상테이블로, 가리개로 내게 적지않은 즐거움을 동반해주었던 헌 문짝 하나. 그 문짝 밑으로 옅은 닥종이를 발라놓고 램프불을 켜놓으면 그 불빛으로 비치는 그 은은함은 달빛이 문살을 비집고 들어오는 그런 운치를 느낄 수 있다. 서재 한쪽에다 가즈런히 놓고 한쪽 편에는 간간이 사용하는 붓글씨 도구를 놓고 또 한쪽 편에는 읽고 싶은 책거리와 필기도구를 두고 사용하고 있다.

　다른 사람에게는 아무런 쓸모없는 헌 문짝에 불과하지만 내게 있어서는 많은 즐거움을 동반한다. 나는 이 책상 앞에 앉아서 내 속뜰을 살지우고 영혼을 밝히기 위해 겨울 양식 준비를 알뜰히 준비해야겠다.

　그동안 일 때문에 미루어 놓았던 일들을 하나하나 해결하면서 두번째 시집을 위해 이 책상 앞에서 모두의 마음을 편안하게 할 수 있는 시언(詩言)을 낳을 수 있는 따뜻한 삼동결제가 되었음 더없이 좋겠다.

　원고지를 놓고 창문을 열고 냉한 공기도 마실 겸 서점에 나가 몇 권의 책을 더 춥기 전에 사와야겠다.

대천 해변제

　총면적 67만 평. 국내 유일의 패각분으로 형성된 백사장. 길이 3.5Km, 폭 1백미터의 광활한 면적으로 경사가 완만하여 어린이로부터 노인까지 여름을 즐기는 곳. 한여름 바다 위에 한내인들의 자랑을 모은 문화축제.

　처음으로 해변제가 이루어지던 날, 참으로 즐겁고 힘찬 하루였다. 소비도시로만 알려져온 이곳. 낙후된 문화, 늘 아쉽게만 느껴졌던 차에 해변제를 계기로 문화축제를 활성화시킬 수만 있다면 더할나위 없이 반가운 일이다.

　이곳에서도 서서히 일어서려고 하는 문화운동의 발돋음. 그곳에 동참할 시와 그림을 만든다는 사실이 웬지 내게 있어서는 마냥 아이처럼 즐거웠다.

　장소가 해변인 만큼 바다와 가까운 시들을 골라 그림솜씨가 뛰어난 금연이에게 부탁했다. 금연이는 산업디자인을 전공한 아이인데 시집 『가슴으로 사는 사람들』의 표지를 만들어 주기도 한 내 가까이 있는 아이이다. 금연이의 세련된 그림솜씨가 덧붙힌 시가 서울에서 내려오던 날 난 한내문학을 묵묵히 이끌어 나가시는 장병천 선생님께 작품을 넘기고 몇 일을 들뜬 기분으로 보냈다.

한여름은 바닷가로 나가지 않았던 내가 해변제를 보기 위해 서둘러 바닷가로 나갔을 때 올 여름 한철 무사고를 비는 수신제가 진행되고 있었다. 또 백사장 한쪽에서는 시민화합 체육대회로 제기차기, 닭싸움, 노인 공차고 달리기, 줄다리기, 씨름, 마라톤, 요트 퍼레이드, 행글라이더 시범 운행이 온 하늘을 빙글빙글 맴돌면서 펼쳐졌다.

신광장 송림숲에서는 학생미술사생대회가 열려 꼬마들의 손에서 짙은 크레파스로 바다는 물들여졌다. 코레스 기획이 만든 꿈꾸는 갓바위도 볼 만 했다. 갓바위는 해수욕장 좌측에 있는 기암으로 늙은 낙지의 갓과 옷이 바위가 되었다는 전설에 의해 무용이 구상되어져 한 폭의 그림을 연출했다. 아름다운 율동이 바다 위를 곱게 수놓기도 했다. 파도처럼 세차면서도 부드럽게 울부짖으며 포용하는 듯 다가서는 섬세한 동작들….

아이를 낳고 살림을 하다보니 내 몸매를 돌볼 시간이 없어 엉망이 되었다고 지금이라도 늦지 않으니 내 몸매, 내 건강 보살펴야겠다는 투정을 내게 와서 하던 어떤 아이의 엄마가 용기있게 대중 앞에서 추어댄 에어로빅. 참으로 건강해 보였다.

한쪽에서는 모래조각전, 사진전시회, 시화전과 더불어 시민화합의 구심점인 시민헌장탑 제막식과 조각공원 준공식이 진행되고 있었다.

나는 한쪽 모롱이에 푸른바다를 향해 가고 있는 시화전 장소로 발길을 옮겼다. 몇몇 동호인들이 나를 반가이 맞이하여 주었을 때 미안함이 앞섰다. 함께 뛰고 함께 일해야 하는데 나는 번번이 모임에 합석치 못했으니 말이다.

작품 하나에 발길을 모으면서 감상했다. 회원 한사람 한사람마다 진솔한 자기 감정을 표현하여 작품과의 만남을 통해 좀더 성숙해지려는 것 같았다. 한내문학의 큰 발전이 보이는 것 같았다.

나는 그저 참석인, 관람인으로 끝나면 홀가분해지는 마음이지만 이 일을 추진하고 이끌어 가시는 장병천 선생님은 고 3 담임을 맡고 계시면서도 문학 불모지인 이곳에서 두번씩이나 힘을 모아 동인지도 내곤하였다. 어떤 단체이든 묵묵히 일하는 사람이 있는가 하면 다 해놓은 일에 생색을 내는 사람도 있다.

이 시화전을 열기 위해 회원 한사람 한사람의 원고를 재촉, 확인하고 그 내용에 어울리게 그림을 그려줄 사람을 물색하기에 바빴던 장 선생님의 노력의 댓가가 작열하는 백사장 위에 빛나는 은빛 모래 빛깔보다 더 투명하게 파도를 타고 반사되어 오고 있었다.

종일 한마당 잔치에 어우러져 나라는 존재를 망각한 채 훨훨 갈매기처럼 날고 싶었던 날, 살면서 내가 시를 쓸 수 있는 재주가 있다는 것이 큰 위안이 되었던 해변제. 벌거벗지 못하는 내 모든 것이 그저 아쉽기만 했다.

어릴 때부터 시라는 모양을 만들기 위해 나는 혼신했으며 출가 이후도 나 자신의 싸움에서 팽팽하게 맞선 것이 있었다면 그것 또한 시를 쓰는 일이었다.

또한 나를 수행의 자리에서 버티고 일어설 수 있게 하였던 것도 시였고, 시는 내 생활 모두와 더불어 살아가는 동반자였기도 했다. 때론 내가 부르는 그 시라는 노래들이 너무 연약하고 초췌하다고 느끼면서 쉽게 붓을 놓지 못했던 것은 많은 시간을 시와 더불어 앓았던 불치의 병이었는지도 모른다. 끝내 그 불치의 병을 치유하기 위해서 등단이라는 이름의 이름표를 얻었지만 아직 스스로 시인이라고 말하고 싶지는 않다. 왜냐하면 시와 수행이 둘이 아니기 때문이다. 무르익지 않은 수행인데 무르익은 시가 나올 수 없기 때문이다.

돌솥

얼마전 아는 스님께서 내게 조그만 돌솥 하나를 선물하셨다. 몇 번이나 하나 마련하여야지 하는 생각으로 가격을 알아보니 생각보담 비싼 편이라서 미루어 두었던 것이다. 어느 가게 앞을 우연히 함께 지나다가 저것 꽤 비싸다는 내 말을 귀담아 두셨던지 예쁘게 포장하여 갔다 주시면서 밥 맛있게 챙겨 먹으라고 하셨다.

큰 행사와 법회날이 아니면 나는 거의 혼자서 끓여 먹고 만들어 먹는 것을 해결한다. 몇 년을 혼자서 지내다 보니 대충 끼니를 때우고 지나는 때가 많으며 누군가 오면 이것 저것 요리를 만들어 더불어 넉넉히 먹어두기도 한다.

부처님께 사시마지(점심공양)을 올리고 그 밥 세 끼로 나누어 먹는 것이 내 생활이다. 따끈하게 데우기는 하지만 금방 한 밥과는 비교가 되지 않을 만큼 근기가 없어 돌아서면 허기를 느끼는 편이라 질보다 양을 채우려고 한다.

대중처소에 살 때는 간식이 없어서 그런지 세 끼 밥이 그렇게 맛있을 수가 없었다. 큰 가마솥에 대중들이 먹을 수 있을 양을 조정하여 물을 붓고 아궁이에다 얼마동안 불을 활활 사루다가 밥솥에서 김이 나기 시작하면 재빨리 그 불을 끄고 아궁이 재까지

솥 앞으로 꺼내어 두면 가마솥의 열기로 뜸이 들어 아주 맛있는 밥이 된다. 공양시간에 맞추어 밥을 푸는데 따뜻한 기운이 오래 가도록 관리를 잘하는 공양주가 그 철에 복을 많이 짓는 공양주가 된다.

또한 적당한 불에 눌은 누룽지도 맛있다. 살짝 눌은 누룽지에 일단 물을 붓고 한번쯤 끓이지만 그 끓는 동안 누룽지가 일어나지 않도록 해야 한다. 숭늉이 맑지 않으면 바루를 닦는데 지저분할 뿐만 아니라 그 지저분한 물이 하수구로 버려졌을 때 그 물을 먹는 아귀들이 고통을 받기 때문이다. 아귀는 몸이 거대하고 목구멍은 바늘구멍만 하다. 또 먹는 것이라면 눈에 불을 켜고 그것이 좋은지 나쁜지도 가리지 않고 취하는 습성이 있기 때문에 그 아귀에게 고통을 주지 않겠다는 불교의 자비사상이다.

솥, 물, 불 삼위일체가 되어 만들어 낸 밥. 그것이 어찌 전기밥솥이나 압력밥솥에서 한 밥과 비교될 수 있을 것인가. 하루 세 끼 따뜻한 밥을 챙겨 먹으면 그것이 보약 중의 보약이라고 했다. 우리가 음식물에서 영양을 섭취한 것은 생명을 보전하기 위해서이다. 아무리 호화로운 저택에서 기름진 영양식을 섭취한다고 해도 이 육신은 인연이 다하면 한줌 흙으로 돌아가는 것은 부인할 수 없다. 그러나 이 인연이 다할 때까지 적당한 영양으로 건강을 돌봐야 할 것이며 건강해야만 좋은 생각, 건강한 일들을 해낼 수가 있다.

부처님은 위대한 식양가(食養家)이시다. 인도는 열대지방이라 가능한 열을 식히는 음식을 섭생해야만 견딜 수 있다. 그래서 제자들에게 쇠고기나 물고기 등 비린 것을 먹지 말라고 하셨다. 육식을 금하는 것은 불교의 생명존중의 근본사상에서 살생을 말라는 뜻이기도 하지만 열을 많이 섭취하다보면 수행에 지장을 초래하기 때문이다.

그러나 육식을 금하시면서도 병든 수행자에게는 고기를 먹게 했는데 그것은 깨끗한 고기만을 허용했다. 깨끗한 고기란 삼정육(三淨肉)이다. 자신을 위해 죽이는 것을 직접 보지 않고, 남으로부터 그런 사실을 전해 듣지 않고, 자신을 위해 살생했을 거라는 의심이 가지 않는 것, 또 수명이 다한 고기, 자연사한 고기는 병을 치료하기 위해서는 먹어도 된다고 하셨지만 맛을 탐닉하기 위해서는 먹지 말라고 하셨다.

그뿐만 아니라 냄새가 강한 다섯 가지 음식을 금하고 있다. 마늘, 부추, 파, 달래, 홍거 등이다. 홍거는 우리나라에는 없는 것인데 남방지역에 자생되는 것으로 뿌리는 희고 냄새는 마늘 같다고 한다. 일반인이 즐겨 먹는 음식이고 일상생활에 빼놓을 수 없는 음식이지만 사람은 참으로 습관 들이기에 따라 모든 것이 변하기 마련이다.

음식에도 각각의 향기와 맛이 다르듯이 그것을 섭취하는 사람도 향기, 모습 등이 다르다. 육류를 즐겨 먹는 사람을 보면 성질이 급하고 포악스럽고 거친 반면에 채소를 즐겨 먹는 사람은 대부분 온순한 편이다. 사람뿐 아니라 짐승도 그러하다. 육식동물인 사자와 호랑이, 늑대 등은 하나같이 송곳니다. 그것은 동물을 물어 죽이거나 뼈를 씹기에 편리하게 되어 있다. 초식동물인 토끼, 양, 소, 말에게는 송곳니가 없다. 풀만 먹고 살아가는 그들에게 동물을 죽이기 위한 송곳니가 있을 리 없다.

육류는 원래 사람들이 먹는 것이 아니라고 했다. 자연재배한 것만 먹어야 한다고 했다. 세 끼 밥을 먹어야만 살아갈 수 있는 생활. 조그마한 돌솥에서 익혀낸 밥. 오랫동안 적당한 열기로 보온해주는 돌솥. 이곳 텃밭에서 가꾼 상추, 고추 등으로 제 땅에서 자란 영양식을 난 즐기고 있다.

비록 금기음식은 먹지 않아도 철따라 상품(上品)으로 맛있는 과일을 먹을 수 있고 먹는 것, 입는 것 걱정하지 않아도 되는 내 일상의 삶이 그리 고마울 수 없다. 먹기 위해서 치열한 경쟁 속에 시달리지 않아도 되는 것은 그 모두가 부처님의 그늘이기 때문이다. 삶에 있어 한치의 게으름도 피우지 말아야겠다는 생각이 오월 마지막 하늘에서 내 머리통을 때리고 지나간다. 돌솥을 선물하신 스님의 의도와 마음도 어렴풋하게 알 것 같은 그런 날이다.

부처님 새 옷 입으시다

문 열면 물차오르는 연초록 잎들이 봄의 그늘을 말끔히 가시게
한다. 진달래 꽃들이 온 산천을 물들이고 무성히도 피는가 했더
니 어느새 나무의 아가 눈들이 앞다투어 내미는 모습은 무기력한
마음들을 싱그럽게 만들어 준다.

늘 이맘때쯤이면 나무들은 새 옷을 갈아입기에 여념이 없다.
사람들이 철마다 새 옷을 갈아 입듯이 자연도 제 색깔에 맞추어
단장할 줄도 안다.

나무들이 새 옷으로 단장할 요즈음 나도 법당에 계시는 이곳
부처님께 새 옷을 갈아 입혀드렸다. 이것을 우리네 절집에서는
개금불사(改金佛事)라 한다. 개금은 불상에다 다시 금으로 단장
하는 것을 말한다.

부처님께서는 한때 어머니이신 마야부인을 위하여 하늘나라 도
솔천에 올라가신 일이 있었다. 태어나신 지 칠 일만에 세상을 뜨
셨던 어머니에게 설법하기 위해서였는데 항상 주위에서 시봉하던
아난 존자까지도 부처님께서 어디로 가셨는지 몰랐다고 한다. 갑
자기 부처님이 보이시지 않자 부처님을 사모하는 애틋한 심정을
억누를 길 없던 우진왕은 우두전단향 나무로 불상을 조성하여 경
배하였고 또 파사익왕은 순금으로 불상을 조성하여 모셨다고 한

다. 이때 조성한 불상이 이 세상에 등장한 최초의 불상이다. 이처럼 불상은 부처님이 이 땅에 계실 때에도 이미 신앙의 대상이 되었고 부처님이 열반하신 후에는 경전과 더불어 불교가 전파되는 곳이면 제일 먼저 전해졌던 것이다.

부처님은 서른두 가지의 장엄한 상호를 구족하신 분인데 서른두 가지의 특징 가운데 하나는 부처님의 살색이 금색이라는 것이다. 피부빛이 금색이므로 순금으로 개금해드리는 것이다.

금은 광물 중에서 가장 값진 보물이기도 하지만 오래도록 변하지 않는 물질이다. 마치 부처님의 가르침이 이 세상에서 가장 값진 귀한 보배, 세월이 흘러도 변하지 않는 진리인 것과 같다. 그래서 금으로 부처님의 몸을 장엄한다.

더러는 불상을 조성하고 개금하는 것이 무슨 공덕이 되느냐 하는 사람도 있다. 정성스러운 마음을 가지고 불상을 모시면 비록 돌이나 나무나 쇠로 만든 불상이지만 그 불상은 곧 살아 계시는 부처님과 다름이 없다.

이곳 법당에 모셔진 부처님. 늘 낡은 옷을 입고 계시는 모습을 볼 때마다 불제자로서 시봉을 제대로 못하는 것 같은 송구스러움이 들었었다. 마침 도반 스님으로부터 개금불사를 하는 스님을 소개받았다. 탱화와 불상 조성에 앞서 포교를 생각하신다는 얘기에 나는 선뜻 이곳의 불사를 부탁드렸다. 대구에서 이곳 대천까지는 꽤 먼거리이다. 대천에 도착하여 보니 적어둔 전화번호를 가져오지 않아서 거리에서 두 시간 가량 헤매었고 되돌아가고 싶은 생각까지 일어났지만 개인 일이 아니고 부처님 일이라 참고 인내하며 물어 물어서 찾아왔던 스님. 갓 40을 넘은 조그마한 체구에 당차보였다. 불교에 관한 모든 예술적이고 기술적인 부분들이 스님들의 무관심 속에 타인에게 빼앗겨가고 있는 추세인데도 당당히 그 몫을 다하고 있는 분이었다. 참으로 부처님의 진리처럼 보배스러운 분이다.

'이뭣꼬'만 하면 되는 한국불교의 풍토에 환쟁이 스님이라고 멸시하고 찬 눈길을 보였지만 누군가는 이 길을 해내고 전수해야 한다는 생각으로 견디어 왔다는 혜원 스님. 요즈음은 그런대로 절집도 많이 개방이 되어 현대교육을 섭렵할 수 있게끔 도와주기도 하지만 10년 전만 하여도 글을 쓰는 스님, 그림을 그리는 스님, 음악을 하는 스님이라는 것은 상상도 못할 뿐더러 승려 취급도 안해주려는 인식들이었다. 불교방송국이 생기기 전에 스님이 음악을 담당하는 DJ라는 것은 이해할 수 없었다. 이제는 쉽게 말해 전문분야를 이해하고 인정해주려고 한다.

그 찬 눈길 속에서 꿋꿋히 한 길로 매진한 혜원 스님. 2박3일 동안의 이곳 불사에서 스님의 손놀림 하나 하나는 모두가 화두였고 완성에 이르기까지 그의 눈빛은 흐트러짐이 없었다. 이곳 일이 끝나자 마자 다음 불사지로 향하는 스님. 난 많은 스님 후학들을 길러주길 바랬고 스님 역시 불화를 강의하고 전수할 수 있는 전당을 세우길 원하면서 떠났다. 혜원 스님의 작품, 신도님들의 불사금으로 세원사의 부처님은 새 옷으로 단장하시고 모든 중생들을 향해 근엄한 모습으로 가까이 다가오고 계신다.

철 지난 바다

내가 사는 곳에서 자동차로 20분 정도 가면 서해안의 으뜸인 광활한 대천 해수욕장이 있다. 대천 해수욕장은 동양 유일의 조개가루 백사장을 가진 곳이며 수심이 완만하고 공해가 없으며 가장 서민적이고 인간적인 향기가 물씬 풍기는 곳이다.

옛시인은 대천 해수욕장을 두고 이렇게 읊었다.

"현호(玄湖)와 같구나. 여기가 중국에서 아름답다는 기주(沂洲)인가. 거듭 아름다운 풍경을 돌고 돌리며 몇 해를 돌렸는가. 지금 어린이들 몇몇이 바다물창을 치고 있는 것만 이야기 하지 말라. 사람들이 만 명이 스쳐갔고 그 스쳐간 인파는 지금 보이지 않으나 물구비가 갈라 흐른다."라는 시조가 나올 정도로 여름엔 너나없이 훨훨 벗고 찾아와 해변의 낭만을 즐긴다.

또한 해수욕장에서 쪽빛 파란 물과 시원한 해풍을 따라 30여 분 정도 유람선의 힘을 빌리면 천년이나 씻겨온 바닷물에 섬돌 모두가 예쁘고 보석 같다는 다보도를 볼 수 있다. 다보도뿐 아니라 인근에는 아름다운 섬들이 많다.

외연도, 멀리 떨어져 마치 연기에 가린 것처럼 보인다 하여 외연도라 하는데 중국에서 우는 닭의 울음소리가 들린다는 서해안 한복판에 위치한 섬이며 동백숲이 아름다운 곳이다. 여우섬이라는 호도가 있고, 원산도, 삽시도, 노도가 있다. 이러한 아름다운 곳을 찾아 대천역 정류소 곳곳에는 많은 인파가 몰려 어쩌다 나가는 시내 나들이도 힘들 만큼 대천의 여름은 많은 사람들을 맞이하고 보내기도 한다.

산이 아버지라면 바다는 어머니라고 하고 싶다. 어머니는 아이를 낳을 때마다 서말 서되나 되는 엉킨 피를 흘리며 여덟섬 너말이나 되는 흰젖을 먹이면서 아이를 키워낸다. 그런 어머니같이 푸근한 바다에 안겨 바다의 모든 것을 가져 가려고 몰려들지만 결국 인파의 전쟁을 마치고 사람들은 돌아간다.

난 바다 가까이 살면서도 여름에는 바다에 나가지 않는다. 왜냐하면 회색의 특수한 차림으로 가장 원시적인 정열과 본능을 적나라하게 드러내놓고 즐기는 그들에게 이질감을 줄 필요도 없지만 내가 부비고 들어설 틈이 없기 때문이다. 산중에 살 때는 도회지 사람들의 찌든 스트레스 행락에 여름안거를 내내 짜증스럽게 보내기도 했다. 지금은 인가 가까이 있는 도량이기는 하지만 정진에 아무런 장애를 받지 않을 만큼 한가롭고 조용해서 사람들 때문에 고통을 겪지 않는다.

보기만 하여도 시원한 대나무 문발을 내리고 그 문발 사이로 보이는 뜨락의 잔디, 맞바람 부는 곳에 몇 개의 난분을 두고 오르는 꽃대를 완상하는 일, 해질녘 문발을 반쯤 걷고 내다 볼 수 있는 초록의 여름들판.

길 건너 도로에 끊임없는 자동차의 물결, 피서객의 큰 움직임인 기차의 여운소리, 텃밭에서 가을을 서서히 기다리는 여름의 생명들, 고개들면 볼 수 있는 공간에서 이것저것 가리지 않고 읽어가는 독서, 이렇게 여름을 보내고 나면 난 여름이 할퀴고 간 바다를 가끔씩 찾는다.

때론 아는 이들이 오면 꼭 철지난 바닷가에 가서 한잔의 차라도 음미하고 온다. 지난 겨울, 서울 생활을 잠깐 쉬고 바다를 보고 싶어 온 도반과 함께 새벽바다부터 밤바다까지 볼 수 있었다. 새벽바다에서는 차오르는 물안개 사이로 얼비치는 힘찬 파도를 볼 수 있었고 한낮의 바다에서는 간조와 만조의 차이가 확연하게 드러난 모래사장을 보며 비좁은 나의 가슴을 열어 주는 감을 맛볼 수 있었다. 밤바다에서는 꿋꿋한 삶의 의지를 느낄 수 있었다. 드문 드문 해변을 거닐고 있는 여유만만한 사람들과 스치면서 종일 바다에서 보낸 하루. 그날 난 바다에 대하여 논하지 않아도 바다가 함유하고 있는 그 모든 것을 느끼고 배웠는지 모른다.

바다는 그 어떤 것도 거부하지 않고 받아들이며 사람들의 그 편리함 때문에 지쳐있고 오염되어 있지만 하나의 흐틀림 없이 감내하고 받아들이는 겸허한 자세를 가지고 있다. 바다는 성가시고 귀찮은 일에도 사람보다 더 많이 커다란 참을성을 가지고 있으며, 바다는 안으로 모든 형색을 갖추고 키우는 것이 마치 산모가 열 달 동안의 산고를 겪는 것과 같다.

우리는 피서철이라는 잘 길들여진 관습 때문에 바다가 주는 큰 의미도 잊은 채 몇 일의 물놀이로 바다에 왔다가 의미없이 간다. 그래서 여름이 지나면 으레히 철 지난 바다라는 호칭이 주어지는데 정말 바다를 좋아하는 사람은 물놀이 하나로 만족해 하지 않으며 철지난 바다를 더불어 할 것이다. 이제 내려진 문발을 걷고 바다에 나가 볼 생각이다. 그리고 묵묵히 바다를 완상하고 올 것이다.

말 빗

밖엔 봄비가 촉촉히 내리고 있다. 봄비는 가늘어 소리가 없다. 봄비가 그치면 땅은 아주 깊이 밀도 있게 하늘을 향해 기지개를 켤 것이다. 그 기지개의 힘따라 잎과 가지는 가장 알맞은 옷을 입고 다문 입술을 하나씩 하나씩 터뜨려가면서 봄을 불태울 것이다.

때때로 철마다 찾아드는 자연의 신비는 삶의 즐거움을 매양 새롭게 해주는 위대한 힘을 가지고 있다. 그 힘에 의해 밖의 뭇 사물들은 봄의 기운을 맞으며 단장하기에 여념이 없고 봄비도 촉촉히 땅을 적시고 있는 것이다.

그런데 나는 아직도 겨울 옷을 벗어버리지 못하고 있다. 소리 없이 가끔가끔 앓을 때 놀라는 것은 건강에 적신호의 깃발이 맴돌고 있다는 것을 알 때이다. 한겨울에 장희 엄마와 준이 엄마가 손수 약을 조제해 주었는가 하면 석임이 엄마가 비싼 보약 한 제를 지어 주었는데도 나는 그분들의 정성의 효과도 보지 못하고 아직도 추워 하는가 하면 심한 한기에 몸서리를 치면서 지낸다. 몸 속에서 열을 만들지 못하는 체질 때문에 한기를 느끼면서 '병고로써 양약을 삼으라'는 성인의 말씀으로 큰 위안을 삼고 지내는 것이 요즈음의 내 생활이다.

한동안 오른팔이 쓸 수 없도록 통증이 와서 오늘은 하는 수 없이 한의원을 하는 신도에게 신세를 좀 졌다. 물리치료도 받고 침도 맞고 몇 첩의 약봉지도 들고 왔다. 손수 약을 다리고 있는데 웬 중년남자가 일가족을 데리고 들어왔다. 처음에는 그냥 구경을 하러 왔다고 하더니 나중에는 도움을 청하는 것이었다.

아내가 보증을 잘못 서서 전 재산을 잃고 거리에 나앉은 신세인데 어디 시골 빈집이라도 구할 수 없을까 하고 찾아다니는데 기름값이 없으니 도와달라고 했다. 이런 종류의 사람들이 가끔 찾아온다. 나는 그 사람들의 이야기가 사실인지 거짓인지 상관하지 않고 주머니 속에 있는 그대로의 금액을 챙겨서 그것도 정중하게 봉투에 넣어서 준다. 행색이 아주 초라한 거지한테도 그런 성의를 보이고 나면 두번 다시 나에게는 구걸하러 오지 않는다.

행색이 멀쩡한 사람들은 대부분 찾아와서 자신이 아주 철저한 불교신자라고 표현을 하고 어떤 어떤 절에 나간다고 말하면서 동정을 유발하는 이야기를 한다. 또 돈을 반드시 갚겠다고 약속을 수없이 하고 가는 것이 그들의 특색이다. 그것이 수법이라는 것을 알면서도 나는 속아준다. 그리고 이내 잊어버린다. 오늘 또 나는 그런 종류의 사람들을 맞이했고 또 그렇게 보냈다.

말도 해놓고 실천하지 않으면 빚이 된다. 누구나 다 그러하겠지만 나는 약속을 잘 지키지 않고 말이 많은 사람을 제일 싫어한다. 분명하고 확실해야 한다. 이것도 아니고 저것도 아니고 미련을 두는 행동은 더더욱 싫어한다. 말이 많음은 일종의 습관이며 머리에 사고가 없는 사람일수록 더 그런 듯하다. 자기가 하지 못하기 때문에 남이 하는 일에 더 시비하고 간섭이 심하다.

　말이라는 것은 사람의 사상과 감정을 노래하는 소리이다. 좋은 감정으로 표현한다면 상대도 좋은 감정을 느낄 것이고 말 속에 시기와 질투가 서려 있다면 상대도 같은 감정을 느낄 것이다. 말이란 흘려버리면 그만인 것 같지만 언젠가는 그 말이 되돌아와서 알게 모르게 과보로 받을 것이다.

　나는 가급적이면 내 눈으로 보지 않은 것, 확실치 않은 것은 잘 말하지 않는다. 더더욱이 소문은 사실과 다른 결과들이 많기 때문에 소문과 추측으로 그 사람 됨됨이를 판단하지 않는다. 말이란 것은 언제나 개개인의 생각과 감정이 첨부되기 때문에 본 의도와는 다르게 군더더기가 포함되기 때문이다.

　추측도 그러하다. 자기가 그런 경험이 있기 때문에 다른 사람도 그러할 것이라는 자기의 생각 생각이 개입되기 때문에 직접 보고 듣는 것이 아니면 그냥 듣고는 흘려버린다. 그렇지 못하면 대인관계는 원활하지 못할 것이다.

　소문은 반드시 일시적인 고통을 수반한다. 그렇다고 왈가왈부하게 진실을 밝힐 필요는 없다. 소문은 소문으로서 실체가 없기 때문에 곧 사라져버린다.

　내 주위의 어떤 불자는 지키지 못할 약속을 밥먹듯이 한다. 처음에는 그 이야기들에 귀를 기울여 주다가 나중에는 건성으로 듣고 만다. 또 부처님과의 약속도 쉽게 했다가 머리도 꼬리도 없이 넘겨버리는 불성실한 사람도 있다. 나는 그런 사람을 볼 때마다 힘이 빠진다. 또, 그런 사람들은 남이 하는 일에 왜 그렇게 시시비비가 많은지 모르겠다.

　수행승도 인간이다. 인간이면서 부처님의 가르침을 통해 부처를 닦고저 한다. 피나는 노력으로 자신을 연마하고 만약 밖에서 엉뚱한 일을 본의 아니게 했더라도 돌아와서 더 철저하게 무상함을 느끼는 것이 수도승의 특색이다. 먹고 살기 위해 승복을 입고 가정을 이끌어 가는, 승려를 직업으로 하는 사람도 있겠지만 홀로 가는 사람들은 대부분 자신과 싸움에서 냉정한 사람들이다. 사람들 중에는, 어쩌다 수행승이 자신들이 행동하는 일부분을 잠깐 했다고 해서 의아한 눈초리로 주시한다. 그것은 그 사람 스스로가 만들어 놓은 자기의 굴레에 갇혀서 자기 마음대로 저울질하기 때문에 그런 것이다. 뜻하지 않은 재난이나 불구의 몸이 되거나 소원이 이루어지지 않는 인과가 바로 전생에 부처님을 비방했다든지 스님을 비방한 죄의 결과라고 인과설에서는 전하고 있다.

옛날에 어떤 스님 한 분이 만행을 하다가 하도 배가 고파서 견딜 수가 없었다. 그래서 어부들이 생선을 끓이고 있는 곳으로 가서 요기를 했다고 한다. 스님은 그 댓가로 법문을 하려고 했더니 그중 한 어부가 스님은 살생을 금하는 부처님 법을 어긴 분인데 무슨 법문을 하겠으며 이제 또한 어떻게 낯을 들고 다니겠느냐고 다그쳤다고 한다. 하여 스님은 그 어부들 앞에서 먹은 것을 토해 내었다. 그랬더니 먹었던 생선들은 살아서 다시 물 속으로 들어갔고 스님은 그 어부들에게 진짜의 살생은 어부들이 저지르고 있다는 것을 말없이 일깨워주고 떠났다는 일화가 있다.

이것은 도를 닦는 사람과 어부들의 생각 차이라고 할 수 있다. 도를 연마하는 사람은 행동과 음식은 도를 닦는데 필요한 것으로만 쓰이고 있으며 다시 환원되고 회향되지만 생계유지를 위해 살아가는 어부들은 근본적인 살생을 거듭한다는 교훈이다.

요즈음 나는 많은 말들을 잃고 있다. 누가 찾아오지 않고 전화가 없으면 종일 한 마디 없이 지내는 하루이지만 그래도 말을 줄이고 싶다.

나는 조그만 사찰 하나를 일구어 그것 유지하는 데만도 많은 말을 흘려버리고 있다. 개중에 책임지지 못할 말들도 때론 했을 것이고, 남의 가슴을 아프게 한 적도 있을 것이고, 때론 빈말도 있었을 것이다. 글을 쓰는 이 펜이 때로는 다른 사람을 해롭게 하는 칼일 수도 있을 것이다.

기도로써 사루고 싶다. 상부상조의 인간관계라 하지만 가능한 정화된 말을 하면서 살아 가고 싶다. 때론 주위에서 나를 비방하는 말들이 나를 괴롭힐지라도 그것은 무의식 속에 남을 아름답게 보지 못한 나의 과보라 생각하며 적어도 말빚만은 지지 않고 살아야겠다.

내가 보내는 명절은

밖엔 명절을 시샘이라도 하는 듯 삭풍의 거친 울부짖음이 온 천지를 뒤흔들어 길을 나선 사람들의 발걸음을 묶어 놓았다. 민족대이동의 날이다. 이런 날 밤 발자욱 소리에 예민한 이웃집 개 짖는 소리보다 다 거칠게 불어대는 바람 소리에 나는 잠에서 자주 깨어난다. 깨어난 나의 눈망울은 어느새 빈방을 메우는 찬 공기에 동요되어 잊은 듯 새벽을 맞이하게 된다.

한동안 내 생활 뒷편에서 자질레한 일들을 도와주던 정희 보살이 구정이라 고향에 다녀오마 하고 내려가서 그런지 전에 없이 사람의 훈기가 그립고 빈 자리가 눈에 보여 더 허허롭게 명절을 맞이 하게 된 셈이다. 이런 날이 오면 서점에 가서 우선 몇 일 동안 볼 수 있을 몇 권의 책을 구입하고 차례지낼 시장보기가 끝나면 돌아와서 문을 잠근다. 그리고 수화기를 내려놓고 책을 보기 시작한다. 이것조차 지루하다는 생각이 들면 시계소리도 죽이고 좌복 위에서 내 내면의 소리에 귀를 기울인다. 그러다 바깥 공기가 그리우면 바다에 나가본다. 넓은 바다의 품에 안겨 속뜰을 말끔히 씻고 돌아오기도 한다. 명절마다 이 반복되는 버릇으로 지낸 지가 몇 해나 된다.

혼자 있어도 나는 명절 분위기를 만끽하기 위해 왼종일 음식 만들기 정진에 몰입하기도 한다. 이번 구정에는 석남사에서 묻혀 살 때 맛있게 만들어 먹었던 강정과 유과 생각이 나서 만들어 볼 생각을 했는데 너무 번거로운 것 같아 그만 두었다. 가까운 광천에 가면 강정과 유과만을 전문으로 만들어 옛맛과 똑같이 정성을 내는 아줌마가 있다고 하여 일부러 그 맛을 음미하기 위해 사왔다. 도반들과 함께 만들어 먹었던 그 맛은 아니었지만 어쩌다 찾는 세배꾼들에게는 별미의 맛인 것 같아 풍요로와 보인다. 대중에서는 명절 하루를 위해 산중공양 음식을 몇날 몇일 동안 만든다. 그중에 빼놓을 수 없는 것이 여러가지 복합된 과자인 강정과 유과가 별미이다. 이것은 정월달 내내 손님상에 오르고 선물로 보내지게 된다.

몇 일 동안 마련한 음식을 부처님께 공양하고 세배드린 후 대중 모두 평등하게 분배하는 것이 절집의 질서다. 대중 모두 모여 윷놀이도 하고 산을 좋아하는 수좌들은 음식을 싸들고 겨울 산행을 즐기기도 한다. 명절날 하루는 온 산중 전체가 대 휴식에 들어가는 날이기도 하다.

더불어 지내는 이 포근한 즐거움은 없지만 명절을 고향에서 보내고 오는 이웃들과 담소하며 나누어 먹기 위해 흰떡가래도 빼놓고 만두도 빚고 강정과 유과도 올해는 마련해 보았다. 세원사가 마을 가운데 있으면서도 때론 산중보담 더 고요스럽고 번거로움이 없어 좋다. 또한 생활에 적지 않은 고요로움을 주는 이 편안한 시간은 이웃들이 모두 떠난, 달력에 빨간 글자가 몇 일씩 있는 날이다. 가까운 도반들은 이런 내 성격을 파악하고 미리 전화들을 해준다. 특히 서울에 사는 설봉 스님은 평소에 연락이 없다가도 설날과 추석이 되면 잊지 않고 전화를 해주는 스님이다.

나는 늘 생각한다. 수행이라는 것이 멀리 있는 것이 아니고 생활 하나하나가 바로 수행이라고 생각하기 때문에 소홀히 살아갈 수가 없고 혼자 기거한다고 대충대충 일을 해결하려고 하지 않는다. 주어진 내 시간들은 다시 내 곁에 머물 수 없기 때문에 순간순간 나 자신에 부끄럽지 않게 열심히 살려고 한다. 어쩜 가장 철저한 이기적이고 독선적인 요소들만 가진 체질인지 모른다.

오늘 이 명절 여유를 즐기고 있는데 불현듯 찾아온 사람이 있다. 아는 치과 의사였다. 5년 전 신심이 강한 그의 친구에 의해 세원사 청년법회에 단 한번 얼굴을 내민 사람이었다. 그는 가까운 곳 보건소에서 군 복무를 하고 있어 치대를 졸업할 사람이란 것밖에 아는 것이 없었다. 그후 그는 고향인 이곳에서 병원을 개업했고 얼마후 결혼까지 했다. 그리고 지금은 갓 돌이 지난 사내아이도 있다. 나는 몇 차례 그에게로 가서 치료를 받은 적이 있다. 그때마다 그는 청년법회에 한번 나온 인연으로 늘 무상보시의 덕을 내게 베풀었다. 내가 치료일로 그의 병원을 찾는 일이 없으면 얼굴 마주치는 일은 거의 희박하다.

그런 그의 집안은 기독교 집안인데도 부처님 오신날은 꼭 세원사를 찾아와서 한끼의 공양을 하고 가는 여유로움도 보여주곤 했다. 나는 종교문제로 그에게 그 어떤 것도 강요하거나 주입시키지도 않고 확인시키지도 않는, 잠깐 내 곁을 스쳐 지나가는 이웃에 불과한 사람이라 생각한다. 늘 과묵하고 무언가 생각에 잠긴 무거운 분위기를 가지고 있는 인상이라 편안하게 이야기를 나눈 적은 없었고 그럴 기회도 없었다. 평소 때보다 좀 수척해보이는

모습으로 나를 찾아와 아주 가까운 이웃처럼 자기의 이야기를 줄
줄 풀어나갔다.

  그동안 기반을 잡아 어느 정도 숨돌릴 만한 병원을 후배에게
넘겨주고 자기는 개업의사가 아닌 자기 성찰의 공부를 위해 대학
원에 들어가 연구하고 공부를 하겠다고 했다. 그동안 마음의 의
지가 되었던 세원사에 인사차 왔다고 했다. 사람들은 떠날 때 주
변정리를 소홀히 하고 떠난다. 다시는 인연이 없을 것 같은 마음
이지만 사람은 또 만나게 되어 있다. 주변의 사람을 떠난보낼 때
보면 그 사람의 됨됨이를 파악하게도 된다. 나 같은 수행승에게
인사 없이 떠나도 나는 별 섭섭해 해야 할 이유도 그에게는 없었
기 때문에 그 인사라는 말에 좀은 당황했고 의외라고 생각했다.

  그의 결단이 그를 바라보고 사는 가족들에게는 적지 않은 충격
이겠지만 내게는 신선했다. 보기 드문 젊은이라는 생각에 그 용
기를 박수로 치하하고 싶은 심정이다. 그는 어렵사리 대학을 졸
업했고 또 어렵게 개업을 해서 가족의 생계를 그가 책임져야 하
는 어깨가 무거운 사람이라는 것을 친구를 통해 짐작하고 있는데
남들이 다 부러워 하는 안정된 부의 축적 수단을 과감히 버릴 수
있다는 것, 이제 삼십 초반에 선 그 젊은 의사에게 느끼는 것은
객기가 아니었다.

  요즈음 우리 주변은 가능한 노력하지 않고 일확천금을 노리는
어리석음들이 물결치고 또 돈이면 모든 것이 다 해결된다는 단순
한 생각에 돈에 끌려다니는 노예가 되고 만다. 때론 돈이라는 존
재가 없으면 많은 불편을 느끼지만 모든 것이 오염되어가고 있는
요즘 자기가 몇 년 동안 가꾸고 다듬어 놓은 부의 가치조차 부정

해버리고 홀연히 떠나고자 채비를 하는 이 의사에게 내 이야기들이 군더더기가 될 것 같아 따뜻한 차 한 잔으로 답례를 했다. 후일 그는 또 어떤 모습으로 나를 찾아 올까하는 의문을 남기면서 말이다.

유난히도 바람이 많은 이번 구정 새벽녘에 나간 전기는 아직 돌아올 줄 모르고 부처님께 공양올린 김빠진 떡국을 먹으면서 나의 한해는 또 이렇게 문을 연다.

작은 음악회에 갔던 일

가을이 이제 들판에서부터 산에 이르기까지 그 빛을 서서히 거두어 들이기 시작한다. 이른 아침과 늦저녁 뜨락에 내려 서면 냉기가 발목까지 차오름을 느낄 수 있는 그런 날씨인 것 같다. 왜냐면 벌써 따뜻한 것이 싫지 않으니 말이다. 계절에 따라 사람이 마음에 변화를 주는 것은 외부로 보이는 것을 느끼는 것도 있겠지만 체감으로 느끼는 기온에서 오는 것이 제일 먼저일 게다.

날씨가 더 차갑기 전에 가꾸어 온 잔디밭에 풀썩 주저앉아 걸림없는 가을 하늘을 보면서 가을의 배찬 새 소리를 듣고 싶은데 잦은 가을 비 때문에 늘 젖어 있어 마음 놓고 한번 앉아보지도 못한 채 차거움을 받아들여야 할 것 같다. 우리들은 가을이 되면 모든 것을 용서하고 사랑하고 넉넉해지려고 한다. 또한 모두들이 가을엔 한번쯤 길을 떠나고 싶어 한다. 사는 자리에서 일상의 모든 것들을 잊고 홀로 훌쩍 가고 싶은 곳으로 가서 자기 자신을 성찰해보는 것도 넉넉한 가을에 더 넉넉해지기 위한 수단이 될 것이다.

나는 얼마전 공주 KBS가 주최하는 가을 음악회에 갔었다. 잠시 TV화면에 자막이 나오는 것을 보고 한번 다녀올까 생각을 하다가 그날 일상적인 바쁜 일을 마무리하고 달려가 보고 오기엔 너무 피곤한 하루이기에 생각만 일으키고 포기했었다. 그런데 아는 선생님 한 분이 음악회에 동행하지 않겠냐는 전화를 해주셨다. 나는 어쩜, 내가 잠시 생각을 일으킨 것을 들킨 것처럼 흠칫 놀랐으나 이내 응락하고 말았다. 피곤함 때문에 차라리 푹 쉬는 것이 그날 나에게 간절할 것이었지만 모처럼 나설 수 있는 공간에서 무디어져 가는 내 감성들을 일깨우는데 한몫을 하자는 욕심도 있었다.

아이 엄마들은 모처럼 다가온 가을 밤의 음악회를 놓칠까봐 아이를 등에 업고 손에 잡고 삼삼오오로 몰려왔다. 문예회관은 시끄러운 장소였지만 음악회가 시작되고부터는 걱정했던 아이들의 울음소리는 음악 소리에 묻혀 잠이 들었고 나의 피곤도 어느새 곤두박질하여 달아나고 없었다. 소도시 소시민을 위한 작은 음악회였지만 한동안 내 감성들을 환상적인 색채로 순화할 수 있었던 것이 좋았다. 하나하나 흐르는 그 선율의 맑음은 싱싱한 샘물과도 같았다.

그날 그 음악회에 가장 인상깊었던 것이 있었다면 피아노를 연주하는 임동창 씨였다. 눈에 익은 삭발에 화려한 무대복이 아닌 회색 옷차림. 처음엔 음악에 심취한 나의 도반이 아닌가 하는 생각이 들 정도로 그에게서 풍기는 이미지는 걸림없이 사는 수도승처럼 보였다. 아주 작은 체구였지만 무대 위에서 그가 치는 피아노 소리는 광활하면서도 섬세한 힘을 일으키고 있었다. 그 힘은 여느 음악회에서도 느끼지 못한 큰 심취성이 깔려 있었고 피아노뿐 아니라 우리 음악인 국악편에서 그가 보여준 그 멋진 장고 치는 솜씨는 무대를 가득 메워서 매우 인상적이었다. 그 모습은 돌아오는 길에서도 내내 머리 속에서 지워지지 않았다.

음악은 인류의 역사 속에서 한번도 멈춘 적이 없었다고 한다. 중세 바로크, 고전, 낭만의 시대를 거치며 위대한 유산을 우리에게 물려주고 있는 것도 음악이다. 음악은 인간의 사상이나 감정을 주로 악음(樂音)을 소재로 하여 나타내는 예술이라고 한다. 우리는 이러한 음악을 통해 우리의 정서를 살지우고 인간적 성숙의 자양분이 되는 힘을 얻는다. 이런 음악을 통해서 살면서 조금은 덜 급하고 조금은 덜 각박한 생활을 꾸려 나갈 수 있다면 우리의 넋들은 숭고하게 고양될 것이다. 우리들은 흔히 즐거운 일에는 반드시 음악을 찾고 노래를 한다. 여과된 화음을 통해 즐거움을 더 하자는 것이겠지만 아마 음악을 싫어하는 사람은 없을 게다. 유행가 가사 하나 하나에도 흘려버릴 수 없는 인간적 철학이 담겨 있기 때문에 우리들은 그러한 것을 통해 동질감을 느끼며 스스로 위로받고저 하는 것일 게다.

초발심자경문에 사미를 경계하는 글 중에 이런 것이 있다. "부자가무작창고왕관청(不自歌舞作唱故往觀聽)" 즉, 처음 입문하는 수행자는 스스로 춤추고 풍류잡히지 말며 가서 보지도 말라는 말이다. 노래는 입으로 하는 오락이며 춤은 몸으로 하는 오락이며 풍류는 악기로 하는 오락을 말한다. 이같은 오락에 도취하다가 보면 마음이 객관경계에 끄달려 치닫게 되므로 마음을 한 곳에 모아 정진수도하는데 방해가 되기 때문에 금하고 있다. 이러한 것을 볼 때 불교에 묻혀사는 수도승은 노래 소리가 어쩜 무거운 소리로 들릴지는 모르지만 여기서 주는 교훈이 무엇인가를 우린 알아야 한다. 또 법화경에서는 만일 사람으로 하여금 좋은 음악을 베풀어 부처님께 공양하며 환희심으로 노래와 게송을 읊어 부처님 덕을 찬송한다면 다 불도를 이룰 것이라고 했다.

요즈음 옛날과 달리 절집에서도 찬불가를 가르치고 합창단을 조직하고 있다. 노스님들은 무슨 법당에서 노래 소리냐고 아직 용납하지 못하시는 분도 계시지만 옛 것을 숭고히 지니는 미덕도 중요하지만 옛 것을 현대적으로 살려내 불법에 융화하여 심어준다면 어렵게 느껴진 불교를 쉽게 접할 수 있는 계기가 될 것이다. 어떤 사찰에서는 찬불가 노래방도 운영한다고 하니 머지 않아서 찬불가로 불공을 드리는 시절이 올 것이라는 생각도 든다.

나는 음악을 좋아는 하지만 깊이가 없다. 남이 부르는 소리에 곧잘 심취는 하지만 나는 노래를 잘못 부른다. 가끔 여행을 떠날 때 찬옥이를 동행해보면 그 아이는 내 운전의 피곤을 잊게 해주려고 쉼없이 노래를 불러준다. 어쩌다 귀에 익은 소리에 내가 흥얼거려 보면 그 아이는 내게 그 노래를 가르쳐 주려고 하지만 나는 배워도 금방 잊어버린다. 부를 수 있는 기회가 없기 때문이기도 하겠지만 소질이 없다는 것이 더 정확한 표현일 것이다. 그 많은 노래의 가사를 머리 속에 기억하는 일은 아마 천부적인 소질일 것이다. 한번씩 만나면 부담없이 노래를 곧잘 불러주던 찬옥이도 다음 달이면 결혼을 한다. 이제 그전처럼 그 아이에게 노래를 들을 기회는 없을 것 같다.

일전에 불교방송에서 찬불가 가사를 부탁하기에 청을 들어 주었더니 얼마의 원고료가 나와서 어디에 쓸까 한참을 궁리하다가 가사를 지어주고 얻은 돈이니 음악과 관련된 일에 쓰고 싶었다. 그래서 수행자에게 어울리지 않는 모습이지만 작은 오디오 하나

를 구입했다. 한가히 마음 놓고 감상할 시간적 여유는 없지만 가
끔씩 듣고 더 좋은 가사를 쓸 수 있는 영감을 얻어 모든 사람에
게 공양을 올릴 수 있다면 이 또한 즐거운 일이 아니겠는가.

기호음료

요즈음 전에 없이 간간이 커피를 마시는 습관이 생겼다. 서울에서 다니러 온 금연이가 휴가선물이라고 한참이나 마실 수 있는 양을 사다 주었다. 시골이라 구하기는 힘들지만 만약에 커피를 마신다면 향기와 맛이 은은한 원두커피를 마시겠노라는 내 이야기를 잊지 않은 그 세심한 마음의 향기가 커피향기와 더불어 하루에 한번씩 와 닿는다.

아마 커피 분량이 다 줄어들고 없어질 때까지 그 생각을 하면서 마시게 될 것이다. 절집에 살면서 나는 전혀 커피를 마시지 않았다. 주위에 커피를 즐겨 마시는 분들도 없을 뿐더러 채소가 위주인 우리들 식생활에 커피는 위에서 순순히 받아들여지지 않고 거부반응을 일으키기 때문에 마시지 않았다고 하는 편이 더 정확하다.

이곳에 내려와 사람 만나는 일이 잦아지다가 보니 만나는 장소, 가는 곳마다 으레 음료로 나오는 것이 커피다. 상대의 기호도 물을 필요없이 당연히 마실 수 있겠지 하는 식의 음료이다 보니 접하는 기회가 자연스러워졌다.

처음에는 마시는 일이 매우 곤욕스러워 당당히 거절도 했지만 그럴 때마다 번거롭게 다른 음료를 가져오는 수고스러움을 시키는 것 같아 한두 번 마시다 보니 생활의 습관에 자연스럽게 안주해버린 셈이다.

하루에 한잔 외에 더도 덜도 마시지 않지만 그것도 오전에만 마신다. 오후에 어쩌다 마시고 나면 카페인 성분인지 아니면 예민한 탓인지 밤을 새우는 일을 겪게 된다. 이것은 커피뿐 아니라 녹차도 마찬가지다. 한번은 성효 스님 방에 갔다가 계속 차를 마시길 권하는 통에 늦도록 마신 덕으로 나는 그 밤을 고생한 적이 있다.

가능한 오전 중으로 마시는 이유 중에 하나는 처진 생활 리듬에 생기를 보태고 싶기 때문이다. 왜냐하면 나는 여태까지 오전에는 늘 머리가 무겁고 눕고 싶은 생각이 더 많기 때문이다. 다른 사람들은 오전에 머리가 맑다고들 하지만 나의 경우는 차라리 새벽시간은 잠을 자는 것이 편하다. 그래서인지 이것도 하나의 나의 나쁜 습관이겠지만 아침 예불이 끝나고 법당에서 내려 오면 눈을 부쳐야 하루 생활에 지장이 없다. 오전에 카페인 성분의 음료를 한 잔쯤 마시고 나면 내 정진에 졸음이 없어진다. 행자때일 것이다. 마을집에서 익혀온 커피인이 입안 가득히 고여 있어 한동안 커피 마시고 싶어 커피 생각만 한 적이 있다. 후원에서 허드렛일이나 공양주 소임이 주어진 행자에게 감히 커피를 마시고 싶다는 생각은 사치스러움이었고 누구에게 말할 수 있는 값어치도 못 되었다. 왜 그리도 마시고 싶었는지 몇날 몇일 고민을 하다가 시장에 나가시는 원주 스님께 간절히 부탁을 했다.

나의 마음을 읽으셨는지 원주 스님은 아주 작은 커피 한 병을 사다주시면서 이 커피를 다 마신 후 커피에 대한 미련을 끊어 버려야지 그것도 세속에서 익힌 하나의 습성인데 하나 하나 버리는 것이 수행자가 할 일이라고 충고해 주셨다. 설탕, 프림이 어디 있으며 커피를 구한 것만 하여도 얼마나 행운인데 숭늉물에 적당히 풀어서 그것도 밥공기에 대중들 눈을 피해 마신 그 맛을 잊을 수가 없다. 고급잔에 여유스러운 커피의 사치가 지금 내게 있지만 그 맛과 향기는 그 시간의 그것을 찾을 수가 없다.

가끔 몸에 해로운 담배를 왜 피우느냐고 담배 피우는 사람들을 나무랄 때 내가 커피 맛을 못 잊어 힘들어 함과 같은 것이 아닌가 하는 생각이 들어 이해하려는 편이며 몸에서 거부반응을 일으키지 않는 이상 적당히 섭취하면 좋은 점도 있을 거라는 생각이다.

커피통이 다 비워질 무렵 나는 애쓰지 않아도 자연히 커피에 대한 생각은 없어졌고 그 무렵 은사 스님 시봉을 하면서 한두 잔 얻어 마신 차 맛에 익숙해지려고 했다. 그후 늘 내 주위에는 커피보다 녹차를 접할 수 있는 기회가 많았고 멋스러워 보이는 차생활에 익숙해지려고 차에 대한 서적을 뒤적여 나름대로 연구하고 만들어 보고 찻잔을 구입하고 상당한 생활 동안 차에 혼혈을 기울였다.

옛날 도반들은 내가 커피대신 차를 마신다고 하면 믿지 않을 정도였다. 그러던 어느날 소화기능이 약해져 밥을 통 못 먹은 때가 있었다. 그때도 차가 내게 있어서 무슨 보약이라고 줄곧 마셔댔었다. 결국 강한 위트림이 오기 시작했고 견디기 힘들어 병원 신세를 져야 했었다. 차를 줄이는 것이 병을 치료하는데 큰 도움이 될 것이라는 의사의 말에 차츰 차츰 차와 만나는 시간이 줄어

들었다. 나는 차가 이룬 그 정신을 터득하려고 한 것이 아니고 마시는 그 멋스러움 때문에 마시는 일이 너무 지나쳤나 싶다.

차 정신은 그 시대를 지배하던 사상과 철학에서 나오는 것이라고 한다. 차 정신은 바로 불교의 선사상과 결합하여 선다일여(禪茶一如)의 정신세계를 이루고 유교의 예 의식에 의거하여 다례의 식이 확립되고 선교의 불로장생 연단술에 의해 신선이 되고 자연과 합일하는 사상으로 자연을 예찬하는 시가나 풍류로 멋의 세계를 완성하는 것이라고 한다.

커피에도 이런 사상과 철학이 있는지는 모르지만 차는 선덕 여왕 때부터 마셔왔다고 한다. 흥덕왕 때는 중국종의 차나무씨를 들여와 이듬해 봄에 차나무가 자리하기에 최적지인 지리산에 심어 늘어 가는 수효에 충당했고 신라 문무왕 때는 가야의 종묘 시절제사인 차례를 지내는 음식으로써 차가 함께 놓여졌다고 삼국사기에 전해지고 있다.

커피는 커피일 뿐이지 차라고 하지 않는다. 차는 차나무의 순이나 잎으로 만든 것을 차라고 하지 그 외는 차라고 하지 않는다. 커피가 우리나라에 들어 온 것은 조선 고종때 한미 수호조약으로 미국의 공사가 들어오면서 커피를 가지고 들어 와서 고종과 왕비에게 선물을 한 이후부터라고 한다. 그후 6·25동란 이후 한국에 주둔한 미군들이 즐겨 마신 것을 본받아 시중에 널리 퍼지게 되었다고 한다. 녹차보다 짧은 시간에 우리들 생활에 없어서는 안 되는 기호 음료로 자리를 잡을 수 있었던 것은 마시는데 스스로 만들어 놓은 예 의식이라든지 철학적 사상이 없이 그저 마시는 일 외 다른 것은 갖추지 않아도 되기 때문일 것이다.

어떤 음식이든 적당하면 몸에 좋을 것이다. 커피는 발암물질이 있고 녹차에는 항암효과가 있다고 나도 다도를 강의할 때 빼먹지 않는 이야기이다. 지나치게 마시지 않는다면 다 좋은 음식이 될 것이다.

잘 끓인 탕수에 적당히 첨가해서 울궈낸 그 빛깔. 현현한 아취가 지극한 경지에 이르는 묘경을 터득할 수 있는 차의 정신세계에 몰입은 못하고 늘 그 테두리에서 맴돌았지만 내게 아직 커피보담 차가 더 편안한 기호 음료인 것만은 분명하다.

이 원고를 끝내고 얼마 전 선물받은 우전차 한 잔을 마시고 읽다 덮어 둔 한시를 다시 펴서 한수 한수 녹차 맛과 함께 음미하면서 읽어야겠다.

서울 나들이

　시집출판일로 몇몇 아는 이들을 만나기 위해 서울에서의 시간 약속을 했다. 그 약속들은 몇 일 전 해놓았는데 저녁부터 눈발이 날리기 시작했다. 괜찮겠지 내일은, 일기예보에는 많은 눈이 온다고 하지 않았는데 하면서 서울 갈 일을 은근히 걱정했다. 대중교통을 이용하면 별 걱정이 없는데 시간의 얽매임이 싫어서 걱정 아닌 걱정을 해야했다. 난 간밤에 눈이 내렸다는 사실조차 까맣게 잊고 서울 갈 채비를 하고 있는데 이른 시간에 전화가 왔다. 낯익은 목소리였다. 서울에는 많은 눈이 오는데 그곳은 괜찮느냐는 물음은 오늘 나에게 주어진 그 약속들을 지킬 수 있겠느냐는 의도가 더 많이 깔려 있음을 알아 차리고 차를 두고 기차로 가겠노라고 답을 하고 서둘러 역으로 갔지만 모든 표들은 이미 매진이 되었다. 이럴 수도 저럴 수도 없고 하여 겨우 입석표를 구하여 서울 나들이에 몸을 실었다.

　장항선은 주말이 되면 으레히 있는 일인데 내가 짐작을 못했고 기차로 가겠다는 사전의 계획이라도 있었다면 예매를 했을 텐데 하는 아쉬움이 있었지만 하는 수 없는 일이었다. 복잡한 기차 안은 사람들의 숨소리조차 힘들게 들렸고 이리 밀리고 저리 밀리면서도 불평없이 목적지로 향하는 틈 속에 나도 3시간 가량 소요되는 시간 속에 상당한 여유을 즐기면서 갔다.

서울에서는 80년도 전후반을 그곳에서 생활을 했기 때문에 낯설지 않는 곳이다. 그런 서울 생활을 마무리하고 지금 이곳에다 몸과 마음의 뿌리를 내리고자 하면서도 난 때론 서울의 그 편리함을 그리워한 적이 있다. 그래서 특별한 일 없이도 올라가곤 했는데 지금은 서울 올라가는 일이 그리 힘들 수가 없다. 사는 곳에서 일단 자리를 떠난다는 그 사실이 불편스럽게 느끼기 때문도 있지만 난 서울에 도착하면 우선 공기가 맞지 않아서 심한 멀미 현상을 일으키기 때문이다. 그래서인지 볼일이 있으면 모아 두었다가 올라가서 늘 바쁘게 뛰어 다니고 메모해간 일들이 마무리가 되면 지체 없이 내려온다. 사람은 습관들이기에 따라 다르다는 것이 이를 두고 한 말인지는 모르지만 서울에 가면 이곳을 그리워 하고 이곳에 살 수 있다는 것에 고마워 한다.

약속된 사람들을 만나고 나니 역시 내려갈 표을 구하지 못해 서울에서 하룻밤을 지내야 할 형편이었다. 원로시인 정공채 님을 뵙는 일에 동행을 해준 스님과 일치된 내용은 연극을 한 편 보는 것이었다. 서울에서 지낼 때는 정란이가 가끔 연극표나 영화표를 공양해주어서 보는 편이었는데 지금 시골살이에서 이러한 여유는 사치로 여겨지기 때문에 아예 잊고 지내는 편이다. 이런 내게 연극을 보자는 제의는 듣던 중 반가운 일이었다.

나는 영화나 연극을 좋아한다. 그 작품세계에서 또 다른 나를 접할 수 있기 때문이다. 수행에 큰 방해가 되지 않는 한 가끔은 그 간접적인 경험들을 통해 내 무디어진 감성을 일깨워주는 청량제 역할을 한다면 더없이 개운한 일이다.

영화이야기가 나오니 생각나는 일이 있다. 한번은 서울에 사는 혜원 스님이 내려와 '사랑과 영혼'이라는 영화을 권유한 적이 있다. 불교의 윤회사상을 다룬 것이라 한번쯤 보아두는 것도 괜찮다는 것이다. 나는 이곳의 일들 때문에 그것을 보기 위해 일부러 올라갈 수는 없고 하여 차일피일 미루다가 놓치고 말았다. 그런데 신도 중 한 분이 미국출장을 갔다 오면서 원본테이프을 구해 왔다는 소식을 듣고 복사를 부탁해서 보았다. 난 그 영화를 감명 깊게 보았고 또 법회시간을 통해서 그 내용도 이야기하고 한번쯤 보기를 권유했다.

그 테이프가 내게 머물러 있을 쯤 한번은 어떤 스님 한 분이 오셨기에 그 이야기를 하면서 보고 가시라고 보여드렸다. 후일 난 그 테이프로 인해 상당한 오해를 그 스님으로부터 받았던 적이 있다. 작품은 작품으로 감정정립을 해야하고 거기에 집착을 한다면 스스로 얽매임에 빠져드는 것이다. 소가 물을 먹으면 젖을 이루고 독사가 물을 먹으면 독을 이룬다는 비유처럼 작품을 보는 관점은 사람마다 다르겠지만 자기 것으로 승화할 것은 승화하고 버릴 것은 버릴 줄 알아야 할 것이다. 그런 사람은 정말 자기만이 가질 수 있는 싱싱한 자유의 노래를 만들 것이다.

나는 그 싱싱한 자유의 노래를 만들고 싶어서 대학로를 찾았다. 서울의 대학로는 강남의 압구정과는 달리 문화의 춤들이 출렁이는 곳이다. 동해와 서해에 사람들에게 해돋이나 일몰에 대해 물어 보면 별 감정을 보이지 않는 것처럼 대학로를 자주 찾는 사람들에겐 이 분위기에 묻혀 별다른 감정을 느낄 수 없는지 몰라도 서울 나들이를 하는 내겐 작은 일깨움을 갖다주는 시간이었

222

다.

　미리내라는 소극장은 정신세계사에서 가끔 회원들에게 할인표을 보내주어서 나도 몇번 받은 적이 있어 그다지 낯설지 않다. 내가 이 극장에서 나를 잊고 웃음과 울음 속으로 몰입될 수 있었던 작품은 「등신과 머저리」라는 연극이었다. 이 사회에서 선택받지 못한 음지에 사는 두 젊은이의 기박한 운명을 그려낸 내용이었다. 한탕주의적인 그 허황된 삶 때문에 스스로 파멸의 문을 연 셈이다. 나는 그 범죄자보담 그 범죄자의 아내 두 여자의 삶을 밀도있게 관찰했다. 현실을 거부하는 여자, 현실을 그대로 받아들이는 여자, 선과 악의 갈림길에서 선을 택하는 것도 자신이고 악을 택하는 것도 자신이라는 것을 더 명백하게 일깨우는 극 속에서 현실을 받아들일 수 없었던 여자는 남편의 총살에 이 세상을 떠나야 했고 현실을 거부하는 그 여자는 인간 본능에 충실하려고 안간힘을 썼다.

　남편이 주는 그 존재의 환경 때문에 자신의 존재를 잊은 두 여자의 삶을 보면서 불교에서는 이것을 동업이라 했는데 하는 생각에 나의 가슴은 구멍이 난 것처럼 허허롭게 문을 나서야 했다. 세상은 때론 성실하게 살아가는 사람들에게 많은 힘을 잃게 할 때가 있다. 나라의 경제권을 두 번이나 흔들었고 많은 사람들의 목줄을 졸라맨 여자. 호화로운 별장을 뒤로 하고 몇 평 되지 않는 교도소 여사에서 열 가지가 넘는 지병으로 잠을 뒤척이는 그 여자를 우린 큰손이라 부른다. 누가 그 큰손을 만들었고 누가 그 큰손을 교도소에서 살게 했던 것인가. 이것은 우리 사회가 그렇게 만들었지만 모두들 잘못은 그 여자에게 있다고 돌팔매질을 한

다. 사회는 그 여자에게 그럴 수 있게끔 많은 원인 제공을 하고
는 법의 심판 앞에 그 여자만이 더 외롭게 만든다. 우리 사회가
만든 그 여자, 한탕주의 물든 그 여자도 때론 선과 악의 선택에
서 많이도 방황을 했을 것이다. 누가 그랬던가 인생은 한바탕 연
극이라고 요즈음 신문들은 그 여자의 이름으로 가득 채워져 있
다. 이 사회가 낳은 아픔 속에 원숭이가 나무에서 떨어져 죽는다
는 속담이 겨울의 찬바람 속으로 묻혀와 내 머리를 내리는 말들
이다.

만남의 날

내가 보는 신문은 조간도 석간도 아니다. 12시경쯤 우표딱지가 붙은 신문을 보고 있다. 신문배달이 우체부의 힘을 빌리지 않으면 볼 수가 없는 곳에서 난 살고 있다. 그것도 우체부가 쉬는 날이면 누구에게 불평도 못한 채 신문 보는 일을 함께 쉬어야 하고 그 다음 날은 지난 날까지 함께 보기도 한다. 한국인은 KBS 9시 뉴스에서 중요한 정보을 얻는다고 광고를 하지만 난 정보를 얻는다고 표현하기보담 습관적인 것이라고 표현하는 것이 더 좋을 것 같다. 한동안은 조간이라고 배달을 해주는 조선일보을 보았는데 배달해 주는 아저씨 심통이 사나워서 보지 않는다. 이곳에 신문배달을 오다가 오토바이가 고장이 났는데 그 수리비를 달라고 하여 반강제적으로 신문대금에 더 붙여서 받아갔다는 이야기를 듣고 당장에 신문을 거절했다. 늘 신문을 제대로 배달을 해주지 않아서 불만을 갖고 있는데다가 내가 없는 사이 오토바이 수리비를 당연스레 받아가는 나는 그 사람과의 더 이상 입씨름이 싫어서 신문 보는 것을 포기했다.

한동안 그냥 지내다가 우리 집안이 안팎으로 시끄러울 때 여러 가지가 궁금하였다. 신문은 정확성을 가지고 보도하는 것은 아니었지만 대충 흐름을 알고 있는 것에 만족하기 위해서 고심하던 끝에 나는 한겨레 신문을 신청했다. 그래도 다른 신문보담 정확성을 가지고 있고 하고 싶은 이야기를 날카롭게 하기 때문에 나름대로 믿고 보아도 판단이 흐려지지 않을 것 같아서이다.

오늘도 점심공양을 한 후 뜨락에 내려가 활짝 열린 파란 하늘을 보았다. 오랜 가뭄과 폭염에 뒤이어 태풍 더그와 엘리가 서로 주고 받은, 후지와라 현상으로 폭우가 퍼붓고 지나간 뒤 보인 하늘이었기 때문에 가을의 시작임을 알 수가 있었다. 하늘 끝에 흐르는 구름은 하나의 작품일 정도로 아름답다는 생각에 잠겨 있을 때 낡은 오토바이가 소리를 내고 휑하니 내 앞으로 왔다. 신문을 건네는 우체부 아저씨 얼굴은 온통 땀방울이었다. 신문 하나 때문에 지나치지 못한 미안함 때문에 시원한 보리차 한 잔으로 더위를 잠시 식혀가겠끔 했다. 그 시간이면 늘 기다리는 내 마음을 표현도 할 겸 해서이다.

신문은 태풍소식, 제주공항 여객기 폭발사건, 삼랑진 열차 정면 충돌 등의 무거운 이야기들로 가득 채워져 있었다. 그 무거운 이야기 속에서도 내 속을 활짝 열어 준 글귀가 있었다. 사랑과 혁명의 대서사시, 가극 금강 광고였다.

"이 땅 연인들의 날 칠월칠석에 무엇을 선물하시겠습니까. 발레타인 데이가 아닙니다. 만남의 날 칠월칠석 사랑하는 사람을 「금강」으로 초대 하십시오. 관람권 2매 그리고 짧막한 글도 함께 전하십시오. 주인공 하늬의 사랑으로 진아의 사랑으로…"

서구문화에 젖어 있는 이 땅의 연인들에게 우리 나라식 사랑표현을 해주고자 칠월칠석의 의미을 크게 둔 것 같아 더 가슴에 와닿은 광고였다. 매일 만나고 전화하고 사랑 표현을 하는 요즈

226

음의 사랑보담 어쩜 더 간절하고 애절한 사랑을 나누는 일이기 때문에 사람 모두가 칠석에 대한 의미와 생각들이 더 신선해 있는지도 모른다. 그 전설적인 이야기를 늘 나누어 가지기 때문이다.

옛날 칠석날, 마당에 멍석을 깔아 놓고 한모퉁이에는 모기불 연기로 여름밤을 달래면서 할머니 무릎맡에서 들었던 이야기들이 칠석날이 되면 더 기억난다. 옥황상제가 보름날이면 가족들과 함께 땅에 내려와 하늘못이라는 곳에서 목욕을 하곤 했다. 그 못 근처에는 장가를 들지 못한 나뭇꾼이 살고 있었다. 어느날 이 나무꾼은 포수들에게 쫓기는 사슴을 구해 주었다. 그 은혜로 사슴은 총각에게 장가을 들 수 있게끔 하늘못 부근에 가서 선녀의 옷을 하나 숨겨두면 그 선녀는 하늘로 갈 수 없어 당신과 결혼을 할 것이다. 그러나 절대로 옷을 내어 주어서는 안 된다고 일러 주었다.

그 사슴의 말대로 옷을 숨기고 옷이 없어 하늘로 가지 못한 선녀와 결혼하여 아이들을 낳아 잘 살았는데 어느날 이제는 갈 수 없겠지 하는 생각에 옷을 내어 주었더니 그 선녀는 아이들을 데리고 하늘나라로 가버렸다. 나무꾼은 아내와 자식을 잃은 슬픔으로 지내다가 보름날 하늘못에 떠 있는 둥근달을 보고 아내인 줄 착각을 하고 빠져서 이생에서의 생을 마쳤다.

다시 태어난 나무꾼은 하늘나라 소치는 견우로 태어 나고 그의 아내는 베짜는 처녀 직녀로 태어나 이생에서 못다한 사랑을 나누었다. 두 연인이 자신의 일도 잊고 사랑을 나누자 옥황상제는 두 사람을 은하수 양 편에 갈라두고 떨어져 살게 했다. 헤어진 두사람은 열심히 일을 하면서도 서로를 그리워하는 사랑의 노래를 밤마다 불렀다. 이것을 불쌍히 여긴 옥황상제는 일년에 한번 만나서 회포를 풀게끔 허락을 했는데 은하수가 넓고 물살이 세어서 두 사람은 만날 수가 없었다. 그때에 수만 마리의 까마귀와 까치가 나타나 다리를 만들어 주었다. 두 사람은 이 오작교을 타고 중간에서 만나 사랑을 나누고 새벽이면 헤어졌다. 그 날이 바로 칠석날이다.

어쩜 칠석은 서로서로 사랑하는 날인지도 모른다. 요즈음 아이들에게 이런 이야기를 해주면 왜 이런 사랑을 하나 하고 말할지는 모르지만 얼마나 아름다운 사랑의 교신인가. 아름다운 사랑의 교신의 날인 칠석을 불교에서는 이렇게 말한다. 북두칠성은 자손의 명과 복을 빌어주는 별자리이다. 치성광여래(자성의 빛이 태양보다 밝아서 중생을 진리의 길로 인도하시는 부처님)의 광명이 자녀에게 미치고 약사유리광여래(12대원을 실천하며 중생의 모든 병을 고쳐 주시는 부처님)의 대비원력으로 몸과 마음의 벽을 모두 없애게 되었을 때 몸과 마음과 수명을 자유자재로 할 수 있음을 깨우치는 날이 칠석날이라고 한다. 그래서 칠석날은 자손들을 위해서 불공을 드리는 날이라고 한다.

칠석날 무엇에 대해서 법문을 하나 하고 생각을 하던 중이었는데 「금강」의 광고에서 얻은 이 땅의 연인들에게 서로 사랑을 확인하고 교신할 수 있는 아름다운 마음을 일으키게끔 해야겠다는 생각이 든다. 서양 사람들이 사랑을 고백하는 발렌타인 데이, 화이트 데이보담 이 칠석날에 초코렛이나 사탕으로 사랑을 고백하여, 거절당해도 부끄럽지 않은 날이길 말이다.

찻잔 앞에서
풀어보는 부처님 생각

여승(女僧)이라고 불리우는
한 생명 앞에서 겨울바람은 삭풍이라 하여
거드름을 떨고 지나간다. 그렇게 오늘의 세계는
우리를 두들겨대고 있다. 돈, 명예, 사랑, 인정…
그런 티끌과 풍진이 일어도 신앙은 현세의
이 예토를 맑고 밝은 땅으로 바꾸는
약속을 지켜줄 것이다.

모두가 법문 아님이 없으리

부처님께서 처음 깨달음을 얻었을 때 그 깨달음이 아무리 훌륭한 보배라고 할지라도 그것이 사람들을 향해 설해지지 않았다면 불교라는 종교는 성립이 불가능했을 것이다.

부처님께서 오랜 침묵을 깨고 전도의 결심을 굳혔을 때 부처님의 그러한 심중을 알아차린 범천은 부처님의 적극적인 전도를 권하기 위하여 부처님 앞에 모습을 나타내어 예배하며 말했다.

"세존이시여, 법을 설해 주십시오. 이 세상에는 눈에 티끌이 적은 사람들도 있습니다. 그들은 법을 들을 수만 있다면 깨달을 것입니다."

거기에서 부처님은 자비의 마음을 일으켜 세상 사람들의 모습을 관찰하고 마침내 설법전도의 결심을 굳히기에 이르렀다. 최초의 설법은 고행을 함께 했던 다섯 비구에 의해서 이루어졌다. 그후 하나 둘씩 늘어난 제자들에게 여러 곳으로 보내서 이 새로운 가르침을 널리 전파하고자 제자들을 불러모아 이렇게 이야기했다.

"비구들이여, 나는 인천 세계의 온갖 속박에서 벗어났다. 그대들도 마찬가지로 인천 세계의 모든 속박으로부터 자유로워졌다. 비구들이여, 자 떠나라. 많은 사람들의 이익과 행복을 위하여 세간을 가엾이 여기고 인천의 이익과 행복과 안락을 위하여 한 길을 둘이 가지 말라. 비구들이여, 처음도 좋고 중간도 좋고 마지막도 좋게 조리와 표현을 갖춘 법을 설하라.

또한 참으로 원만하고 청정한 범행(梵行)을 설하라. 사람들 중에는 아직 때묻지 않는 자도 있는데 진리를 들을 수 없다면 타락해 갈 것이다. 들으면 법을 깨닫는 사람도 있을 것이다.”

이것이 부처님의 전도선언이다. 이후 부처님은 열반에 드실 때까지 중생의 근기에 맞추어 팔만 사천 가지의 법문을 하셨으며 그 법문에 의해 불교라는 종교가 성립되었고 오늘날까지 많은 중생들의 길잡이 역할을 하고 있다.

그중 하나인 ‘보현행원품’은 ‘화엄경’ 속의 법문이다. 선재 동자가 문수 보살에 의해서 보리심을 내어 53선지식을 차례로 방문하여 마지막으로 보현 보살에 이르렀을 때 보현 보살이 설하신 법문이다. 그 중에 이 「청법분(請法分)」은 설법하여 주시기를 청하는 것이다.

배우는 사람은 ‘언제 어느 곳이나 진리의 법을 설하는 곳이거든 듣고 배우고 의심을 풀어라(보살계7).’ 배우는 사람은 때와 장소를 가리지 않으며 언제나 누구든지 자기의 의심을 풀어주면 그는 스승이다.

선재 동자는 법을 구하기 위하여 길을 떠났는데 그가 만난 53선지식에는 학자나 사상가만이 있는 것이 아니라 농부, 창녀, 의사 등 각양각색의 전문가들이었다. 배우는 자와 설하는 자가 없다면 종교는 그 설 땅을 잃게 된다. 배우는 자는 겸손해야 한다. 얼마의 지식을 갖고 교만을 떨어서는 안 된다. 곳곳에 스승이 가득하다. 법을 듣고 배움으로 해서 깨달음을 얻을 수 있고 지식이 아닌 지혜를 얻고 구속이 아닌 자유로움을 얻을 수 있기 때문이다.

삼국유사에 보면 중국 오대산에서 기도하여 문수 보살을 친견하고 득도한 자장 율사는 말년에 태백산에서 문수 보살을 다시 친견하려고 시자 한 사람만 데리고 암자에서 열심히 기도했다.

어느 날 사립문 밖에 웬 사람이 승복을 입고 죽은 개를 망태기에 담아 짊어지고 와서 "자장 있느냐."하고 고함을 쳤다. 시자가 보니 행색이 초라한 거지가 모양새도 사납지만 대사 이름을 함부로 부르고 고함을 치는 것을 보니 미친 사람 같아 보였다. 쫓아내려고 했지만 이 사람은 막무가내로 스님을 만나겠다고 하여 시자는 자장 스님께 가서 자초지종을 이야기했다. 스님께서는 "웬 미친 사람인가보다 돌려보내라."고 해서 시자는 다시 와서 그 걸인을 돌려 보내려고 했다.

그러자 그 걸인이 메고 있던 망태기를 거꾸로 뒤집으니 죽은 개가 사자로 변하였다. 그 걸인은 거기에 올라 타고는 동쪽하늘을 날아가면서 "나를 보려고 그렇게 열심히 기도하기에 왔더니 나를 쫓아내는구나." 했다. 자장 스님은 그 소리를 듣고 문수 보살을 뒤쫓아 가면서 자신의 잘못을 뉘우치며 절을 하다가 열반에 들었다는 이야기가 있다.

이것은 자장 율사와 같은 위대한 분도 교만심을 가지면 보살을 친견할 수 없다는 뜻이다. 보살은 우리에게 휘황찬란하게 다가오는 것이 아니라 아주 보잘것 없는 사람으로 온다. 친구로, 가까운 이웃으로, 행상인, 거렁뱅이로 말이다. 지금도 이 세상에 많이 와 있는지도 모른다. 단지 우리의 교만심이 보살을 볼 수 없게 만든다.

이 세상에서 가장 귀중한 보배는 모든 교만심을 버리고 부처님께 귀의하고 부처님 가르침을 받고 또 부처님 가르침을 따르는 사람들의 모임 속에서 사는 일이다. 부처님은 중생을 구원하기 위해서 중생과 동일한 업보의 몸을 갖고 직접 이 세상에 오셨다. 그리고 중생과 더불어 부귀영화를 쫓아가는 삶을 사시다가 그것이 참다운 것이 아님을 보이시려고 왕궁을 버리셨다. 몸소 새 출발인 출가를 하셨고 어렵고 괴로운 수행 끝에 끝내는 하늘 위 하늘 아래 비할 바 없는 완성자, 깨달으신 부처가 되는 모습을 절실하게 보여주신 것이다. 그럼으로써 우리에게 참다운 삶을 살아가는 인생의 모범을 보여 주신 것이다.

부처님의 가르침은 현실의 세계는 왜 고통이며 그 원인은 무엇이며 고통을 여의고 불세계에 들 수 있을까를 가장 바르게 낱낱이 설명해 주신 것이다. 이것은 경·율·론(經·律·論) 삼장에 의지하여 불세계에 도달하는 최선의 방법이며 진리의 길이다.

가르침이 있고 목적에 이르는 길이 있다 하더라도 그곳에 도달하는 것은 우리들 스스로다. 아무리 목적이 좋고 방법이 좋다 하더라도 실천을 해야 하는 사람들이 실천하지 않는다면 소용이 없다. 그러므로 경험이 있고 선지가 열린 선지식이 있는 곳이면 어디든지 찾아가서 귀를 기울이고 법을 들어 깨우치는 길로 가는 지름길을 찾아야 할 것이다.

기도의 참의미

사제님,

이곳 만세보령에 내려와 일상의 것들에 대한 나의 끈끈한 집념들을 잠시라도 떨쳐버리고 싶어 걸망의 끈을 느슨하게 메고 나들이의 긴 시간을 가져 보았습니다. 더 깊은 의미로는 홀로서기에 힘든 자신을 위로하기 위한 잠깐의 도피였는지도 모릅니다. 나들이에서 돌아온 이 자리. 일상의 것들이 더 소중해지고 감사해지는 시간입니다.

가끔 길을 떠나 보면 잊고 살아온 부분들이 챙겨지고 단조로움에서 벗어나는 듯 큰 힘이 되기도 합니다. 새롭게 부딪치는 언어 속에서 살아가는 이들의 삶의 숨소리가 이 사회를 형성하고 더 나아가서는 그 속에 '나'라는 의미의 새로운 부각이 제시되곤 하지요. 그래서인지 걸망은 나뿐만 아니라 수행자에게 있어서 참으로 많은 의미를 주곤 합니다.

사제님도 답답하고 공부가 잘 되지 않을 때 느슨하게 걸망을 메고 만행의 기도를 한번 떠나 보시지요. 좋은 기도가 될 것입니다.

사제님,

기도가 꼭 법당이나 좌복 위에서만이라고 고집할 필요는 없습니다. 우리가 기도를 하는 것은 다 겁생으로 지어온 죄업과 현실에 길들여진 나쁜 습관과 가치관을 소멸하기 위한 업장의 소멸이 아닙니까. 또한 내가 즐겁고자 남을 괴롭히는 것이 아니며 내가 올바르게 살고자 남을 기쁘게 하는 것이 기도라고 생각합니다.

이러한 기도는 주위 사람들의 괴로움을 덜어주고 즐거움을 얻게합니다. 나도 편안해지고 넉넉해지는 것이 기도의 성취지요. 부처님을 향하여 기도하는 마음, 참으로 좋습니다.

부처님께서는 우리들에게 바른 삶을 제시하시고 우리가 바른 삶을 잃고 어둠에 헤매일 때 팔만 사천 가지의 방편으로 우리들을 이끌어 가시는 분이시지 우리들의 인생을 대신 살아주시는 분은 아닙니다.

사제님,

수행자에게 있어서는 더더욱 생활 그 자체가 기도가 되어야 합니다. 생활 그 자체를 무시하고 수행인이라고 내세우는 것은 하나의 형상이고 그릇된 아집입니다. 우리들은 흔히 과정이야 어떠하든 결과가 중요하다고 말하지요. 그러나 행하고 있는 그 과정 속에서 이미 결과가 내포되어 있기 때문에 어떠한 마음으로 어떠한 행동을 하느냐에 따라 그 사람의 생활 자체가 바뀌는 것이 아니겠습니까.

사제님,

내가 왜 이러한 이야기를 하느냐 하면 얼마 전 가까운 절에 아이들 데리고 순례법회(야외법회)를 갔었습니다. 법회 때마다 아이들에게 늘 말하기를 용돈을 아껴 보시하여 불우한 이웃들에게 나누어 갖는 마음을 가르쳐 왔고 그러한 실천적 의미로 보시금을

모아서 고아원이나 양로원으로 가서 베품(보시)을 하도록 인식시
켜 왔습니다.

그날은 야외법회이기 때문에 가지고 온 보시금을 법당 불전함
에다 보시하고 부처님께 참배를 하고 오도록 법당을 향하여 아이
들을 올려 보내고 나도 그 뒤를 따라 올라 갔었습니다. 때마침
사시마지 기도시간이라 스님 한 분이 열심히 기도를 하고 있었습
니다. 그런데 아이들이 법당 문을 여는 순간 스님께서는 목탁을
놓으시고 아이들을 문밖으로 밀어 내시는 것이었습니다.

뒤따라 갔던 내가 그 모습을 보고 "스님 아이들 조용히 참배만
하고 나올 것이니 허락을 해주세요."라고 말했지만 스님께서는
아이들이 무슨 참배를 하느냐고 아이들을 문 밖으로 밀어버리고
법당문을 닫아버리는 그 스님을 향하여 아무 말도 할 수가 없었
습니다.

시골의 한모퉁이에서 홀로서기 포교를 하는 나의 모든 것들이
전부 무너지는 것 같은 절망감을 맛보았습니다. 설령 아이들이
좀 소란을 피웠다면 오히려 주의를 주고 참배가 끝나면 멈추신
목탁을 잡고 기도를 계속하시든지 아니면 법당에 얽힌 이모저모
를 아이들에게 이야기했다면 그날 아이들에게 잊을 수 없는 어린
날의 추억이 되었을 것입니다. 더 나아가서는 신심을 다질 수 있
는 좋은 계기가 되었을 것입니다.

사제님,

우리는 가끔 자기가 하고 있는 일이 최고라는 관념과 착각 때
문에 소중한 것을 잃어버릴 때가 많습니다. 그래서 자기 것을 주
장하되 고집은 하지 말라고 했습니다. 자기 기도의 소중함 때문

에 참배하는 아이와 어른을 구분하시는 그 스님, 진정한 부처님의 가르침, 기도의 참 의미를 모르시는 분이 아닙니까. 아직도 우리 주위에 그러한 사고를 가지고 계시는 스님이 있다는 것에 대하여 정말 아이들에게 부끄러웠습니다.

사제님,

이제 한 해가 문을 닫고 또 한 해가 서서히 열리는 새해의 아침입니다. 이 시작의 날에 우리의 해이해진 믿음을 다지고 확인하는 한 해를 열어보지 않으렵니까. 꼭 기도처를 찾아 삼일, 칠일, 백일, 천일 기도라고 날을 정하지 않더라도 하루하루 지극하고 진실된 생활을 한다면 그것이 바로 기도이고 부처님의 참 가르침일 것입니다. 그렇게 살아감으로 해서 우리들의 수행은 날로 윤택해질 것이고 그 윤택함이 각박하고 힘든 세상을 살아가는 모든 사람들에게 회향될 것입니다.

불공의 참의미

불공(佛供)이란 부처님께 올리는 공양을 말한다. 공양(供養)은 산스크리트어로 푸자나(Pujana)에서 파생된 것으로서 '존경하는 것','예배하는 것' 등을 의미한다. 또한 공양은 불(佛) 법(法) 승(僧) 삼보를 자양하기 위해 향(香), 화(華), 등(燈), 명(明), 음식(飮食) 등을 바치는 것을 말한다.

공양이 불교에서 의미를 갖게 된 데는, 인도에서 불교교단이 성립될 때 인도의 민속종교가 행해오던 공희(供犧)에서 연유한다. 의복, 약, 집 등이 바쳐졌던 것이다. 이러한 공양물에 대하여 어떠한 댓가가 지불된 것이 아니고 스스로 삼보에 대하여 존경하는 마음에서 우러나온 것이라고 할 수 있다.

부처님의 10대 명호 중 응공(應供)이란 존칭이 있다. '응당히 공양받을 분'이란 뜻이다. 부처님은 모든 중생의 고통을 구제하시고 모든 중생의 어리석음을 깨우쳐 주신 모든 생명의 자비스러운 어버이시다. 그러므로 우리는 응당히 부처님의 은혜에 보답하는 마음의 표시로 공양을 올리는 것이며, 그것은 곧 일체중생의 은혜를 갚는 길이기도 하다. 내가 입고, 쓰고, 자고, 먹는 세상의 모든 것 중에서 중생의 노고로 이루어지지 않는 것이 없다. 그렇기 때문에 그 은혜에 보답하는 길은 모든 것을 아낌없이 베풀어

줌으로써 가능하다. 나의 재물과 명예와 권위를 일체중생에게 돌려주는 회향(廻向)이 불공이라 할 수 있다.

부처님께 올림으로써 일체중생에게 회향되도록 하는 것이 불공이기 때문에 베푸는 것은 다 불공이 되는 것이다. 즉 몸으로, 정신적으로, 물질적으로 남을 도와주는 것이 모두 불공이라 할 수 있다.

불공에는 육법공양(六法供養)이 있다.

①향(香):향은 불교의 이상적이고 최고의 경지인 해탈을 뜻한다. 우리가 아침 저녁으로 예불할 때 계향, 정향, 혜향, 해탈향, 해탈지견향(戒香, 定香, 慧香, 解脫香, 解脫知見香)이라 하는데 이것을 오분향이라고 한다. 향은 계, 정, 혜 또 해탈, 해탈지견이다. 해탈에 있어서 모든 세계를 지혜롭게 나타내는 것이 바로 해탈지견이다.

②등(燈):등은 어두운 곳을 밝히는 것이다. 즉 부처님께서 해탈을 하시고 나서 그 밝은 지혜로써 모든 인간의 어둠을 밝히셨기 때문이다. 인간의 어두움을 밝힌 지혜가 반야(般若)이다. 반야는 우리 말로 높은 지혜, 완전한 지혜를 뜻한다. 그래서 등(燈)은 불교의 반야의 지혜를 등불로 상징해서 올리는 것이다.

③화(華):꽃은 꽃이 핀 다음에 반드시 열매를 맺는다. 그러므로 꽃은 해탈을 이루기 전에 전개하는 정진에 비유한다. 해탈이라고 하는 것은 결과를 이루기 전에 미리 우리가 공부도 하고 불심을 닦고 자비의 실천으로 만 가지 실행이 뒤따르면 반드시 행복과 기쁨을 성취한다고 하는 뜻이다. 그런 까닭에 열매 맺기 전에 먼저 피는 꽃을 본받기 위해서 꽃을 올리는 것이다.

④과일:과일은 최종적인 해탈의 결과이다. 즉 깨달음의 결과를 성취한 것을 과일로 상징해서 나타내는 것이다. 그 최종적인 결과가 바로 보리(菩提)이다. 보리는 바로 깨달음을 의미하는 것이며 해탈을 의미하는 것이기 때문에 과일을 보리과(菩提果)라고 한다.

⑤차나 맑은 물:차나 깨끗한 냉수를 떠서 올리는 것은 감로다(甘露茶)라고 한다. 이 연원은 인도의 히말라야 산 깊은 곳에 들어가면 신령스러운 약초가 있는데 그 약초를 뜯어다가 술을 빚어서 술을 마시게 되면 병이 있는 사람은 병이 낫고 근심 걱정이 있는 사람은 근심 걱정이 없어진다고 한다. 그래서 물을 올리는 것은 우리 마음의 근심을 없애는 감로, 우리 몸의 질병을 없애는 감로, 이러한 감로의 즐거움을 이루고자 하는 소망에서 차나 맑은 물을 올린다.

⑥음식(飮食):음식은 마음 공부를 많이 하여 그 마음 공부에서 나타나는 희열을 음식의 맛에 비유해서 나타낸 것인데 이것을 선열(先烈)이라 한다.

이것이 바로 부처님께 올리는 육법공양이다. 그밖에도 불전 등 많은 것이 있다. 부처님께 올려지는 모든 것은 어떤 개인이 소유하여 복락(福樂)을 누리는 것이 아니라 일체가 다 중생에게 다시 돌려 주기 위한 작업인 것이다. 또한 불공을 올리고 반드시 축원을 하는 것도 함께 나누어 갖자는 희망의 뜻이다. 액난과 고통이 있으면 나누어 짊어지고 기쁨이 있으면 함께 기뻐해 주고 일체의 공덕을 중생에게 회향하기 위해서 축원을 한다.

회향은 ‘숙련시키는 것’, ‘방향을 돌리는 것’을 의미하며 자기 자신을 위한 것, 남을 위해 돌리는 것을 말한다. 보통 한자의 의미로 해석하면 '회(廻)'는 돌리는 것, '향(向)'은 (그쪽으로) 향하게 하는 것으로 자신의 깨달음이나 자신이 행(行)한 선행을 돌려 다른 사람을 위해 다시 행하는 것이다.

중국 수나라 시대의 학승인 혜원(慧遠) 스님의 저서 『대승의장(大乘義章)』의 「회향의삼문분별(廻向義三門分別)」에 보면 자신의 선행과 깨달음을 얻기 위한 보리회향(菩提廻向), 자신이 행한 선덕을 남의 이익을 위해 돌려주는 중생회향(衆生廻向), 무상한 것을 싫어하고 진실한 이법을 구하기 위해 자신의 선행을 평등하고 불변한 진리, 그 자체로 향하게 하는 실제회향(實際廻向)의 세 가지가 있다.

우리의 기도를 마칠 때나 법회가 끝날 때 회향문을 한다.

願以此功德
普及於一切
我等與衆生
皆共成佛道

(바라옵건대 이 공덕을 가지고 널리 전체에 보급하여 우리들과 중생이 모두 함께 불도를 깨닫고 우리들과 중생이 모두 함께 불도를 깨닫고 이루기를…)라고 암송하는 것도 이러한 의미라고 할 수 있다.

불공에는 고통과 재난과 액운이 있을 때 하는 '소원성취불공'과 생일이나 결혼 회갑 등 기쁜 일이 있을 때 하는 '공덕회향불공' 그리고 자신의 결심을 다짐하기 위한 '원력기도불공' 등이 있다.

불자는 반드시 불공을 드려야 한다. 기쁠 때나 슬플 때나 부처님과 모든 중생의 은혜에 감사하고 같은 불자들로부터 함께 기뻐하고 슬퍼할 수 있는 불공을 드려야 한다.

옛사람들은 일년 내내 열심히 일해서 곡식을 거두게 되면 그중 가장 알차고 깨끗한 것을 부처님께 바쳤는데 바로 이것이 불공에 임하는 마음 가짐이다. 그렇게 불공을 드린 다음 모든 사람들과 함께 나누어 먹음으로써 공동체의식과 소속감을 갖게 되는 것이다.

불공이 꼭 부처님 전에 올리는 육법공양만을 의미하는 것은 아니다. 사회에서나 가정에서나 올바른 삶을 살아 가면서 늘 불공을 하는 마음의 자세 그것은 주위의 모든 사람을 이롭게 하는 것이다. 예를 들면 버스 안에서 노인이나 병약자에게 자리를 양보하는 일, 정신적으로 고민하고 방황하는 사람에게 올바른 길로 인도하는 일, 배고픈 자에게 먹을 것을 주는 일 등 주위에서의 그 모든 것이 다 불공이다. 적어도 불자라면 생활 그 자체가 바로 불공이어야 한다.

우리는 하루에도 아니 순간 순간에도 수없이 밀려오는 욕망들과 싸운다. 그 욕망들은 비우는 것보다는 더 채우고 싶어 하기 때문에 사람이 사람을 스스럼없이 죽이고 늘 불안해 하면서 살고 있다. 진정한 의미에서의 불공은 비우는 마음으로 모든 이들에게 되돌려 줄 수 있는 마음, 그러한 마음으로 넉넉하게 살아갈 수 있는 것이 부처님이 우리들에게 가르쳐주신 '불공의 참 의미'라고 할 수 있다.

진정한 베풂이란

묵은 해를 보내고 새해를 맞을 때쯤이면 나는 얼마동안 설레이는 가슴으로 시간을 보내게 된다. 잊고 사는가 싶으면 다시 기억할 수 있게끔 해주는 아는 이들이 보내주는 연하장이나 편지 속에서 그들의 얼굴을 떠올리며 생각에 잠기곤 한다. 잊지 않고 소식을 보내주는 이들의 마음이 그지없이 고맙기도 하고 그들의 기억 속에 나라는 존재가 아직도 잊혀지지 않고 있다는 그 사실 한 가지만이라도 기쁘고 즐겁다.

연하장 속에 간단 명료한 내용은 많은 뜻을 함유하고 있지만 그 속에 성의껏 묻는 안부 편지가 들어 있는 것은 두고 두고 꺼내어 읽어보곤 한다. 가끔 아는 이들에게 안부를 하면 한결같이 바쁘게 산다는 말이다. 그 바쁨 속에 남에게 잠깐의 기쁨을 줄 수 있는 일은 참으로 자기를 윤택하게 하는 시간일 것이다.

전화로 새해 인사 하고 안부하는 것은 직접 목소리를 접할 수 있는 친밀감도 있지만 연하장이나 편지만큼 보관할 수도 없을 뿐더러 오래 기억되지는 않는다. 나는 거의 모든 우편물을 모아두는 편이다. 어쩌다 서랍 깊숙이 잠들고 있는 편지 내용을 접했을 때 더 새롭고 친밀한 인간관계를 이어주는 풋풋한 느낌을 가질 수 있어 참으로 정겹게 생각한다.

우리는 살아가면서 주는 것보담 받는 것에 익숙해져 있기 때문에 받는 것을 좋아한다. 그래서인지 저마다의 새해 인사는 복 많이 받으라는 내용이다. 받는 것도 즐거운 일이겠지만 수행자에게 있어서는 받는 것보담 끊임없이 베푸는 것을 중요시 하고 있다.

불교의 중요한 수행 덕목의 하나인 육바라밀 중 보시바라밀이 바로 사회와 중생을 위해 끊임없이 베풀라는 것이다. 내 이웃들에게 올바른 삶을 살아가도록 진리를 전파하는 보시가 있는가 하면 내가 가지고 있는 재물을 가난한 이웃에게 나누어 주어 굶주리고 가난한 중생들에게 회향되도록 하는 보시가 있으며 길 잃은 사람에게 길을 안내해주고, 환자를 간호해주며, 괴로워하는 친구를 위로해주고, 넘어진 어린이를 일으켜주며, 좋은 상품을 만들어 국민을 이롭게 하고, 선정을 베풀어 백성을 편안히 살게 하며, 내 이웃의 겪는 모든 고통을 위로하고 공포를 없애주며 사랑으로 따뜻이 감싸주는 보시가 있다.

이러한 보시는 탐욕을 끊는 지름길이다. 나의 죄업과 고통의 장애를 없애고 진정한 소원을 성취시키는 길은 아낌없이 베품으로써 선근공덕을 쌓는 길이다. 우리는 부모가 자식에게 베푸는 사랑이나 남녀간의 사랑을 두고 헌신적인 사랑이라고 말하는데 이것은 댓가를 기대하는 사랑이라 할 수 있다.

댓가를 기대하지 않고 상대에게 사랑을 베풀고 도움을 주었는데 그 결과 상태편에서 그에 대한 보답이 있다면 의외로 기쁨이 되고 없으면 그만이다. 그러나 댓가를 기대하면서 상대에게 사랑을 베풀고 도움을 주었을 때는 그 결과로 상대로부터 보답이 있으면 만족하고 없으면 섭섭함이 쌓여 지나치면 원망이 생기고 증오심이 일어나는 것이 우리들의 마음이다.

또한 대부분 남녀간의 사랑이 헌신적이라 하지만 어쩌면 철저한 거래 관계인지도 모른다. 베풀어 준 사랑에 대한 응답이 없거나 적으면 반드시 원망의 마음을 일으키기 때문이다. 소유욕이라는 기준에서 무엇이든 적게 베풀고 많이 얻으려 하기 때문에 어느 한 쪽이 손해보는 감정을 갖게 마련이고 그런 상태로의 사랑은 사랑이라 할 수가 없다. 아낌없이 베품으로써 얻어지는 기쁨만이 영원한 사랑이다.

우리 모두는 참으로 베품에 인색해져 있다. 그래서인지 새해 인사도 복 받으라는 인사이다. 베품이 기쁨으로 새해에는 복 많이 받으라는 인사보담 복을 베풀라는 인사를 건네받았음 한다.

내가 가지고 있는 것으로부터 나누어 가지는 기쁨으로 더 많이 복이 내게로 환원되기 때문이다. 불교를 처음으로 접하는 어느 분의 솔직 담백한 이야기가 기억난다. 등산을 가서 어느 고찰에 들렸는데 일행 모두가 법당에 들어가 불전을 놓고 참배하는 모습을 보고 자기도 그 분위기에 휩싸여 법당문에 들어섰다고 한다.

그런데 갈등이 일어나기 시작했다고 한다. 호주머니에는 천원짜리 지폐 한 장과 오천원짜리 지폐 한 장이 남아 있기 때문에 어느 것을 택하여야 하는지 갈등을 겪다가 결국 천원짜리 지폐를 넣고 참배를 하고 나왔다고 한다. 오천원짜리 지폐를 넣자고 생각하니 우선 아깝다는 생각이 앞섰기 때문에 천원짜리를 택해야 했던 그분이 이제는 푹 익은 불자가 되어 베품이 어떤 것인지 알게 되면서부터 인간의 양면성을 호소하기도 했다.

이것은 자기 것이라는 소유욕 때문에 겪는 고통일 게다. 알맞

게 소유하는 일, 무소유의 가치, 소유하지 않는 것은 집착하지 않
으므로 업을 쌓아 낳고 내가 가지지 않으므로 남에게 돌아가고
좋은 건 지워진 것이 아니기에 그 기쁨이 흩어지지 않는 영원한
것이 된다.

　새해 복 많이 받으라는 인사를 받을 때마다. 왠지 부끄러워지
는 마음이다. 받는 쪽보담 베푸는 쪽에서 인색하지 않았는지 말
이다.

내가 본 수행의 의미

처음 출가지를 택하여 도량의 큰 문 앞에 당도했을 때 내 눈앞에 보이는 굳게 닫혔던 그 큰 문이 왜 그리도 무겁게 보였는지. 문 하나를 두고 출세간과 세간을 분별하는 내 분별의식 때문인지 아니면 변해가야 했고 바뀌어야 했던 내 모습 때문이었는지는 모르지만 나는 그 문 속에서 오늘날까지 살면서 왜 그때 그 문이 그토록 무겁게 보였는지 영원한 숙제로 가슴에 남아 있는 셈이다.

절집에서 처음으로 입문하는 이가 필수적으로 수지독송해야 할 책이 있다. 그것은 초발심자경문이다. 그 속에는 불법을 배우는 이의 마음가짐과 일상생활규범, 도 닦는 마음, 도를 닦아 가는데 자기를 채찍질하고 자신을 반조할 수 있게끔 자세하게 가리키고 있다.

옛날 어떤 선지식은 법상에 오를 때마다 초발심자경문만 강설했다고 한다. 제자들이 그 연유를 물은 즉 평생을 두고 말해도 다 하지 못할 무궁무진한 뜻이 안에 가득하며 이 법문대로만 살아간다면 으뜸가는 당당한 수행자가 될 것이라고 했다.

지금 나는 이러한 법문들을 되새기면서 불혹의 길목에 덮어두었던 초발심자경문을 꺼내어 독송하면서 생활의 무력함에 빠진

수행을 점검해 본다. 절집 장판때가 묻을 만큼 묻어버린 나이지만 큰 번뇌와 집착과 애착과 고통없이 다스릴 수 있었던 마음은 거듭나는 연습을 통한 재인식이었다.

출가 후 몇 년은 층층이 내리는 절집 시집살이에서 인욕과 하심을 통해 나라는 존재의 인식조차 망각한 채 지내 왔었고 또 몇 년은 부처님 말씀이 하도 좋아서 어우러져 살아감에 연연했었고 또 몇 년은 서울의 저자거리에서 신불교바람을 일으키겠다고 의기양양하게 살아 왔었다.

이것 저것 수행이란 그늘 속에서 내가 흡수할 수 있는 부분은 거의 흡수하면서 그다지 후회스럽지 않은 내 젊음. 수행의 씨앗이라고 생각되는 바른 생각, 좋은 생각을 가꾸기 위한 끊임없는 노력을 해온 지금, 이것이 있으므로 저것이 있다는 인연의 법칙과 자업자득이란 말 앞에 숙연해지는 마음. 운명이니 우연이라고는 말하고 싶지은 않다. 그것은 내가 지은 필연적인 업보이기 때문에….

이 세상에서 가장 나쁜 병은 집착이고 가장 슬픈 것은 애착이라고 했다. 이것은 현실에 얽매여 자기 자신을 구속하기 때문이다. 나는 한동안 걷잡을 수 없는 혼란 속에서 인간에 대한 짙은 환멸을 느끼면서 몇 달을 보낸 적이 있다.

사람들은 저마다의 표현방법이 다르다. 그 표현방법에 따라 사람 사람의 인격을 판단할 수도 있다. 인간은 생각할 수 있는 동물이라 하여 고등동물이라 하지만 자기에 주어진 감정을 잘 다스리지 못하면 하등동물보다 더 나빠 보일 수 있다.

나는 한동안 어떤 사람으로부터 상상을 초월한 욕설의 오염된 물결 속에 보낸적이 있었다. 어떤 의미에서는 그것 하나 담담히 받아서 소화할 수 없었던 내 메마른 감정의 인식을 한탄했었다. 상대가 나를 모함하고 비방하고 억압하는 것으로 쾌감을 느끼고 자기 승리적인 당당함을 얻었다고 자부할지는 모르지만 나는 정말 힘든 하루하루였다. 힘이 들면 들수록 나는 바랬다. 그를 미워하지 않는 마음이기를 그와 나는 크나큰 어우러짐으로 살아가는 동업중생이기에 지나친 집착으로 물들여진 마음의 병을 치유할 수 있도록 더 뼈아픈 고행으로 거듭나는 수행자이길 말이다.

유언비어, 모함, 명예훼손, 정신적인 고통, 이러한 것들은 진실로 살아감에 묻혀져 버리는 자존심들이지만 책임지지 못하는 자신의 행동을 후회하는 서글픔이 얼마나 자신을 비참하게 만들까 하는 생각 앞에 나는 더 견딜 수가 없었다. 수행이란 무엇인가. 더 억제하고 더 집착하지 않는 것이고 물들음을 유유히 떨쳐 버릴 수 있는 과감한 용기가 남보담 강해야 하는 것이 아닌가.

남전 상응부 경전에 이런 이야기가 있다.

한 청년이 부처님께 묻기를 "부처님이시여, 어떤 때는 저도 모르게 정신이 맑아져 배운 적이 없었던 것까지도 쉽게 생각해 낼 수 있지만 어떤 때는 머리 속이 어지러워 배웠던 것조차 떠오르지 않습니다." 부처님이 답변하시길 "한 예를 들어 이 그릇에 물이 담겨 있다고 하자. 만일 이 물에 빨강색이나 노란색 물감이 풀어져 있다고 한다면 거기에 얼굴을 올바르게 비춰볼 수 있을까. 이처럼 마음이 탐욕에 물들어 있을 때는 올바른 생각을 가질 수 없는 것이다. 또 물이 부글부글 끓고 있다면 역시 얼굴을 비춰볼 수 없을 것이다. 이처럼 마음이 노여움으로 들끓고 있다면 올바른 생각을 낼 수가 없을 것이다. 또 물 위로 이끼나 수초 따위가 떠 있어도 얼굴을 제대로 비쳐볼 수 없는 까닭은 마음에 어리석음이 있으면 사물을 올바르게 바라볼 수가 없기 때문이다." 라고 하셨다.

그렇다. 마음 속에 자리잡고 있는 탐욕, 노여움, 어리석음 따위로 사물을 올바르게 바라다 볼 수 없는 장애물 앞에 깨끗한 것을 깨끗하다고 아무리 주장하여도 깨끗한 것은 보이지 않을 것이다. 살아오면서 묵묵히 최선을 다하고픈 내게 전생 인연인지 현생 인연인지는 모르지만 견디어 가자. 그 업장 녹는 소리가 이렇게 요란하구나 하면서 스스로 위안을 갖는 서글픔 앞에 왜 상대가 나를 강압적으로 고통을 감내하게끔 하는지는 한 마디도 묻고 싶지 않다. 그것을 묻고 확인하는 것은 그에 대한 내 감정이 살아 있다는 증거이기 때문이다. 많은 시간이 지나고 더 넉넉한 마음이 생기면 다시 정립해 두어야 할 의문점이 꿈틀거리지만 그 필연적인 인과관계, 이젠 깨끗이 문을 내리고 싶다.

삼륜청정

나는 아직 주지라는 칭호에 익숙해져 있지 않다. 주지(住持)란 사찰의 주권자, 사찰의 재산과 대중을 옹호, 유지한다는 뜻에서 불리어지는 칭호인데도 웬지 어색한 느낌이 늘 가시지 않는다. 큰 사찰이건 작은 사찰이건 암자이건 토굴이건 상관없이 그 집의 주인 노릇을 하면 의무적으로 따르는 것이다.

내게 있어서도 부처님 법을 전파하겠다는 원력을 세운 곳. 사찰이란 이름이 있고 그 이름 뒤에 불명이 없는 사람처럼 그저 주지라는 칭호만이 어깨를 무겁게 한다. 어쩌다 도반들이나 이곳에 오기 전 알았던 사람들만이 불러주는 불명을 들었들 때는 정말 정겹게 들리고 부담없는 나를 확인할 수가 있다.

한번은 아는 스님이 왔기에 대중에서 함께 살 때의 습관처럼 불명을 불렀는데 그 상좌 스님이 화를 내면서 주지 큰스님이라고 불러달라고 했다. 권위적인 자만밖에 보이지 않아서 그 뒤부터 같은 지역에 살면서도 얼굴 부딪치는 일을 피해버리곤 한다.

지금 주지라는 칭호가 늘 내 뒤의 그림자처럼 따라 다닌 지가 다섯 해를 접어들고 있다. 그 다섯 해 동안 난 많은 부류의 사람들을 만났다. 마음 열어 가까이 하고 싶은 사람이 있는가 하면 다시는 얼굴 부딪치는 일이 없었으면 하는 사람들도 있다. 신도라는 이름을 가진 사람들 중에도 욕심으로 꽉차 베풀 줄 모르는 사람, 이 절 저 절 다니는 철새믿음을 가진 사람, 어떤 일에도 불평불만이 많은 사람, 말과 행동이 일치하지 않는 사람들을 대할 때마다 부처님께서 왜 팔만 사천 가지의 방편을 사용해서 중생들을 제도하셨는지 그 깊은 뜻을 어렴풋하게 알 것 같았다.

그 많은 사람 중에서 정말 부처님 말씀을 실천행에 옮기려고 노력하는 사람을 보면 한없이 아껴주고 싶고 그 속에서 난 더없는 기쁨을 느끼면서 나 자신이 사는 순간 순간을 소홀히 하지 않으려고 한다.

나는 오늘 어느 보살님의 작은 공양에 참으로 깊은 뜻이 듬뿍 담겨 있어, 가슴에 담아 두기엔 벅차오르는 것이기에 이야기하고자 한다. 베푸는 사람, 받는 사람, 물건 이 세 가지가 깨끗해야만 참다운 공양이 되며 이것을 삼륜청정이라고 한다.

우리네 집안에서 부르는 공양은 불, 법, 승 삼보에 대한 정신적인 존경에서 일보 더 나아가 의복, 음식, 좌구, 약품 등을 바쳐서 존경해야 할 대상을 부양하는 것이 불자의 의무이기도 하다.

불자가 베푸는 그 공양에 의해서 사찰이 유지되며 불법을 펼 수 있고 또 불자 자신에게 회향되는 것이기에 바로 필요한 곳에 필요한 만큼 베푸는 공양이어야 한다. 깨끗한 공양으로 보시를 하는 것은 참으로 소중한 일이며 또한 삼보의 은덕을 입을 수 있음에 진정한 감사의 뜻을 더하여 정성으로 공양하여야 한다. 나는 가끔 내 주위 분들께 삼륜청정의 공양이 아니면 하지 말라고 한다. 스스로 우러나오는 공양이야말로 기도의 원천이 될 수 있기 때문이다.

오늘 장대비가 쏟아지는데 기도 입제날 떡공양에 동참하겠다고 공양미를 내놓는 보살이 있었다. 그냥 무심히 받고 보니 그 속에는 이러한 내용의 쪽지가 있었다.

"시부모님께 얻어다 먹는 쌀이라서 쉽게 내놓는다 생각하실 것 같고 또 남편 몰래 퍼 내는 것은 아닌가 하는 부담을 가지실까봐 말씀드립니다. 시절을 잘 만났고 남편을 잘 만나 쌀 그리운 줄 모르고 살아서 그냥 버리는 밥도 많았습니다. 아까운 줄도 배고프다는 느낌도 잘 몰랐습니다. 그래서 어느날 아침기도를 하다가 스님이 말씀하신, 내게 주어진 복도 아낄 줄 아는 불자가 되라는 것이 문득 생각났습니다. 그래서 내 생활을 더 감사하는 마음으로, 내 복을 아끼는 방법으로 제가 먹는 아침밥의 쌀을 모아보았습니다. 그동안 모아두었던 쌀을 부처님 전에 공양을 올립니다. 스님, 이 일에 제가 자만하는 것은 아닙니다. 작으나마 저의 실천행으로 생각해 주시길 바랍니다."

법화경에 보면 여덟살짜리 어린 용왕의 딸이 부처님의 가르침을 듣고 감동하여 가지고 있던 구슬을 부처님께 공양올리고 그 자리에서 성불한 사실이 기록되어 있다. 그 용왕의 딸의 마음과 믿음은 티없이 깨끗한 마음이었고 그 마음이 바로 부처님의 마음과 합쳐져서 하나가 되었기에 그 자리에서 성불할 수 있었던 것이다.

사람이 있다고 해서 베푸는 것도 아니고 없다고 해서 베풀지 못하는 것도 아니다. 작은 것이라도 필요한 곳에 필요한 사람이 사용한다면 정말 값진 것이 될 것이다. 오늘 훌륭한 복밭이 되고자 아름다운 공양의 종자를 뿌린 보살님의 마음을 읽어가면서 성

불한 용왕의 딸이 문득 생각난 하루였다. 밖엔 아직도 장대비가
쏟아지고 있다.

졸업여행

10월 28일

가을 햇살이 눈부시게 열리는 아침.

길을 떠나기 위해 긴 옷고름을 매고, 잊은 지 오래 되어버린 걸망을 메고 문을 나섰다. 학교문을 들어서니 우리들을 안내할 초원 관광버스가 기다리고 있었다. 누군가 말했듯이 가장 사랑하는 자식일수록 먼 길로 여행을 보내라는 말처럼, 학교생활에 있어서 가장 서로를 잘 알 수 있는 기회가 바로 졸업여행이 아닐까 하는 생각이 든다.

배웅객이 별로 없는 썰렁한 학교 운동장에 비해 우리들은 조금은 들뜬 분위기, 조금은 부산한 분위기였다. 길을 떠남에 있어 들뜬 기분에 밤새 한 잠도 못 이루고 노래만 배웠다는 막내동이 금타 스님으로 인해 차에 오르자 마자 한바탕 웃음을 자아내기도 했다. 지도교수님이신 종범 스님을 모시고 총인원 21명이 서울을 벗어나 처음 도착한 곳이 전북 익산에 자리한 미륵사지였다. 동양 최대 석탑의 웅장을 자랑하는 익산 미륵사지는 우리들에게 여러 가지로 중요한 연구 과제를 안겨주고 있는 것은 익히 알고 있었지만 그토록 웅장함에 또 한번 놀랐었다.

미륵사지를 잠깐 소개해 본다면, 전북 익산군 금마면에 위치하는 곳이다. 사지는 미륵산에서 뻗어내린 낮은 능선을 동서에 둔 남저북고의 자연적 지형을 갖고 있어 전 사지 경역은 5만여 평에 달하는 지역이고 사지 일대가 사적 150호로 지정되어 있다.

사지 내 서쪽에 치우친 서탑은 미륵사지 석탑이란 명칭으로 국보 제 11호로 지정되어 있고 남쪽 동서에 서 있는 당간지주(幢竿支柱)는 보물 236호로 지정되어 있었다. 또한 서탑 동쪽에는 동탑지가 있고 북쪽에는 초석상면이 노출된 건물지와 동서탑 사이 중앙에서 약간 북으로 치우친 곳에도 몇몇 방형초석이 지표에 노출되어 있었고 동서탑 주변에 지형이 좀 높아져 석재가 산재하고 있음을 미루어 보아 일군의 건물지가 있었던 것으로 추측이 된다.

그곳 발굴 작업을 하는 인부의 말을 듣노라면 이곳 일대에는 민가가 들어선 부락이었으나 1980년부터 문화재 연구소에서 미륵사지 전 발굴을 위해 철거되었다고 한다.

이 미륵사지를 보면서 느낀 것은 백제가 전국력을 기울여 창건한 것임을 짐작할 수 있었고 아울러 이 미륵사의 경영은 미륵사상에 의하여 백제사회의 발전을 도모하려 하였던 강력한 의지를 내보이고 있음을 짐작할 수가 있었다.

미륵사지를 출발하여 오공을 위해 찾아간 곳은 금산사였다. 금산사는 백제 법왕 원년에 왕의 복을 빌기 위해 창건하였는데 진표 율사에 의해 중창을 했으며 이곳에서도 빼놓을 수 없는 것이 있다면 역시 국보 제62호로 지정되어 있는 미륵전이다.

현존 건물은 선조 30년(서기 1597년) 정유병화(丁酉兵火)로 소실되었다가 인조 13년(서기 1635년) 수문 대사에 의하여 재건

되었다고 한다. 정갈스럽게 마련한 오공을 거두고 고창 선운사에 도착할 무렵은 어둠이 서서히 내려 깔리기 시작할 때였다.

선운사는 어쩐지 깔끔한 분위기를 주지 못한 도량이기는 했지만 우리 일행은 서둘러 도솔암까지 참배를 하고 왔다.

숙박지인 광주 신광사로 향할 무렵, 밖에는 가을비가 촉촉히 내리고 있었다. 내일의 일정에 아무런 지장이 없을까 하는 불안감도 쌓이기는 했지만 동현 스님의 배려로 하루의 여장을 풀 수 있었다.

10월 29일

간밤에 몹시도 걱정했던 비는 어느새 말끔히 그치고, 환하게 열린 아침공기를 뚫고 무등산 드라이브는 상큼한 가을의 냄새를 맞게 했다. 무등산 정상 가까이 자리한 원효암에 참배를 하고 곧장 내장사로 향했다. 설악산 단풍이 지면 이곳 내장사 단풍이 시작된다는 아름다운 곳으로 이름이 난 덕분인지 산은 온통 가을을 붉게 태우고 있었다.

들어가는 입구에서 국립공원인지 도립공원인지 하는 것 때문에 차를 통과시키는데 시비곡절이 많았던 곳이 내장사였다.

우리집을 우리 마음대로 출입을 못하는 이 현실의 잘못을 과연 누구에게 돌려야 할까마는 착잡한 마음으로 묵묵히 있을 수밖에 없었다.

부처님을 우러러 뵙고 첩첩이 쌓인 단풍사이로 자연의 신비로움 앞에 탄복을 거듭 되풀이 했던 곳도 내장사였다.

내장사를 떠나 백양사를 갔을 때는 이미 우리 일행을 맞이하기 위해 정연 스님이 먼저 내려와서 기다리고 있었다. 얼마나 반가 웠는지 모른다. 평소 학교에서 더불어 살 때는 못 느낀 따뜻한 도반의 정이 가슴깊이 흐름을 재인식할 수 있었다. 또 주지 스님 께서 직접 도량의 이곳 저곳을 안내하시면서 우리들에게 많은 격 려와 의욕을 주시기도 했다. 백양사를 나올 무렵 날씨는 그토록 맑지는 않았지만 일정엔 별 지장없이 영암 도갑사로 향했다.

썰렁한 분위기의 대웅전만 겨우 보수를 했는지 제대로 모습을 가지고 있을 뿐 요사채는 금방이라도 쓰러질 것만 같은 초라한 기분으로 돌아 나왔다.

강진 무위사에 도착 할 무렵도 역시 어둠이 내려 덮이는 시간 이었다. 무위사는 극락전이 유명하며 현재 세 종류의 벽화가 남 아 있었다. 아미타불 벽화와 벽 뒷면에 있는 백의관음, 그리고 오 른쪽 벽에 있는 아미타여래영도 등이다. 백의관음상에는 어느 몰 지각한 자가 그려 놓은 십자가가 우리들의 분노를 일으키게 했 다. 국보 제 67호로 지정되어 있는 극락전 건물 양식은 고려말 조선초기적 것이다.

저녁 숙박을 위해 대흥사에 도착한 시간은 오후 8시. 보원 스 님의 안내에 고마움으로 하루의 여독을 풀었다.

10월 30일

대흥사는 호남의 남단 해남이라는 곳에 자리하고 있는데 이곳 에는 십삼대종사 특히, 초의선사(草衣禪師)와 밀접한 관계가 있 는 곳이기도 했다. 초의선사는 이곳에서 추사 김정희, 다산 정약 용 등 유가의 대가들과 폭넓은 교류가 있었고 22세 때 선(禪)에

]뜻이 있어 운수행각을 하다가 대오하고 그 이후로는 대흥사 동남계곡에 일지암이라는 초당을 짓고 다도삼매에 든 곳이기도 했다. 용운 스님께서 다시 일지암을 복원하여 한국의 다도교육에 앞장을 서고 있다는 소식을 접하고 우리 일행은 일지암을 찾아 아침 소음을 끼치기도 했다.

조금도 귀찮은 표정없이 흔연히 정성껏 대접해주는 차를 마시면서 예정보다 늦게 대흥사를 떠났다. 대흥사에서는 마침 선배님이 한 분 계시어 오늘 우리의 안내를 맡으셔서 해남의 최남단 땅끝마을로 안내했다. 육지가 끝나고 바다가 열리는 곳, 한쪽은 남해바다요, 또 한쪽은 서해바다가 이어지는 절경을 한눈에 담을 수가 있었다. 비포장도로로 한참이나 가다보니 강진 만덕사에 위치한 백련사에 도착했다.

신라 문성왕 1년 무염국사가 창건한 곳으로서 천연기념물 151호 동백림이 유명한 곳이기는 하지만 역시 스님이 계시지 않는 썰렁한 분위기를 자아내기도 했다. 다음 코스는 일선 스님이 평소 잘 가는 곳인데 꼭 우리 일행에게 소개해 주고 싶어한 운주사였다.

운주사는 신라말 진성여왕때 도선국사가 창건했다. 도선국사가 풍수학적으로 우리나라를 볼 때 행주형국으로서 태평양을 향해가는 배모양이라고 한다. 위로는 태백산맥이 뻗어 있고 아래는 배가 기우는 형이라 여기에 천불천탑을 일주일 내에 조성 했는데 시간이 너무 짧아서 하늘에 떠있는 해를 중천에 잡아 놓고 불사를 했다는 일화가 있다.

그 뒷산 한가운데 아주 편안한 자세로 계시는 와불님은 좌상이지만 인부중 한 사람이 장난으로 닭우는 소리를 내어 두 분을 일으켜 세우지 못했기 때문에 그대로 누워 계시는 형상을 볼 수 있다. 산과 들에 너무나 자연스럽게 위치한 탑과 불상, 만약 이곳을 그냥 스쳐갔다면 우린 내내 후회를 했을 거라는 생각이 들 정도로 가슴에 와 닿는 곳이기도 했다.

이곳 주지 스님께서 부임하신 지 9년째, 10년의 기도를 마치고 천불천탑을 발굴작업하여 그대로 복원하겠다는 원력에 또 한번 놀랐었다. 지금 남아있는 탑은 30점. 불상은 100점 정도였다.

다음의 숙박지는 화엄사였다. 운주사에서 좀 늦게 출발한 점도 있었지만 화엄사에 도착하면 도반 스님의 본사이고 또 세 사람 중 한 사람이라도 우리를 기다리고 있겠지 하는 기대감을 갖고 화엄사에 도착한 시간은 9시, 기대한 만큼 실망을 안겨준 곳이기도 했다. 그 이유는 함께 공부하는 도반 스님의 본사이고 또 몇 차례 이곳에 와서 도반의 정을 베풀었던 곳이라 우리 집처럼 생각을 했기 때문이었다. 쥐죽은 듯이 들어가 아침공양을 하는둥 마는둥 섭섭함을 안고 돌아 나왔던 화엄사. 끝내 세 도반 스님에게 향하는 섭섭함이 깊었다.

10월 31일

곡성 태안사는 구산선문 중 하나이며, 도선 국사와 효령 대군이 수도를 했으며 6·25 곡성 사수를 위해 공산군과 전투하다가 호국의 신으로 산화한 47명의 영령을 봉안한 충혼비가 세워져 매년 8월이면 위령제를 지낸다는 것이 몹시도 인상이 깊었다. 또 일주문을 들어서자마자 눈에 확연히 들어오는 글귀가 있었다.

"謹告請家, 生死事大, 無常迅速, 寸陰可暗, 直勿方逸"이라는 뜻이 우리 일행의 발걸음을 멈추게 했다.

호남에서 염불선으로 유명하신 청화 스님을 조실로 모시고 정진하시는 어느 선객 스님이 대접하는 따뜻한 결명차는 아주 융숭했다. 그래도 황폐해 가는 호남의 사찰 중에서도 태안사는 스님이 살고 있는 내음을 피부로 느낄 수 있을 만큼 생동감이 넘쳐 흘렀다.

태안사를 출발하여 칠불암으로 오는 길은 점심을 굶은 시간, 길은 멀고도 멀었다. 화엄사에서 제대로 아침밥을 못 챙겨 먹은 탓인지 여기 저기에서 배고픔의 투정이 나왔다. 그러나 칠불암을 참배한다는 의욕에 있는 힘을 다하여 오른 칠불암 운상원에서 마신 약차는 감로수가 따로 없을 정도로 감미로운 맛이었다.

쌍계사를 향하는 길목에서 지도 교수님은 칠불암에 대하여 간단히 설명을 하셨다. 가락국 김수로 왕의 아들 중 일곱 왕자가 여기서 수도를 하여 도를 이루었기 때문에 칠불이라 이름했고, 다시 복원된 아자(亞字)방은 벽도 되고 의자도 되며 아랫목 윗목이 다 따뜻한 것이 특징이며 문수 동자의 설화까지 곁들여 들었다.

쌍계사에서 오후 4시경 점심공양을 마치고 곧장 육조 스님의 정상탑(頂相塔)이 있는 금당을 참배했다. 신라 선덕왕 21년에 삼법, 대법 두 스님이 당나라에 유학하고 돌아오면서 조사의 정상(頂相)을 모셔다가 석함에 봉안하였던 바 진감 국사께서 금당을 건립하고 육조 영당(影堂)이라 칭하였는데 후인들이 금당이라 고쳐 부르게 되었다고 한다.

금당 전면에 걸려있는 '세계일화조종육엽(世界一花祖宗六葉)'이란 글귀는 추사 김정희 선생의 낙관이 찍혀 있었다.

하동 쌍계사를 떠나 남해 용문사에 도착한 것은 거의 9시가 다 될 무렵이었다. 간단히 저녁 공양을 마치고 그동안 다녀온 곳에 대한 여행의 논평에 들어갔다. 다들 떠나올 때 늘 가는 절로 간다고 불평을 했는데 다녀본 결과 많은 것을 얻었고 조금 더 시간이 허락한다면 며칠 더 순례를 하고 싶어 했고 참으로 후배들에게도 떳떳히 내놓을 수 있는 여행이었다고 각자의 느낌을 말했다.

11월 1일

남해 앞바다를 바라보면서 마지막 일정의 마무리를 하기 위해 우린 아침 일찍 서둘러 길을 떠나야 했다.

보리암은 관음기도 도량으로 유명한 곳이며 또 문정안 스님의 본사라 훈훈한 공기가 피부에 와 닿기도 했다. 미리 정안 스님이 연락을 해둔 덕분인지 주지 스님께서는 기다렸다는 듯이 몹시도 반가워 하셨다. 돌아오는 길에 먹은 도토리묵은 시골의 짙은 향취를 느끼게 했다.

보리암을 떠나 학교에 도착한 시간은 저녁 9시경, 아무도 마중하는 이는 없었지만 즐겁고 가벼운 마음으로 숙소로 돌아갔다. 4박 5일의 여행을 마치고 그동안의 모든 일을 총정리 요약해 본다면, 첫째로, 호남의 황폐해가는 사찰 속에는 전통만 남아 있고 현대가 없다는 것. 둘째, 사찰 속에 집을 지키기 위한 몇몇 스님들뿐 스님이 계시지 아니했다는 것에 산업이 고도로 발달된 이 사회 속에 한국불교의 방향을 어떻게 제시해야 할까 하는 안타까움이 앞서기도 했다는 점. 셋째, 반 전원이 참석하지 못한 점이다. 늘 동참의식이 결핍된 승가이기는 하지만 함께 떠남에 더 깊은 의미가 있지 않을까 하는 생각이다. 또 하나의 특색이 있었다면 여행길에 피곤한데도 불구하고 아침예불에 전원 참석했고 저녁이면 하루 생활을 논평으로 꽃피웠다는 것이 특색인 것 같았다.

끝으로 이번 여행길에 있어 끝까지 우리들을 보호해 주시고 지켜봐주시며 이끌어주신 멋쟁이 우리 지도교수님께 깊이 감사를 드린다. 또 물심양면으로 배려를 해준 학교 당국에도 거듭 감사를 드린다.

선과 지혜

초록 초록 초록.

서해의 검푸른 바다처럼 푸르름으로 가득한 이 공간. 활짝 열어 놓은 문발 사이로 비쳐 오르는 초록의 향기, 눈부시도록 아름다움을 표현할 때 늘 자연을 접하는 우린 자연만큼 솔직하게 살아가지 못하고 있는 것 같다.

누군가 그랬던가. 나이가 들면 감정보다 이성이 앞선다고. 글을 가까이 하는 사람은 감성과 감정이 풍부해야만 좋은 글을 쓴다고 하지만 자기가 가지고 있는 감정을 참고 절제하고 승화한 인고(忍苦)의 아름다움이 없다면 그 글은 글자에만 미치는 역할밖에 할 수가 없다.

적어도 다른 사람에게 줄 수 있는 윤택한 글들은 자기의 감정을 잘 다스린 곳에서 오는 지혜로움이라 할 수 있겠다. 부처님께서 항상 말씀하시길 복과 지혜가 풍족한 사람이 되라고 하셨다. 복과 지혜는 닦지 않으면 얻을 수 없다. 복이 있되 지혜가 없으면 아둔한 생활이 되며 지혜는 있고 복이 없으면 빈곤한 생활을 한다고 했다.

특히 수도자가 되려면 복과 지혜가 풍족해야 하며 박복한 사람은 수도자가 되어도 결국은 그 뜻을 이루지 못한다고 했다. 인간은 태어날 때 자기 복은 가지고 나온다는 말이 있다. 그 가지고 있는 복을 어떻게 활용할 것인가는 지혜가 필요하다. 저마다 가지고 있는 복을 함부로 낭비하거나 소홀히 한다면 다시 태어남에 있어 박복한 사람으로 태어날 것이다. 그러나 아끼고 최후까지 더 많은 덕을 베풀어 간다면 늘 풍부한 삶을 선택받을 수 있을 것이다. 그렇기 때문에 자기 앞에 닥친 모든 일은 스스로 받아들이며 개척하고 개선할 줄 아는 지혜로운 사람이어야 한다.

내가 아는 사람 중에 정말 자기의 복을 아끼며 지혜롭게 살아가는 사람이 있다. 그는 어릴 때 소아마비로 두 다리를 잃고 목발을 짚고 다니는 장애자지만 지금은 박사학위를 취득한 아이의 아버지이며 한국전력 원자력실에 근무하는 사회인이며 또한 부처님 뜻을 실천에 옮기려는 신심이 돈독한 불자이기도 하다.

내가 그를 알게 된 것은 북한산 기슭에 살고 있는 도반 스님이 함께 등반을 하자는 제의에 따라 나섰는데 거기에 함께 동행하려고 왔기 때문이었다. 이미 도반 스님과는 오래 전부터 알고 지내왔던 모양이었지만 난 한번도 들어본 적이 없었기 때문에 약간 당황했다. 내 눈치를 본 도반 스님은 그에 대해서는 신경을 쓸 필요없이 나더러 산이나 잘 타라는 충고였다. 하지만 내 눈 앞에 보이는 그는 분명한 불구자인데도 불구하고 등산복차림에 배낭까지 메고 있었다. 내가 더더욱 놀란 것은 나의 통속적인 생각을 뒤엎고 그는 두 목발을 배낭 뒤에 걸고 온몸으로 험악한 산을 타기 시작했으며 그 등반이 끝날 때까지 누구의 도움도 요구하지 않았다. 또한 이 등산이 처음이 아니라 대청봉까지 갔다왔다는 도반스님의 이야기를 듣고 놀라지 않을 수가 없었다.

그래, 누구에게나 잠재된 무한한 힘이 있다. 그 힘을 포기하지 않고 계발하고, 하면 된다는 신념만 있으면 해낼 수 있구나 하는 것을 다시 한번 실감할 수가 있었다. 등반을 끝내고 난 잠시나마 그를 완전한 불구자로 취급한 것이 부끄러워 용서라도 비는 마음으로 그의 두 손을 꼭 잡아 주었다. 그러한 인내로 열심히 살아주길 바라는 마음으로 말이다.

그후 몇 번 그를 만날 수 있는 기회가 있었는데 그때도 그의 얼굴은 밝았으며 장애자라는 그림자를 찾을 수 없을 만큼 대단한 정신의 소유자였다. 그는 자기가 가지고 있는 모든 것을 낭비할 줄 모르고 아끼고 최선을 다하는 사람이며 항상 뒤돌아보며 많은 이들에게 도움을 주려고 노력한다. 불교의 윤회의 법칙과 인과법칙을 철저히 믿는 그의 삶이기에 자기에게 주어진 환경을 회피하거나 원망하지 않고 받아들여 스스로 개척해 나가는 지혜로움을 가지고 있다.

그의 그러한 생활을 사랑하고 아끼던 대학 동기가 평생의 반려자가 되겠다고 결혼을 했으며 지금은 정상적인 사람 못지않게 이 사회에 중요한 자리를 이끌어 가고 있다. 요즈음은 장애자를 위한 홀로서기 장학회를 만들어 회원을 모집하고 있는 모습을 보면서 저 사람이 바로 부처이고 보살이구나 하는 생각이 들곤 한다. 우리의 주위에는 몸이 불구인 사람보다 정신이 불구인 사람이 더 많을지도 모른다. 폭력, 마약, 사기 등등….

술과 마약에 자신을 맡겨버리는 사람, 한 사람의 배를 채우기 위해 여러 사람을 희생시키는 사기 행각, 자기 노력껏 먹고 살려고 하는 것이 아니고 도박과 투기로 요행을 바라는 한탕주의자들, 잠재된 능력을 계발하기에 게으른 무능력자들, 이외에도 많은 정신 불구자가 있다. 물질문명이 발달할수록 편안함을 요구하는 이들에게 부처님께서 말씀하신 복과 지혜에 대해서 다시 한번 강조해 주고 싶다.

찻잔 앞에서 풀어보는 부처님 생각

이조시대의 명필로 이름있던 완당 김정희(阮堂 金正喜) 선생은 조용히 홀로 앉아 차(茶) 한 잔을 마시면서 방 밖의 산천에서 물 흐르고 꽃피는 변화를 보았다고 한다. 그러한 경치를 완당 선생은 이렇게 노래했다.

靜坐處多半香初
妙用時水流花開

조용히 앉아 차를 반쯤 마셔도 차향기는 처음과 변함없고
오묘하게 씀씀이를 내는 시각이면 물은 흐르고 꽃이 핌이여!

내가 차를 처음 대했던 것은 막 머리를 깎았을 때였다. 당시 나는 온통 생명의 회의에 휘말려 진통하고 있었을 때였다. 삭발한 머리통이 아직도 푸른 빛을 가시지 못 했던 어느 날 저녁이었다. 은사 스님께서 나를 당신의 방으로 불렀다. 스님은 다기(茶器)를 정갈하게 펴 놓으시고 나를 앞에 앉히셨다. 엄숙하고 짓눌리는 시간으로 짜낸 차 한 잔을 주눅들린 나는 정중히 받아 마셨다. 금새 큰스님의 입에서 무엇인가 엄청난 말씀이 떨어져서 내

생명을 재창조시켜 주리라는 기대도 해 보았다.

"맛이 어떠냐?"

"…쓸 뿐입니다."

"이 차는 부처님께 불공(佛供)을 드리는 것이다. 또한 예로부터 조사(祖師)님들이 즐겨 마셨던 물이다. 이 차맛을 알 때면 너의 수행도 익어있을 것이다. 그러나 서둘러 차맛을 알려고 하지 마라. 수행이 이뤄질 때 차맛도 자연히 알게 될 것이니까."

그런 일이 있은 후로 스님은 내게 다시는 차를 주시지도 않으셨고 차에 대한 이야기도 하지 않으셨다. 다만 수도승의 문턱을 겨우 넘어선 미천한 비구니의 의문만 깊어갔을 뿐이었다. 그렇게 맺은 차와 나와의 인연도 이제는 꽤 오랜 연륜을 쌓고 있다. 은사 스님이 주신 마음의 숙제—이 숙제를 선방(禪房)에서는 공안(公案) 또는 화두(話頭)라고 한다—를 풀기 위해 많은 시간 찻잔 앞에서 꿇어 앉기도 했고 기도하기도 했고 허황된 나와 싸우기도 했다.

아직도 나는 차맛이 무엇인지를 모른다. 완당 선생이 앞에서 소개한 선구적 다송(禪句的茶頌)을 통해 밝힌 바대로 정좌처(靜坐處)와 묘용시(妙用時)가 합일되는 이치를 알 수도 없고 체험하지도 못했다. 차(茶)와 향(香), 수(水)와 화(花)가 반(半)이 되며 초(初)가 되고 흐르며 피어나는 그 오묘한 경지를 나는 아직도 모른다.

따라서 고요 속의 격동, 격동 속의 정적이 어떻게 하나가 되는지도 모르고 있다. 만약 선인들의 말씀대로 정중동(靜中動)이 하나의 직관 속에서 체험적으로 증명되는 모습을 내가 경험할 수 있을 때 나의 수행(修行)은 성숙할 것이다. 내가 차를 즐기면서도 차를 두려워 하는 이유가 여기에 있는 것 같다. 차맛을 몸과 마음과 눈과 귀로 직감하지 못하는 나는 한때 찻물 받기, 물끓이기, 찻잔의 관리… 등 그 절차와 도(道)를 마치 신앙인 양 하나하나 지켜보기도 했다. 그렇게 함으로써 나는 성직자로 내가 지켜야할 계행(戒行)을 찻자리에서 실천할 수 있으리라고 여겨도 보았다.

물이 끓는 소리를 들으며 내 귀로 지은 모든 나쁜 업을 씻어내자. 투명하게 맑은 찻물과 찻종과의 조화를 봄으로써 내가 눈으로 지은 모든 악업(惡業)을 씻어내자. 두 손을 받치어 찻잔을 들었을 때 느끼는 따뜻한 촉감을 통해 내 몸뚱이가 지은 온갖 죄악을 말끔히 벗어버리자라고 생각하며 차를 마시기도 했다. 오직 한마음으로 한가지를 추구하는 것을 일심전념(一心專念)이라고 한다. 일심(一心)과 전념(專念)은 모든 악을 퇴치시킨다. 그리하여 마침내는 삼매(三昧)에 들게 한다. 삼매에 들면 모든 것이 훤하게 트이는 것이다.

몸과 마음을 다해 한 잔의 차 속에 와있는 작은 생명과 우주를 만나는 것을 선인들은 '선(禪)과 차(茶)가 한 맛이다.'라고 표현한 것이다. 그러나 요즘 우리나라의 차생활 경향은 지나치게 다도에 치우쳐 오히려 도(道)가 번거로워지는 느낌까지 있다. 우리가 흔히 다반사(茶飯事)라고 한다. 평시에 밥 먹고 차 마시듯 평이한 일이라는 뜻이다.

다시 말하면 평상시의 마음이 곧 도[平常心是道]이듯 마음으로 깨달을[覺] 수 있게 하는 방법, 마음이 항상 깨어 있게 하는 [酉

272

星〕길이면 다도(茶道)로서 족할 것 같다. 그래서 초의 선사는
그의 『동다송(東茶頌)』에서 "차는 체(體)와 신(神) 사이에 중정
(中正)의 도(道)를 넘어서는 안 된다"고 하신 것 같다.

조주(趙州) 스님은 그에게 처음 온 사람이건 여러 번 온 사람
이건 차별없이 "차나 한 잔 마시게"하며 한 잔의 차를 시자(侍
者) 스님들에게 주었는데 이를 본 상좌 스님이 "큰스님께서는 어
찌 아무에게나 차나 한 잔 하게나 하며 차를 주십니까?"하고 물
었다고 한다. 이때 조주 스님의 대답은 "자네도 차 한 잔 마시
게"였다고 하니 차란 역시 그런 것인가 보다.

차란 마시는 것일 뿐 결코 이론으로 전개하는 것이 아니며 차
란 우리의 주변에 있는 것이지 다석(茶席), 다실(茶室)에 연연하
는 의미로 치장되어 간직해 두는 것이 아닌 듯하다. 이런 의미에
서 초의 선사는 '무시선 무처선(無時禪 無處禪)'이라고 했다. 선
(禪)이 지정된 장소에서만의 선이 아니고 지정된 시간에서만의
선이 아닐진대 선과 같다〔一如하다〕는 차 역시 어디서나 언제나
그렇게 같게〔一如하게〕 마실 수 있는 것이어야 할 것 같다.

여승(女僧)이라고 불리우는 한 생명 앞에서 겨울바람은 삭풍이
라 하며 거드름 떨고 지나간다. 그렇게 오늘의 세계는 우리를 두
들겨 대고 있다. 돈, 명예, 사랑, 인정…. 그런 티끌과 풍진이 일
고 있다. 현대 사회를 누가 일찍이 예토(穢土)라고 했으며 현생
의 생명이 고(苦)의 생(生)이라고 했던가. 이 생애가 고생(苦生)
이면 고생일수록 현세(現世)가 악세(惡世)이면 악세일수록 신앙
은 이 고생스런 예토에 맑고 밝은 땅을 강하게 약속해 줄 것이
다.

　우리가 매일 매일 먹는 수돗물이 흐려가면 갈수록 청정(淸淨)한 한 잔의 차는 더욱 정갈한 맛을 가져다 줄 것이다. 한 잔의 차를 지절(至切)한 마음으로 달여 마시고저 물통을 들고 안암산 생수터로 향하리라. 그리고 내가 이렇게 찻물통을 끼고 맑은 물을 찾는 동안 나는 참한 비구니로 남아 있으리라.

승려시인 이두 스님을 찾아서*

선배시인이신 이두 스님을 뵙기 위해 대천에서 청주까지 약 2시간 30분의 시간이 소요되었다. 청주시 우암동 우암산에 자리한 관음사는 여느 비구 스님 처소처럼 단조로웠고 굵은 선들이 보였다. 법당에서는 지금 한창 진행중인 불사를 원만히 회향하기 위해 기도의 목탁소리가 끊임없이 들려 왔으며 천불 봉안 불사의 플랭카드가 아주 이색스럽고 곱게 바람에 일렁이는 도량이었다.

소문에 의해 나를 파악하고 계시는 스님은 좋은 시우(詩友)가 가까운 곳에서 살고 있는데 이제사 만나게 되었다고 몹시도 반가워 하셨다. 수행을 통해서 닦은 분출되는 시심으로 정진하시는 스님, 올해로 63세의 연세이신데도 펜을 놓을 수 없다는 말씀이 창작에 게으른 나를 못내 일깨워 주셨다.

스님은 1945년에 법주사에서 금오 선사를 은사로 출가하신 후 많은 작품을 통해 불교문학의 자리를 이끌어 가신 분이다. 시집으로는 『겨울빗소리』, 『창문에 울린 초음』, 『푸른 산방』, 『목련송』 등이 있으며 수상집으로는 『그대가 만나는 길』, 『만나고 헤어지는 물가에』, 『향리에 이르는 길』, 『운수방담』 등이 있다.

---

* 『문학법보』 작가 탐방취재 기사

지금은 명암이 없는 『선하(禪河)』라는 소설을 집필 중이시라 한다. 문학을 하는 후배들에게 한말씀 부탁을 드렸는데 스님은 매우 겸손해 하시며 조용히 말문을 열어 주셨다. 등단이라는 이름의 명예만 내 놓고 작품활동을 하지 않는 작가들이 많은데 그것은 노력을 하지 않은 결과라고, 많은 책을 읽고 많은 습작과 많은 사색을 통해서만이 자기의 목소리가 나오는 것이며 특히 개론적인 책들을 많이 읽어서 자기의 사상 정립이 뚜렷해야 한다고 하셨다.

또한 책을 읽지 않는 작가는 기계적이고 판에 박힌 사고이기 때문에 그 글들은 늘 어딘가 모르게 부족해 보이는 글이 된다고 하셨다. 작가가 글을 쓰는 것은 여자가 아이를 갖는 것과 같으므로 먼저 수정(受精)을 해야 하는데 수정이란 뼈가 있는 문장, 독자적인 이론을 많이 읽는 것이라 했다. 시기가 익지 않았는데 함부로 글을 쓰는 것은 설사와 복통의 비유와 같으며 마음의 말들이 한꺼번에 터질 때, 이 말들을 해야만 속이 후련해진다고 생각이 될 때, 그때 작가는 붓을 들고 사상을 갈아야 한다고 하셨다. 그래서 지속적인 노력으로 전심전력하는, 정신 산란하지 않은 마음이 창작의 원천이라 하셨다.

스님의 짧고 명확하고 논리적인 말씀을 듣는 순간, 나는 봄날 푸른 산중에 눈 푸른 한 스님을 만나 '할'이라는 깨침의 소리를 내 뒤통수에 맞는 것 같아 정신이 번쩍 들었다.

스님의 데뷔작인 겨울 빗소리를 봄바람에 실려 보내면서 우암산을 내려왔다.

기다리면서/빗소리를 듣고/추억은 따라가고/
한 겨울 눈 아닌/비가 내리고/빗소리는 슬픔을 안고/세계를 돌
다가 오는구나
내가 가지 못하는/그 마을 그 집에/지금 비가 오는지도 모르고/
겨울난 비가 내리는/추억속에 남아 있는 빗소리는 따라와/
지금 오는 빗소리와/마주 닿아 부서지는구나
남촌에 살 때처럼/강바람을 안고 언덕에 서면/비는 소리를 보내
며/이마에 흐르고/나는 돌아 오는 길을 잊고 있네
창문을 울리면 旅愁는 깨어나고/돌아온 나그네 길을 잊고 나면/
끝없이 떠오르는 여로를/빗소리여/끝없이 따라 오는가

잊지 못할 영일만의 아침이여

승속이 함께/어우러진/마음과 마음의/만남을/초연히 털고/일
어서는/포구의 작은 아침/햇살자락/한아름/붉게/물위로/번쩍/
떠 올리는/젖가슴/유유히/탈없는/바다/그 흐름의/여음/나는야/
길떠남으로/참된/외로움에/눈이/떠진다.

겨울 철새를 보기 위해 가까운 천수만을 다녀온 후 한나절 뒤
에나 도착되는 신문을 뒤적이다 보니 구룡포 작은 포구의 아름다
움이 겨울바다를 물씬 그립게 한다는 귀절이 있었다. 그걸 보고
겨울이 다 가기 전 한번 다녀왔음 좋겠다는 생각이 들고 역마살
이 서서히 발동하기 시작했다.
만약 내게 경제적 여유와 시간적 여유가 주어진다면 끝없이 여
행을 할 것이다. 그것도 우리나라 구석 구석을 먼저 답사한 뒤
세계일주를 하겠다. 이런 내 이야기에 반문한 어떤 사람은 수행
자가 사치스러운 생각이 아니냐고 공격했었다.
누더기 한 벌과 나물밥으로 정신적인 향상을 끝없이 갈구하셨
던 옛스님들에 비해 정녕 사치스럽고 수행자답지 않은 생각일지
는 모르지만 여행은 사는 곳에서 체험되지 않는 정신적인 향상을
맛볼 수 있어 좋다. 참된 고독을 아는 수행자여야 된다는 내 스

스로 정해놓은 수행의 철칙에 아무런 문제가 없기 때문에 또한 수행자만이 느낄 수 있는 걸림없는 특권인 자유 즉 방랑하는 즐거움을 맛보기 위해서이다.

떼지어 다니는 관광이 싫어 해외로 여행할 기회를 놓치고만 셈이지만 마음 열어 좋은 지기(知己)라도 여행에 동행이 된다면 모든 일 제쳐두고 떠나 볼 계획이다.

여행을 하기 위해 무리지어 떠나보면 사상과 이념이 다른 개성 때문에 여행이 아닌 부담과 피로감만 가지고 돌아올 때가 있다. 기억이 풍부해지기 위해 떠나는 여행인데 그 속에 짜증스러움이 서려 있다면 그리 흔쾌한 일은 아닐 것이다.

중국의 작가 김성탄은 가슴 속에 간직한 뛰어난 재능과 두 눈썹 아래 날카롭게 빛나는 눈초리를 가지고 여행을 하라고 했다. 이것은 사물을 느낄 줄 아는 마음과 사물을 제대로 바라볼 줄 아는 눈을 가져야만 여행을 제대로 한다는 뜻이다. 가슴 속에 간직한 뛰어난 재능과 두 눈썹 아래 날카롭게 빛나는 눈초리가 있는 사람이 여행에서 얻는 그 환희의 기쁨은 그 어떤 것과도 비교가 되지 않을 것이다. 귀한 자식일수록 여행을 시키고 사람을 가장 정확히 알고 싶으면 여행을 함께 떠나 보라는 이야기가 이를 두고 한 말인 것 같다.

『나의 문화유산답사기』의 저자 유홍준 씨는 우리나라의 가장 아름다운 길은 남원에서 섬진강을 따라 곡성 구례로 빠지는 길, 양수리에서 남한강 줄기를 타고 양평으로 빠지는 길, 풍기에서 죽령너머 구단양을 거쳐 충주댐을 끼고 도는 길, 경주에서 감은사지로 가는 감포가도라고 했다.

내가 여기서 한 곳을 덧붙인다면 감포가도에서 구룡포를 거쳐 포항으로 접어드는 길이라고 말하고 싶다. 우리나라 곳곳이 철철히 아름다움을 지니기는 했지만 내가 이번에 확트인 가슴을 어쩔 줄 몰라 환호성으로 연발한 곳이기에 그 자연의 신비가 더 했는지도 모른다. 역시 바다는 동해구나. 힘있어 보이는 그 광활함이 서해안에 비해 움틀거리는 힘이 있었고, 일몰을 늘 보아왔던 습관적인 관념이 산산히 무너져 버린 셈이다.

경주에서 기림사를 거쳐 감은사지에 도착했을 때는 이미 어둠이 깔리기 시작한 시간이어서 문무대왕 수중릉을 보지 못했다. 사찰은 늘 내가 묻혀 사는 분위기라 성지순례 외 별다른 느낌이 오지 않는다.

"아직도 그곳에 가 보지 못했니? 하는 식의 물음이 싫어 "나도 거기 다녀 왔어." 이 말로 서로 통하는 것처럼 위안을 받기 위해서 대부분 사람들은 이름난 곳들을 깊은 목적 없이 다녀올 때가 더러 있다. 어쩜 내가 명찰을 순례하는 것도 이런 부류인지도 모른다. 기림사와 감은사지에서 받는 나의 기분은 아무튼 그러 했으니까.

감포에 도착했을 때 어둠이 달빛으로 인하여 차분한 포구였다는 것 외는 아무것도 찾을 수가 없었고 겨울 달맞이 외는 별다른 만족을 얻지 못했다. 『달을 보는 섬』 출판 이후 달을 보면 사람들은 으레 나에게 시선을 한번 더 준다. 달만큼 잘 생긴 마음도 외모도 아니지만 달과 연관시키는 이미지는 그다지 싫지는 않은 셈이다. 그날은 달을 보기 위해 섬을 간 것이 아니라 차가운 겨울을 보기 위해 포구를 찾아 온 셈이었다. 감포에서 구룡포를 찾아 밤길을 가다가 갑자기 아침 포구와 해돋이가 보고 싶어 왔던 길을 뒤돌아 감포에 갔었다.

나의 여행문화에 또하나 걸림없이 길들여진 것은 가다가 피곤하면 적당한 곳에 여장을 푸는 것이다. 구태여 절집을 찾아가서 기거해야 한다는 관념이 없다. 어촌에서의 하룻밤은 피곤을 풀기엔 좋은 조건은 아니었다. 길가 숙소라 밤새 달리는 자동차의 질주 속에 눈만 감은 결과 밖에 되지 않았지만 아침에 길을 나서는데 별 지장이 없었다. 감포에서 대진을 거쳐 구룡포 위 올망졸망한 포구들을 끼고 대보, 동해에서 포항으로 이르는 그 길목의 아름다움은 경이롭기까지 했다. 간밤 구름장 끝에 걸려 있는 달빛 사이로 비치는 바다를 슬쩍슬쩍 보는 멋도 좋았지만 역시 동해의 멋은 아침에야 제대로 느낄 수 있겠구나 하는 생각에 간밤 선잠의 댓가로는 충분한 아침이었다.

우리나라가 아닌 영화에서나 보는 외국 같기도 했고 또 그림을 그리며 제주의 포구를 사랑하는 어느 수행자의 도량 같기도 했다. 영일만은 겨울 그것도 보름달을 끼고 밤과 아침을 비교하면서 여행해 보는 것이 제대로 맛이 나니까 겨울에 한번쯤 다녀올 만한 곳이라고 말하고 싶다. 주위 경관에 혼이 나가 배고픔을 잊은 내 시장기에 아침에 먹는 그 라면맛도 영일만에서만 느낄 수 있는 별미였다.

이번 겨울 제대로 길떠남을 배우고 돌아오니 내 사는 곳이 더 소중해지는 이유는 무얼까.

여울처럼 시집머리에 부치며

오랜 가뭄 끝에 단비가 내리고 거친 바람이 몹시도 불던 일요일 오후, 마신 찻잔을 미루어 놓고 잠시 성난 바람에 못 이겨 하는 산등성 나무들을 바라보고 있노라니 전화벨이 울렸다. 은자님이었다. 이곳을 방문하겠다는 이야기였다.

한내 문학에서 가끔 만날 수 있었던 인연. 시(詩)의 생활을 꾸준히 하는 소박한 시인이기에 오후 나절 함께 있어도 그다지 불편할 것이 없겠다는 생각에 이곳 방문을 쾌히 승락했다. 찾아 온 이 은자님은 불쑥 내게 정감어린 원고 뭉치를 건네 주면서 서문을 써 달라고 부탁을 해왔다. 순수한 열정이 흠뻑 배인 처녀 시집에 서문을 쓸 만큼 큰 시인이 아니기에 사양을 하고 싶었지만 소박한 그녀의 눈빛이 너무나 간절한 것이기에 거절하지 못하고 떨리는 마음으로 조심스레 한 작품 한 작품 읽어갔다.

시를 음미하고 시를 사랑하는 표현이 더 잘 어울릴 만큼 큰 애정들이 여물어져 있음을 난 느낄 수 있었다. 또한 시에 대한 많은 열정을 가지고 사는 작은 고집도 보였다. 그렇다. 시란 진실한 생각, 진실한 느낌, 진실한 표현을 통하여 나오는 자신 속에 무르익은 사상의 결정체이다.

이러한 시들을 요즈음 사람들이 읽지 않는다고 한다. 시를 읽지 않는 사람은 야만인이라는 말이 있듯이 시를 사랑할 줄 모르는 사회는 타락하고 썩어가는 사회라고 한다. 시를 읽을 줄 아는 이 시대의 젊은이 이은자 님께 이 시집의 상제를 기하여 격려를 보낸다. 부디 이 처녀 시집에 이름을 붙여 세상에 내 놓은 용기로 하여금 늘 시를 읽고 시를 짓는 생활인으로서 한걸음씩 앞서서 살아가길 바라며.

나를 잃고
너를 얻었다.

너를 잃고
나를 얻었다.

이제서야
비로소
진실된 나를
가질 수 있다.

사랑 연습 1에서 보여 준 것처럼 비워진 마음으로 이 사바에 사는 모두의 가슴 가슴에 속속히 맑게 트이는 연꽃으로 거듭나길 바란다.

성주사지 무염 선사 곁에서

“성주 면소재지에서 잠깐 눈을 멈추고 이정표를 보니 부여 가
는 길, 먹망가는 길이라 적혀 있어 동방의 보살 무염 선사가 어
디메서 정진하셨는지 한참이나 더듬어 갔다. 이제사 고을 원님
작은 깨달음을 얻으셨는지 아니면 신라시대 구산선조(九山禪祖)
중 한 분이 이 지역에 계셨던 소중함을 아셨는지 ‘먹망가는길’ 없
어지고 ‘성주사지 2㎞’라는 이정표가, 눈을 뜨고 있으면 눈앞에
와 닿는다. 그길따라 성주사지에 이르면 그 옛날 옛적 눈푸른 내
도반들 화두깨쳐 나가는 소리가 온 산을 에워가고 있음을 귀 막
고 있어도 들리는데 세상의 향락에 물든 어리석음들은 이제 그것
을 읽을 줄 아는지 뒤늦게 발굴에 발굴로 자리를 덮으려고 한다.
깨어나거라 어리석음들아, 몇 점 유물 얻었다고 큰 것을 얻은 양
떠들어대며 위안을 삼지 말고.”

이것은 「성주사지 가는 길」 졸시 전부이다.

세원사에서 자동차로 20분 가량 가면 신라시대 구산선문 중
하나인 성주사지가 있다. 구산선문(九山禪門)은 신라가 삼국을
통일한 뒤부터 불교가 한창 성할 때에 큰스님들이 중국에 가서
달마선법을 받아 가지고 크게 종풍을 드날린 곳을 말한다. 그중
하나가 성주면 소재 마을 사람들이 입으로 부르는 탑동네이다.

관심있는 이들에겐 좋은 학술적 문화적 가치가 있겠지만 그렇지 않는 사람에겐 성주사지의 10,590평이나 되는 넓은 터를 왜 그냥 방치해 두느냐 할 정도로 절 규모는 대단히 넓다.

그뿐만 아니라 한참 번창할 시기에는 성주사에서 광천까지가 12km인데 대중 스님들 출행시 그 행렬의 선발대가 광천에 당도하면 마지막으로 떠날 스님들은 절에서 행장을 차리는 정도였다고 하니 그 당시 대중의 수가 과히 짐작이 될 만하다.

나는 이 성주사지 가까이에서 살 수 있다는 것. 참으로 보통 인연이 아니라 생각되고 어쩜 아득한 기억 속에 이곳에서 정진을 했을지도 모른다는 생각이 문득 문득 들어서 틈만 나면 옛선사의 체취도 느껴볼 겸, 또 그 도량에서 정진했던 아득한 옛날의 도반이라도 만날 수 있을까 하고 가끔 찾곤 한다.

그곳에서 난 성주사를 크게 번창시킨 무염 선사를 만난다. 무염 선사는 마조도일이 법맥을 이어 선을 대성시킨 인물이다. 최고운이 지은 성주사 낭혜화상백월보광탑비에 보면 스님의 속성은 김씨고 본관은 경주며 태종 무열왕의 8대손이다. 제 40대 애장왕 원년에 탄생하여 12세때 설악산 오색석사에 가서 당시 국사로 있던 법성 선사께 능가경 중심사상을 익혔고 부석사 석증 대사께 화엄을 배웠다고 한다. 법성선사의 권에 의하여 헌덕왕 13년에 출가하여 남산 실상사에서 화엄경을 배우고 불광여만 선사에게 법을 물었더니 "내가 지금까지 여러 사람을 보았다. 이와 같은 신라인은 아주 드물다. 후일에 중국땅에 선이 쇠퇴하게 되면 해동인에게 묻도록 하여라."하였다 한다.

그뒤 마곡사 보철 화상을 찾아 뵙고 인가를 받았다. 그후 보철 화상의 열반을 당하매 무염 선사는 제방을 다니면서 병든 자를 간호하기를 자기 임무로 삼아서 혹한이나 혹서를 가리지 않으므로 그 이름을 듣는 자들은 멀리서도 예경하면서 동방의 보살이라고 했다고 한다. 이렇게 제방을 다니면서 인욕 정진하는 참법을 펼치며 수행을 하는데 문성왕의 부름을 받고 귀국하였다. 왕자 흔의 청으로 공주 오합사에 주석함에 도가 크게 행하고 사찰이 번성하여 제방에서 수행과 덕망을 갖춘 사람이 무염 선사에게 법을 구하러 줄을 이었다고 한다. 이때에 구산의 일파인 성주산맥를 개창하게 되었다 한다.

문성왕이 이 소식을 듣고 매우 기뻐한 뒤 신하를 보내 그 노고를 위로하고 오합사를 성주사로 개칭해 부르도록 명했다고 하는데, 무염 선사는 제51대 전성여왕 2년에 입적하니 시호는 낭혜이고 탑호는 백월보광 문도는 약2천명이라 한다.

지금 성주 사지에는 낭혜화상백월보광탑비(국보8호), 5층석탑(보물19호), 3층석탑(보물20호), 3층석탑(보물47호), 3층석탑(지방문화재 제26호)이 중앙, 서쪽, 동쪽으로 배치되어 있다. 68년, 74년 동국대 박물관팀들이 발굴하고 91년, 93년 충남대 발굴조사팀들이 발굴하고 있다는 소식은 오래 전에 접했지만 가보면 약간의 발굴 흔적만 남아 있을 뿐이다.

발굴을 보면서 이제나 저제나 복원하여 정진할 수 있을까 하는 조바심마저 더 일어난다. 승복을 입은 우리들은 개인의 성불의식만 높았지 이런 가치 있는 일에는 무관심할 수밖에 없는 현실이 가슴이 아프고 무능한 힘들만 모여 있는 것 같아 아픔이 더 크다. 얼마 전만 하여도 이정표조차 없었던 성주사지다. 이런 중요한 문화재적인 가치조차 찾지 못한 행정을 담당하는 사람들, 그 사람들에게 우리 것을 강조한들 소중한 것을 알까하는 생각이다.

빛바랜 성주사지에서 얻은 기와 한 조각에 나는 눈부신 희열의 참맛을 맛보며 달마가 서쪽으로 간 까닭의 의미를 내내 생각한다.

사랑의 향기

첫판 펴냄 ——— 1995년 4월 5일
첫판 세번째 ——— 1998년 2월 10일

지은이 ——— 정운
펴낸이 ——— 고병완
펴낸곳 ——— 불광출판부
138-190 서울 송파구 석촌동 160-1
대표전화 (02) 420-3200·3300
팩시밀리 (02) 420-3400

등록일 ——— 1979년 10월 10일
등록번호 ——— 제1-183호

● 잘못된 책은 바꿔드립니다.
값 6,500원